El conquistador

Federico Andahazi

El conquistador

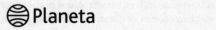
Planeta

Andahazi, Federico
    El conquistador.- 1ª ed. – Buenos Aires : Planeta, 2006.
    288 p. ; 21x14 cm.

    ISBN 950-49-1599-X

    1. Narrativa Argentina-Novela I. Título
    CDD A863

Esta novela recibió el Premio Planeta (Argentina),
otorgado por el siguiente jurado:
Marcela Serrano, Marcos Aguinis, Osvaldo Bayer y Carlos Revés.

Diseño de cubierta:
Florencia Gutman, FG diseño y comunicación

© 2006, Federico Andahazi

Derechos exclusivos de edición en castellano
reservados para todos los países de habla hispana:
© 2006, Grupo Editorial Planeta S.A.I.C.
Independencia 1668, C 1100 ABQ, Buenos Aires
www.editorialplaneta.com.ar

1ª edición: noviembre de 2006

ISBN-13 978-950-49-1599-7
ISBN-10 950-49-1599-X

Reimpresión en Venezuela por
Editorial Planeta Venezuela S.A.
Impreso por Editorial Arte S.A.

A Blas, de quien aprendí que la épica no es sólo un género poético, sino el modo cotidiano de enfrentar los espantajos de la existencia luchando con belleza y dignidad.

Al doctor Carlos Fustiñana y, en su nombre, a todos los médicos y enfermeros del equipo de Neonatología del Hospital Italiano.

CERO

El adelantado

Estableció con exactitud el ciclo de rotación de la Tierra en torno del Sol y trazó las más precisas cartas celestes antes que Copérnico. Fue el primero en concebir el mapa del mundo adelantándose a Toscanelli. Los gobernantes buscaron su consejo sabio, pero, cuando su opinión contradijo los dogmas del poder, tuvo que retractarse por la fuerza, tal como lo haría Galileo Galilei dos siglos más tarde. Imaginó templos, palacios y hasta el trazado de ciudades enteras durante el esplendor del Imperio. Concibió el monumento circular que adornaba la catedral más imponente que ojos humanos hubiesen visto jamás. Varios años antes que Leonardo da Vinci, imaginó artefactos que en su época resultaban absurdos e irrealizables; pero el tiempo habría de darle la razón. Adelantándose a Cristóbal Colón, supo que la Tierra era una esfera y que, navegando por Oriente, podía llegarse a Occidente y viceversa. Pero a diferencia del navegante genovés, nunca confundió las tierras del Levante con las del Poniente. Tenía la certidumbre de que había un mundo nuevo e inexplorado del otro lado del océano y que allí existía otra civilización; sospecha que habría de confirmar haciéndose a la mar con un puñado de hombres. Se convirtió en naviero y él mismo construyó una nave inédita con la cual surcó el océano Atlántico. Tocó tierra y estableció un contacto pacífico con sus moradores. Pero sólo porque estaba en inferioridad de condiciones para lanzarse al ataque. Comprobó que el Nuevo Mundo era una tierra arrasada por las guerras, el oscurantismo, las matanzas y las luchas por la supremacía entre las diferentes culturas que lo habitaban. Vio que los monarcas eran tan despóticos como los de su propio continente y que los pueblos estaban tan sometidos como el suyo. Escribió unas crónicas bellísimas, pero para muchos resultaron tan fabulosas e inverosímiles como las de Marco Polo. Supo que el encuentro entre ambos mundos iba a ser inevitable y temió que fuese sangriento. Y tampoco se equivocó. Trazó un plan de conquista que evitara la masacre. Retornó a su patria luego de dar la vuelta completa a la Tierra, mucho antes de que Magallanes pudiese imaginar semejante hazaña. A su regreso, advirtió la inminente tragedia a su rey.

Si hubiese sido escuchado, la historia de la humanidad sería otra. Jamás consiguió que le otorgaran una flota y una armada para lanzarse a la conquista. Fue el primero en ver que ningún imperio, por muy poderoso, magnánimo y extenso que fuese, podría sobrevivir a la ambición de sus propios monarcas. Pero fue silenciado. Tomado por loco, condenado al destierro, vaticinó el fin de su Imperio y la destrucción de la ciudad que él había contribuido a erigir.

Supo con muchos años de antelación que la única forma de que su civilización no pereciera, era llevando adelante el desafío más grande de la humanidad: la conquista de Cuauhtollotlan, como él bautizó al nuevo continente, o Europa según el nombre con que lo llamaban los salvajes que lo habitaban. Fue el más brillante de los hijos de Tenochtitlan. Su nombre, Quetza, debió haber fulgurado por los siglos de los siglos. Pero apenas si fue recogido por unas pocas crónicas y luego pasó al olvido. Su interés por la unificación del mundo no era sólo estratégico: al otro lado del mar había quedado la mujer que amaba.

Lo que sigue es la crónica de los tiempos en que el mundo tuvo la oportunidad única de ser otro. Entonces, quizá no hubiesen reinado la iniquidad, la saña, la humillación y el exterminio. O tal vez sólo se hubiesen invertido los papeles entre vencedores y vencidos. Pero eso ya no tiene importancia. A menos que las profecías de Quetza, el descubridor de Europa, todavía tengan vigencia y aquella guerra, que muchos creen perteneciente al pasado, aún no haya concluido.

Hasta la fecha, sus vaticinios jamás se equivocaron.

UNO

Para conoçer el quilate desta gente mexicana el qual aun no se a conoçido porque fueron tan atropellados, y destruydos, ellos y todas sus cosas, que ninguna apparentia les quedo de lo que eran antes. Ansi estan tenidos por barbaros, y por gente de baxissimo quilate: como segun verdad, en las cosas de politia, echan el pie delante, a muchas otras naciones: que tienen gran presuntion de politicos...

FRAY BERNARDINO DE SAHAGÚN

1
Los jardines flotantes

Desde el lago soplaba una brisa fresca que traía el perfume de las flores que crecían en las chinampas, las islas artificiales que hicieron de ese suelo pantanoso una majestuosa ciudad flotante. El sol todavía no era más que un fulgor rojizo tras las montañas y la gran metrópoli ya estaba en pie. Las canoas, decoradas con mascarones que representaban aves o serpientes pintadas de rojo estridente, de verde y amarillo, iban y venían repletas de maíz, de frutas y de hortalizas. Aquellos jardines ocultaban bajo la alfombra de los sembradíos su estructura de troncos unidos por cieno y limo, anclándose al lecho cenagoso con las raíces de los tupidos ahuejotes.

La plaza del mercado, rodeada de canales, se iba poblando a medida que llegaban las barcazas cargadas. Era aquél el corazón del Imperio Mexica, el centro cosmopolita hasta donde llegaban los mercaderes desde las ciudades más lejanas. Allí se negociaba toda clase de mercancías en numerosas lenguas y podían verse ropajes de todas las regiones. El alboroto de los comerciantes que pregonaban a viva voz sus ofertas, se mezclaba con la música ritual proveniente de los templos. El sonido de los timbales y las flautas anunciaba la proximidad de la ceremonia más esperada por algunos y la más fatídica para otros. No era aquél un día cualquiera; sin embargo, nada podía hacer que la gran ciudad detuviera su marcha.

Un grupo de zopilotes encaramados en la cima del Cerro del Peñón escuchaba el sonido de los tambores como si estuviesen encantados; y tenían buenos motivos para estar atentos. Sabían que eran los principales convidados de aquel rito. Esperaban impacientes que de una buena vez comenzaran a sonar los *atecocolli*, unas trompetas hechas de caracol ahuecado, que indicaban el comienzo de la ceremonia. Ese día iban a ser sacrificados tres mancebos y un niño. Como si aquellos pájaros carroñeros supieran que eran los intermediarios entre los hombres y los dioses, esperaban el momento en que los sacerdotes les arrojaran los corazones todavía palpitantes de las víctimas. Luego de devorarlos, levantarían vuelo y, así, en sus vientres satisfechos, llevarían las ofrendas al Dios de la Guerra.

Por fin sonaron las caracolas. Sólo entonces, los zopilotes se lanzaron al vuelo desde lo alto del cerro. Para llegar hasta la ciudad, una isla dorada en medio del lago rodeado por montañas, debían surcar una enorme distancia sobre las aguas. Volaron por encima del extenso muro que protegía a la isla de los desbordes, y desde allí pudieron divisar las cumbres de las pirámides de las ciudades gemelas: Tlatelolco y, más allá, Tenochtitlan. Fatigadas pero con el ánimo renovado por la proximidad, las aves volaron por encima de la majestuosa Calzada de Tepeyac. Atravesaron los puentes levadizos que unían los monumentales edificios erigidos entre las aguas y desde allí tuvieron un panorama completo: las montañas que rodeaban al lago se veían pobres e imperfectas en comparación con la doble pirámide de Huey Teocalli, el Templo Mayor. Al pie de la Gran Pirámide bicéfala, en la explanada del centro ritual, los pájaros vieron a los sacerdotes afilando los negros cuchillos de obsidiana contra la piedra de los sacrificios. Como si los zopilotes conociesen el ceremonial, ocuparon su lugar en lo alto de la pirámide, justo por encima del *tlatoani*, el monarca.

Por aquellos días gobernaba Axayácatl. Para muchos era un rey justo comparado con su antecesor, quien había incrementado los impuestos a los vasallos de un modo humillante; cierto era que el sucesor redujo los tributos pero sólo a expensas de aumentar aún más el dominio del Imperio y someter a sus vecinos. Por otra parte, todo le parecía propicio para celebrar sacrificios: si tenía que emprender una acción militar, ofrecía prisioneros al Dios de la Guerra; si eran tiempos de sequía, entregaba niños al Dios de la Lluvia; si en cambio diluviaba, ofrendaba vidas al Dios del Sol. Los sacrificios dividían la opinión de los hijos de Tenochtitlan; dado que provenían de una tradición guerrera, tal vez la mayor parte los aprobaba; sin embargo, eran muchos los que repudiaban secretamente los sacrificios humanos y se negaban a beber la sangre de sus hermanos. Ésta era una división que se remontaba muy lejos en el tiempo y ya había desmembrado a sus antepasados, los toltecas. Una parte de ellos adoraba a Tezcatlipoca, Dios de la Guerra y el Sacrificio. Otros veneraban a Quetzalcóatl, a quien consideraban el Dios supremo que se oponía a la Muerte y la Destrucción. Ambos dioses, en su antagonismo, fueron los creadores del mundo; constituían una dupla inseparable, una deidad única que contenía en sí misma la vida y la destrucción, la guerra y la paz, la noche y el día. A medida que los hombres iban tomando partido por uno u otro aspecto de esta deidad, fueron dividiéndola hasta que dio lugar a dos dioses diferentes y opuestos. Enzarzados en una guerra interna, los partidarios del Dios sombrío resultaron vencedores. Los derrotados fueron expulsados de Tula y se exiliaron en la mítica y por entonces abandonada Teotihuacan. Ciertamente, tenían pocas posibilidades de salir victoriosos de una guerra quienes, de hecho, se oponían a ella, siendo sus armas la persuasión y la palabra contra la lanza y la flecha.

De esta estirpe provenía Tepec, por entonces un anciano venerable que había hecho suficientes méritos para pertenecer al Consejo de Sabios. Pese a que sus opiniones raramente se ajustaban a los caprichos de los monarcas, su voz solía ser atendida. Jamás se había entregado a la genuflexión para alcanzar un cargo, ni decía lo que los poderosos querían oír. De hecho, no había conseguido su lugar en el Consejo por el solo hecho de haber llegado a viejo, como era el caso de la mayoría de los integrantes. Tepec era un hombre realmente sabio: fue él quien ideó el sistema de diques que defendía a la isla del avance de las aguas y quien segmentó la calzada de Chapultepec, uniendo sus tramos mediante puentes levadizos para impedir la entrada del enemigo, o bien cortarle la retirada una vez dentro. Era un verdadero oriundo de Anáhuac, un hombre del agua, obsesionado por hacer que el lago conviviera en forma armoniosa con la ciudad.

Tepec, término que significaba "cerro", tenía una apariencia completamente distinta de la que indicaba su nombre. Era un hombre sumamente delgado. Tenía una nariz espléndida: inmensa, aguileña y de fosas generosas, le confería un aire de distinción y alcurnia tolteca que llamaba al respeto. Su pelo era plateado, muy lacio y tan largo que podía cubrirse el torso y las espaldas si quería. Por lo general lo llevaba recogido con una vincha. Pese a su posición social, Tepec se mostraba austero: vestía un taparrabo de cuero, unas sandalias de piel de ciervo y llevaba el pecho cubierto por collares. Sólo usaba su pechera de cobre y el tocado de plumas multicolor cuando asistía a las sesiones del Consejo de Sabios.

Aunque no pudiese admitirlo de forma pública, el viejo Tepec se oponía a los sacrificios humanos. Y ahora, mientras veía a los cuatro elegidos siendo conducidos a la piedra ceremonial, no podía evitar un sentimiento de piedad, sobre todo por el niño que todavía no había cumplido los dos años y se veía sumamente enfermo. Siempre hacía lo que estaba a su alcance para intentar salvar la vida de los más pequeños, aunque esta vez no parecía haber clemencia alguna por parte de los sacerdotes. Había hablado con todos ellos, pero se mostraron inflexibles: eran tiempos de sequía y el Dios de la Lluvia exigía que los ofrendados fuesen niños.

El pequeño avanzaba a lo largo de la calzada conducido por un sacerdote que lo llevaba de la mano. Andaba con el paso vacilante de los niños de su edad, pero, además, cargaba con el peso de una enfermedad que le abultaba el abdomen y le confería un gesto de dolor. Apenas había aprendido a caminar y esos primeros pasos eran, también, los últimos. Detrás iban los mancebos, quienes se habían ofrecido a los dioses por propia voluntad. Habiendo sido agasajados durante todo el año con manjares, festejos y regalos, después de haber cohabitado con vírgenes en fiestas orgiásticas, ahora debían pagar con su vida los placeres que les habían sido concedidos. No podía compararse su situación con la del niño que no tuvo la oportunidad de elegir su destino. Ataviado con ropajes coloridos y plumas, el pequeño se acercaba con los ojos llenos de asombro, sin saber lo que le esperaba unos pasos más adelante.

Los sacerdotes comenzaron la danza ritual ante la multitud reunida alrededor del centro ceremonial que, enfervorizada, gritaba el nombre del Dios de la Guerra. Por fin recostaron al niño sobre la superficie pulida de la piedra y uno de los sacerdotes levantó su brazo empuñando el cuchillo afilado.

Los zopilotes, cebados igual que la muchedumbre, se balanceaban de un lado al otro. El emperador, sentado en su trono de piedra, se dispuso a dar la orden para que comenzaran los sacrificios.

2
El elegido

En el mismo instante en que el cuchillo estaba por enterrarse en la carne del niño, el viejo Tepec saltó del estrado reservado al Consejo de Sabios, elevó su bastón, caminó hacia el centro del templo y, como si la edad no le pesara, ascendió los peldaños de la pirámide hasta llegar, contra todo protocolo, a los pies del emperador. La multitud enmudeció. Los guardias quedaron expectantes a la espera de una orden; nunca antes nadie se había atrevido a semejante cosa. El anciano se inclinó respetuosamente y, sin mirarlo a los ojos, cosa prohibida a los súbditos, se dirigió al rey con firmeza. Señalando al niño, le dijo que aquel esperpento escuálido y barrigón era muy poca cosa para ofrendar a los dioses, que ese pequeño provocaría la ira de Huitzilopotchtli, Dios de la Guerra, y lo vomitaría sobre la ciudad enviando pestes, desdichas e inundaciones.

—No hará más que traer la desgracia sobre Tenochtitlan —concluyó el viejo.

Si aquellas palabras hubiesen sido pronunciadas por cualquier otra persona, Axayácatl lo habría mandado a ejecutar de inmediato. Pero viniendo de quien tanto había hecho por el Imperio, tal vez hubiera motivos para dudar. El sacerdote que empuñaba el cuchillo pidió a los gritos al rey que no escuchara al anciano y se dispuso a descargar la punta afilada sobre aquel pecho diminuto y agitado. La multitud acompañó el pedido con una aclamación unánime. A un ápice estaba la cuchilla del cuerpecito enfermo, cuando Axayácatl le ordenó al clérigo qu e detuviera. Los zopilotes presenciaban la escena desesperados y lanzaban graznidos de indignación. El sacerdote se acercó hasta el monarca e intentó hacerle ver que no era posible cumplir la petición de clemencia de un mortal, por muy venerable que fuese.

—No lo hago por compasión —le replicó el anciano, y le dijo que, al contrario, resultaría una imperdonable ofensa obsequiar a los dioses un niño evidentemente corrompido por la enfermedad.

El sacerdote se llamaba Tapazolli, nombre que significaba "nido de pájaros". Era un hombre de gesto severo y se caracterizaba por ser un mal verdugo: la muerte, en las manos de Tapazolli, era una lenta agonía. A diferencia de la mayoría de los sacerdotes, que ejecutaban sacrificios con mano veloz y separaban el corazón del pecho en unos pocos movimientos, él lo hacía con una minuciosidad tal, que parecía deleitarse en el sufrimiento. Tapazolli, igual que Tepec, también descendía de los antiguos toltecas y, a diferencia del anciano del Consejo, traía el legado de los guerreros que adoraban a Tezcatlipoca, advocación del Dios Huitzilopotchli a quien estaba dedicado el sacrificio que se disponía a ejecutar si, de una vez por todas, se lo permitían.

Tapazolli opuso que había que matar al pequeño de todos modos, ya que era huérfano, efectivamente estaba enfermo y de todas formas iba a morir.

—Entonces eres tú el que pide clemencia —le dijo el rey al sacerdote.

Era inadmisible anteponer la piedad humana a las voluntades divinas. Había que ofrendar a los mejores, no a los desahuciados. Axayácatl ordenó que liberaran al niño. El sacerdote bajó la cabeza e igual que la muchedumbre agolpada al pie de la pirámide, guardó silencio. Tapazolli nunca iba a olvidar aquella humillación pública. Ya habría tiempo para cobrarse esa deuda.

No era la primera vez que el viejo Tepec lograba salvar una vida; ya otras veces había conseguido disuadir a los sacerdotes con distintos ardides. Pero nunca había tenido que llegar a interceder ante el mismísimo monarca para devolver un niño a sus padres. Sólo que esta vez no había a quien restituirlo, ya que el pequeño era huérfano. El rey, considerando esta situación, llamó aparte al anciano y, señalando al niño, le dijo:

—Es cierto; es poca cosa para ofrendar a los dioses. Pero lo que resulta poco para los dioses, puede ser mucho para los hombres. Viejo terco... —murmuró el soberano.

Tepec sonrió ante el afectuoso reto del monarca. Pero la sonrisa se le trasformó en una mueca de espanto cuando Axayácatl completó la frase:

—... a partir de ahora te harás cargo del niño.

3
La calle de los herbolarios

El viejo Tepec maldecía su suerte. Sentado en la poltrona de su casa, contemplaba al niño que lloraba sin parar mientras se revolcaba en el suelo. Se preguntaba cómo se le había ocurrido semejante idea. Tenía la edad en que los hombres sólo aspiran a la tranquilidad, y ahora debía empezar todo de nuevo. Ya había criado dos hijos y no parecía dispuesto a pasar otra vez por eso. Con el único propósito de dejar de oír esos berridos, alzó al niño y consiguió que se distrajera con los collares que adornaban su pecho; las numerosas cuentas con las que jugaba el pequeño como si fuesen una sonaja, indicaban que su dueño era un hombre de casta superior y un funcionario con grado de ministro. El sonido de las piedras y las cuentas de oro chocando entre sí, hacía que el niño se calmara por breves momentos. Pero al rato se retorcía dando unos alaridos agudos y estridentes, lo cual, en cierto modo, resultaba una buena señal para el viejo, ya que era la prueba de que, al menos, los pulmones funcionaban bien. Sin embargo, el vientre estaba muy hinchado y contrastaba con la extrema flacura del resto del cuerpo. No había hueso que no se hiciera notar detrás de la piel que, ciertamente, estaba bastante irritada. Tepec palpó aquel abdomen inflamado y comprobó que estaba lleno de parásitos. No sin fastidio, envolvió al pequeño en una red de cáñamo, se lo colgó por delante del pecho y salió de la casa. Si se apuraba, todavía podía llegar a conseguir algunas medicinas antes de que oscureciera.

El anciano vivía en el barrio de Mollonco Itlillan, un *calpulli* al Sudoeste del Gran Templo, habitado por la nobleza mexica más rancia. La mayor parte de las construcciones eran palacetes que surgían desde los canales y jardines floridos que perfumaban el aire. La casa de Tepec era amplia y sólida, estaba hecha de piedra, cantería y madera. Contaba con cinco aposentamientos y un gran jardín flotante sobre el canal, con un embarcadero en el que amarraban varias canoas. Tenía por servidumbre siete esclavos, tres hombres y cuatro mujeres, que eran casi tan viejos como él y, de hecho, eran su familia. Había tenido dos esposas y, a lo largo de su vida, cerca de cuarenta concubinas, aunque ya no conservaba ninguna. Había enviudado dos veces, con cada esposa tuvo un hijo varón, aunque prefería no recordar esa parte de su vida: sus dos hijos habían muerto.

Hacía muchísimos años que no cargaba un niño en brazos y al principio sintió pánico, como si temiera que la criatura fuera a desarmarse o que se le resbalara de las manos. Pero cuando la tuvo afirmada en la red por delante del pecho, pudo sentir el pequeño corazón latiendo y el suyo se conmovió. Quiso evitar un recuerdo, pero no pudo. Un nudo le cerró la garganta.

Desde su casa, Tepec podía ir hasta el mercado a pie por una de las avenidas pero, dado el apuro, resultaba más rápido ir en la canoa. Era una eminencia y todo el mundo lo conocía. La noticia de que el viejo debió hacerse cargo del niño por abrir la boca cuando no debía, había corrido velozmente. Su cargo público obligaba a los demás a inclinar la cabeza a su paso, sin que pudiesen mirarlo a los ojos. Sin embargo, a medida que avanzaba por los canales llevando al crío colgado como si fuese una madre, provocaba risas socarronas. El anciano podía escuchar los comentarios, pero seguía con la vista al frente simulando no darse por enterado. Por fin amarró en uno de los tantos muelles del mercado y apuró el paso hasta la calle de los herbolarios.

En el mercado nada estaba librado al azar: cada rubro tenía su propia calle. Pese a la inmensidad de la plaza por la que a diario pasaban decenas de miles de almas, era imposible perderse. Cualquier cosa, por más rara que fuese, podía hallarse rápidamente. Tepec descendió de la canoa y atravesó la calle de los peluqueros, donde los hombres se hacían lavar la cabeza, se rapaban o mandaban hacerse complejos arreglos en el pelo. Más allá estaba la calle donde se sucedían los comedores en los que servían toda clase de platos, fríos y calientes, carnes y pescados. Por esa hora, la gente se reunía también a beber, cosa que no estaba permitida, de modo que debían hacerlo de forma más o menos clandestina. El viejo apuró el paso, cruzó la calle de las telas y la de la loza, pasó por los ruidosos corrales donde se exhibían los pájaros y, por fin, llegó hasta la calle de los herbolarios: de un lado estaban las tiendas que vendían las hojas, raíces y hierbas sueltas; enfrente se ofrecían los preparados, tales como ungüentos, emplastos, lociones, bálsamos y pociones. El anciano entró en una de estas últimas y saludó con afecto al dueño de casa, un viejo casi ciego que se movía, sin embargo, sin ninguna dificultad. El herbolario examinó al pequeño con sus manos y, al llegar al vientre, no pudo evitar un gesto de preocupación. Palpó cada ápice de ese abdomen inflamado y luego colocó al niño en tal posición que consiguió que regurgitara un líquido amarillento. Olió profundamente aquel fluido viscoso y hediondo y, por fin, dio su veredicto:

—No creo que vaya a vivir —dijo terminante.

El viejo, con una cara impertérrita, reclamó:

—Tiene que haber un remedio.

El herbolario guardó silencio y le extendió a su antiguo cliente una redoma alargada que contenía una pócima y un atado de ramas muy delgadas de ahuejote. Luego le explicó cómo debía administrar el remedio. Tepec supo que no iba a poder dormir durante los próximos tres días: debía encender una de aquellas pajuelas dejando que el ambiente se ahumara; una vez consumida, tenía que darle de beber un sorbo de la medicina al niño, de inmediato encender otra ramita y repetir la toma al volver a quemarse por completo. Eso debería hacer durante los próximos tres días con sus noches. El viejo ignoraba si el humo tenía alguna utilidad terapéutica o si sólo indicaba la continuidad y frecuencia de la toma de la pócima; sea como fuere, cada día se consumían cerca de veinticuatro ramas. Tepec pagó con una bolsita llena de polvo de oro y al día siguiente le haría llegar tres sacas de cacao.

Antes de que el viejo saliera de la tienda con el niño, el herbolario repitió:

—No creo que vaya a vivir.

Tepec ya había perdido a sus dos hijos y no estaba dispuesto a entregar esa última e inesperada posibilidad de dejar descendencia. Lo alzó nuevamente en su brazos y se aferró al pequeño desahuciado como si fuese la única esperanza de vida para él.

4
Otoño en primavera

El viejo tenía buenos motivos para negarse a rendirle culto al Dios de la Guerra y los Sacrificios. Hacía muchos años, sus hijos habían partido con el gran ejército mexica a la conquista de los territorios que ocupaban los vixtotis en el Sur. Así como antes habían conseguido dominar a sus antiguos opresores, todo hacía prever una campaña militar exitosa y una aplastante victoria sobre el enemigo. Sin embargo, el tiempo pasaba y no llegaban noticias de las huestes.

Tepec había criado a sus hijos en los antiguos principios de sus antepasados toltecas, término este último que significaba "hombres sabios". Y así consideraba Tepec a sus ancestros antes de que triunfara la nueva facción de los guerreros. A juicio del anciano, la guerra no sólo había hecho que los toltecas dejaran de ser sabios, sino que, sencillamente, hizo que dejaran de ser. Tepec nada podía hacer para impedir que sus hijos marcharan al frente de batalla; al contrario, era su obligación como funcionario entregarlos para que sirvieran al ejército del emperador. El día que se despidió de ellos se recriminó el hecho de haberlos educado en la ciencia, la poesía y el conocimiento, en lugar de templarlos en la lucha y el arte militar. Finalmente, la guerra parecía ser el único destino que podía esperar un hombre joven.

Todo esto recordaba el viejo, mientras encendía una rama de ahuejote, velando por la recuperación del pequeño, que descansaba con un sueño frágil, quebrado por el dolor. Y cuanto más miraba al niño, tanto menos podía olvidar a sus hijos. Cuántas veces había tenido que pasar la noche despierto para atenderlos cuando estaban enfermos. Y ahora, se decía Tepec, en el otoño de su existencia, debía empezar nuevamente. No pensaba en el sacrificio que significaba criar un hijo, sino que se resistía a la idea de que el pequeño sufriera. Por otra parte, sabía que él no viviría muchos años más y que, de hecho, lo estaba condenando, nuevamente, a la orfandad.

Mientras el humo de la rama ardiente invadía el aire, en la misma medida se iba poblando de recuerdos la memoria del viejo. Jamás iba a olvidar el día en que recibió la terrible noticia. Después de varias lunas sin saberse nada, corrió la voz: desde la montaña estaban llegando, por fin, las tropas. La gente salía de las casas o interrumpía sus trabajos para ir a recibir a los heroicos hijos de Tenochtitlan. Entre ellos, claro, corrían también Tepec y sus esposas. Sin embargo, en lugar de encontrarse con un ejército victorioso, pudieron comprobar que se trataba de unos pocos hombres devastados por la fatiga y la vergüenza. Habían sido derrotados. Sólo había logrado sobrevivir ese puñado de soldados. Traían las armas quebradas, los ropajes hechos jirones y las peores noticias. Tepec supo por boca de ellos que uno de sus hijos, el mayor, había sido alcanzado por una flecha enemiga que le atravesó el cuello y murió sin sufrir. En cambio el menor, de apenas trece años, había caído prisionero y su corazón fue ofrendado al Dios de la Guerra. Aquel Dios infausto al que su propio pueblo rendía pleitesía. Unos y otros se estaban matando en nombre de las mismas deidades. Si había un Dios tan ignominioso para exigir la vida de propios y ajenos, de los hijos de los unos y los otros, entonces el enemigo no podía ser otro más que ese Dios. Así pensaba el viejo.

Tepec creía que habría de ser imposible vivir con semejante dolor. Pero no sólo sobrevivió a eso, sino también a la muerte de sus dos esposas; ése era el precio de la longevidad. Recostado con el niño sobre su pecho, el viejo miraba atento la brasa de la rama para darle el remedio no bien dejara de arder.

Tres días con sus noches pasó Tepec peleando contra el sueño. Tres días con sus noches sin que se le pasara una sola toma de la medicina. Tres días con sus noches velando, literalmente, para que la madera no dejara de arder. Tres días con sus noches consolando al niño cada vez que lloraba. Y al cabo de esos tres interminables días con sus noches, el niño se restableció. Contra todos los pronósticos y los sombríos augurios de los sacerdotes, se curó por completo. El viejo Tepec consiguió arrancarlo de las garras sangrientas del Dios de la Guerra primero y de las manos mórbidas de la enfermedad después.

Al término de tres días con sus noches, el anciano pudo ver, por fin, cómo aquel hijo que Quetzalcóatl, el Dios de la Vida, puso en sus manos, dormía con un sueño plácido. Con esas mismas manos sarmentosas, huesudas y arrugadas, Tepec alzó al niño hacia el cielo de la madrugada y le puso por nombre Quetza, que significaba "El resucitado".

5
Las voces del valle

A diferencia de la mayoría de los padres de Tenochtitlan, quienes consideraban a sus hijos como un regalo de los dioses, Tepec creía, al contrario, que había que protegerlos de ellos para que no se los arrebataran en guerras o sacrificios. Antes de ingresar al *Telpochcalli* o al *Calmécac*, los dos fundamentos de la educación mexica, la instrucción de los niños durante los primeros años, quedaba en manos de la familia: las mujeres educaban a las hijas y los padres a los hijos varones.

Tal vez porque ya tenía edad sobrada para ser abuelo, quizá porque el hecho de haber perdido a sus hijos ablandó más aún su corazón, Tepec crió a Quetza en el cariño y el consentimiento y no en el rigor propio de la crianza de los mexicas. La educación familiar solía ser muy dura y los castigos, en ocasiones, llegaban a la crueldad: era frecuente el azote con varas de caña verde, las punzadas con púas de maguey o la sofocación mediante el humo de pimientos quemados, que causaba un ardor insoportable en ojos y nariz. La educación de las mujeres era menos rigurosa en cuanto a los castigos corporales pero, en cambio, incluía grandes humillaciones morales. A menos que se tratara de las hijas de las *ahuianis*, las prostitutas, y siguieran los pasos de sus madres, las niñas que eran sorprendidas en una actitud no ya de lascivia, sino de simple seducción, debían barrer al anochecer fuera de la casa en señal de repudio, una suerte de condena pública mucho más oprobiosa que una paliza.

Desde los cuatro años los niños debían comenzar a trabajar: al principio se trataba de tareas simples y, a medida que iban creciendo, los trabajos se hacían más complejos y pesados. Los varones, por lo general, heredaban el oficio del padre y las mujeres se ocupaban de las tareas de la casa.

Quetza tuvo una infancia feliz. El único rigor que le imponía Tepec era el intelectual. El modo de enseñanza de los padres a los hijos dentro del hogar se ajustaba al enunciado de los *huehuetlatolli*, las Palabras de los Sabios. Se trataba, por regla general, de una cantidad de apotegmas, proverbios y discursos que resumían los principios mexicas. Ningún aspecto de la existencia escapaba a estos postulados trasmitidos a través de las generaciones. Se pronunciaban oraciones para recibir a los que venían al mundo y para despedir a los que lo abandonaban. Los niños escuchaban con atención los consejos de sus padres con relación al trabajo, a la guerra y a la observancia de los dioses. Las madres decían fórmulas a sus hijas acerca de la preparación para el matrimonio y la crianza de los hijos.

La mayor parte de los *huehuetlatolli*, según se creía, provenían de los fundadores de Tenochtitlan; sin embargo, Tepec, fiel a su ascendencia, recitaba a Quetza los antiguos proverbios de los toltecas. El viejo solía alzar en brazos al pequeño cuando éste aún ni siquiera sabía hablar y, junto al fuego, pronunciaba las oraciones dedicadas a los huérfanos adoptados:

Pequeña semilla del cardo abandonada al viento, perdida en la brisa sin abrigo y sin amparo. Óyeme, chiquito, polen de la flor que se ha marchitado, náufrago *del aire, soy yo ahora tu padre, la tierra fecunda en la que habrás de echar raíces y alzarte al cielo con verdes ramas. Soy tu suelo firme para que en mí reposes y encuentres el sostén. Soy ahora tu padre, el colibrí que tomó el polen de la flor marchita, mi pequeño, para mostrarte el camino de las demás flores y no estés nunca más en soledad. Chiquito, soy ahora tu padre, soy la casa para darte cobijo y el fuego y el agua. Te ofrezco un nido, pequeño quetzal perdido, para que nunca más me alcance a mí la soledad.** *

Y así, el viejo con el pequeñito recostado sobre su pecho, que aunque duro y lleno de huesos le resultaba a Quetza tan mullido y cálido como un lecho de plumas, ambos se dormían.

Quetza era hijo de prisioneros acohuas; su padre, un soldado capturado durante la campaña de conquista, había sido sacrificado al Dios de la Guerra. Su madre había muerto cubriendo con su cuerpo a sus tres hijos de la lluvia de flechas y lanzas. La guerra no era para los mexicas sólo una disputa territorial tendiente a dilatar los dominios del Imperio. Era, ante todo, la manera de mantener la fuente de ofrendas para los dioses; en cada batalla, el bando victorioso tomaba la mayor cantidad de prisioneros para ofrecerlos en sacrificio ritual. Ése fue el destino no sólo del padre de Quetza, sino también el de sus dos hermanos. Tal vez por haber sido arrancado tan tempranamente de los brazos de su madre, quizá por haber presenciado aquel acto brutal en el que fue muerta, Quetza necesitaba tener la certeza de que no iba

---

* Recopilado de la tradición oral, no incluido en los códices. Son, sin embargo, notables las semejanzas con muchos de los *huehuetlatolli* del Códice Florentino.

quedar nuevamente abandonado. Todo el tiempo reclamaba la proximidad de Tepec y, cuando el viejo estaba lejos, el niño no podía evitar un sentimiento de pavor que lo sumía en un silencio tal, que ni siquiera podía llorar. Viendo que debía fortalecer el corazón temeroso de su hijo, el anciano le recitaba aquellos *huehuetlatolli* de sus antepasados toltecas que no buscaban la exaltación de la muerte y el miedo, sino, al contrario, llamaban a la calma frente al misterio de la existencia y a morigerar el temor ante la certeza de la muerte.

Oye, mi pequeño, no hay por qué temer a la sombra porque nos recuerda que es sombra de luz. Oye bien, mi chiquito, mi quetzal, no temas de la muerte porque ella nunca nos toca: mientras tenemos la vida, la muerte nos es ajena. Y cuando ella llega, ya no estamos ahí para recibirla.

Y a medida que Quetza crecía y aprendía a hablar, aquellas palabras se le hacían carne y su corazón se iba templando poco a poco. Tepec creía, igual que sus ancestros, que era el miedo el único enemigo del hombre y que el temor, hijo del oscurantismo, era la mejor herramienta de dominación.

Mira, oye, entiende, así son las cosas en la Tierra. No vivas de cualquier modo, no vayas por donde sea. ¿Cómo vivirás, por dónde has de ir? Se dice, niño mío, quetzal, chiquito, que la Tierra es en verdad un lugar difícil, terriblemente difícil. Pero eso sólo es verdad para quienes andan a tientas en las tinieblas, en la ignorancia. Si te encomiendas a Quetzalcóatl, Dios de la Luz, no hay nada que temer. El conocimiento, mi niño, no consiste en echar oscuridad sobre la luz, como hacen tantos, sino en caminar con la antorcha de la razón por delante. Se te-

me lo que se desconoce; igual a la luz de la antorcha es el afán del conocimiento y donde arde ese fuego se quema el miedo, todo miedo, para siempre.

Quetza se convirtió en un niño de porte robusto y estatura breve. Tenía una sonrisa blanca y unos ojos sagaces que, más que mirar, indagaban. Ningún vestigio quedó en su cuerpo ni en su ánimo de la vieja enfermedad. Tepec nunca le ocultó la tragedia que había signado sus días; sabía cuál había sido el destino de sus padres verdaderos y el de sus hermanos. Su espíritu, antes temeroso, se robusteció, sin que por eso se endureciera su corazón. Pese a que Quetza sabía que no era un mexica y que, al contrario, fueron ellos los que lo arrancaron de su familia y de su pueblo, jamás sintió que viviera en el seno del enemigo. Tepec lo había criado en la idea de que todos los pueblos que compartían el valle y la lengua náhuatl, alguna vez habían sido un solo pueblo y, más tarde o más temprano, debían volver a serlo, que aquellas matanzas demenciales tenían que terminar, que esas luchas para la obtención de corazones jóvenes no hacían más que cebar de sangre al Dios de la Guerra. Sin embargo, Quetza no ignoraba que sus vecinos de *calpulli* lo trataban como si fuese distinto de ellos. En rigor, en aquel barrio habitado por la nobleza mexica, todos aquellos que no fueran *pipiltin* eran considerados inferiores. Mucho más, si se trataba de oriundos de los pueblos que circundaban el lago, fuesen o no tributarios de Tenochtitlan. Por muy respetado que fuese Tepec, nadie ignoraba que el niño que había tomado bajo su cuidado era un acohua y que, por lo tanto, por sus venas no corría la sangre de los hijos de Tenoch. Quetza recibía la indiferencia, cuando no el rechazo de los demás niños del *calpulli*, hecho al que, desde luego, no era insensible. No sucedía lo mismo con los hijos de los esclavos, con quienes se sentía a gusto y lo recibían como si fuese uno de ellos. De hecho, el viejo Tepec muchas veces reunía a varios de los hijos de los esclavos e, invitándolos a que se sentaran en torno de él, les recitaba también *huehuetlatolli*.

Los dos grandes amigos de Quetza eran Huatequi e Ixaya. Ambos eran hijos de dos esclavas de la casa. Hautequi, cuyo nombre significaba "golpear madera", ya que, cuando pequeño, la única forma de calmarlo para que dejara de llorar era dándole dos palitos que hacía sonar golpeándolos una y otra vez, era todo lo contrario de Quetza: era alto, muy delgado y un tanto torpe de movimientos. Ixaya era una niña de una belleza infrecuente; tal como indicaba su nombre, tenía unos ojos muy redondos, claros y grises como las nubes después de la tormenta. Llevaba su hermosura con naturalidad, como si no le otorgara ninguna importancia. Quetza y Huatequi eran amigos inseparables; sin embargo, la presencia de Ixaya agregaba a su relación fraterna un componente de rivalidad; a veces, sin advertirlo, competían por su atención y podían hacer cualquier cosa para ganar una mirada de aquello ojos grises, desde trepar un árbol y hacer equilibrio en lo alto, hasta arrojarse de cabeza a las aguas heladas del lago en pleno deshielo.

Quetza se reunía con sus amigos en los jardines del *calpulli* y pasaban las tardes jugando Tlachtli. En rigor, se trataba de un remedo infantil del juego ceremonial reservado a los adultos. El verdadero Tlachtli se jugaba en el campo delimitado por el Templo Mayor y el recinto consagrado a los caballeros Águila. En lugar del alto aro de piedra ubicado en el muro de la pirámide, usaban una canasta colocada sobre la rama de un árbol. Y no sólo golpeaban la pelota con las caderas, el pecho, los pies y los codos, como se hacían en el juego verdadero, sino que se ayudaban con las manos. Tepec acostumbraba sentarse al borde del improvisado campo de juego y, con mucha seriedad, estudiaba el curso del juego. Por momentos instaba a los niños a que prescindieran de las manos e impulsaran la pelota como correspondía. Como si no se tratara de un simple juego infantil, el viejo los exhortaba a que planificaran tácticas y a que se distribuyeran de manera estratégica en el campo. Tal vez porque él mismo había sido jugador en su juventud, quería que, si acaso Quetza llegaba a jugar alguna vez en el campo ceremonial, estuviese preparado de la mejor forma: el equipo vencido debía honrar la derrota con la vida de sus integrantes. Y, en efecto, además de divertirse, Quetza jugaba Tlachtli como si en cada partido le fuera la vida.

Otro de los juegos era la lucha de los caballeros Águila y los caballeros Jaguar. También era un imitación pueril de otro rito que despertaba el fervor de la gente. Para los chicos se trataba de una suerte de combate entre los dos clanes guerreros; se disfrazaban con máscaras talladas por ellos mismos y se cubrían con telas pintadas que semejaban las plumas del águila y la piel del jaguar. Así ataviados, armados con espadas de madera de filo romo, Quetza y Huatequi se trenzaban en una lucha que consistía en tocar con la hoja cualquier parte del cuerpo del contrincante. Ixaya presenciaba el combate sentada con las piernas cruzadas, lo cual ciertamente exacerbaba los ánimos de los contendientes hasta la brutalidad. Si bien este juego por momentos parecía violento, el verdadero era, lisa y llanamente, atroz: eran sólo tres participantes, un caballero Águila, un caballero Jaguar y un prisionero enemigo, por lo general un tíaxcalteca, rivales tradicionales de los mexicas. Los dos primeros estaban armados con espadas de filo de obsidiana, capaces de cortar una cabeza de cuajo con un sablazo certero, mientras que el prisionero sólo tenía una espada sin filo alguno. Luego de una danza que imitaba el vuelo del águila y los saltos del jaguar, los guerreros atacaban al soldado mal armado, que se defendía tanto como le era posible. Ante los gritos fanatizados del público que previamente había apostado por uno de los dos clanes, quien conseguía dar la estocada letal resultaba el ganador. Tepec abominaba de aquel juego aunque, a regañadientes, toleraba el remedo infantil porque, finalmente, constituía una práctica temprana de las batallas reales. Y quería que, si le tocaba ir a la guerra, su hijo estuviese bien preparado.

Fue por estos días de infancia cuando Quetza descubrió la vocación que habría de signar su existencia.

6
Madera de navegantes

Desde muy pequeño Quetza demostró un talento notable para diseñar y armar embarcaciones. Al principio construía canoas de juguete, ahuecando pequeños troncos con una cuña de obsidiana. Eran éstas réplicas tan exactas que, viéndolas sin otra referencia, no se diferenciaban de las auténticas. Podía pasarse horas en la orilla de los canales estudiando cómo se comportaban sus naves frente a las adversidades que él mismo les deparaba, fabricando tempestades con sus manos. Examinando cuáles eran las causas que las hacían zozobrar, las iba perfeccionando hasta que pudiesen mantenerse a flote ante las peores calamidades. A la copia en escala de las canoas de troncos, siguió la compleja técnica de armar los cascos con juncos entrelazados.

Quetza solía ir hasta el mercado y allí se quedaba, mirando cómo trabajaban los armadores de canoas, desde la mañana hasta el anochecer. Con el tiempo llegó a hacerse amigo de uno de ellos, un hombre envejecido por el desánimo más que por los años; pese a su apariencia senil, tenía las manos jóvenes y veloces para ahuecar la madera o entrelazar los tallos secos. Le decían Machana, nombre que significaba "tejer caña". Era una amistad silenciosa. Casi no se hablaban. Quetza lo ayudaba en pequeñas tareas como ir a buscar esparto para unir cañas o amarrando las canoas terminadas a los embarcaderos. Pronto se convirtió en su aprendiz y el hombre, al fin del día, le regalaba un puñado de juncos seleccionados para que pudiese construir sus pequeñas embarcaciones. Quetza sentía por su maestro una mezcla de admiración y cierta silenciosa pena: no se explicaba cómo podía sustraerse a la tentación de navegar en las maravillosas canoas que él mismo hacía y, en cambio, se pasaba el día entero doblado sobre sus espaldas sentado en el mismo sitio. Habiendo fabricado miles de canoas, nunca había cruzado el lago y, de hecho, decían, jamás salió de la isla. Y como vivía junto a la tienda, ni siquiera tenía una canoa propia. Cierta vez, tímidamente, Quetza le hizo ver esta paradoja, a lo cual el viejo contestó:

—Se es lo que se hace.

Con aquellas escuetas palabras, Quetza entendió que el viejo Machana podía navegar en torno del lago, por todos los ríos que de él salían y por las costas del mar en el que los ríos convergían, sin haberse movido jamás de ese mercado.

Machana le decía a su aprendiz que cuánto más esmero pusiera en la construcción de una canoa, tanto más lejos habría de llegar. Y, ciertamente, Quetza quería llegar lejos. No sólo soñaba con ir más allá del lago y surcar los ríos que en él confluían; quería llegar hasta al mar y, no conforme, saber qué había al otro lado. Y para eso debía construir una nave capaz de soportar mareas, vientos y tempestades.

Un día, al llegar al mercado, vio que Machana lo esperaba sentado sobre un tronco. Con una expresión como nunca le había visto, le dijo que había llegado el gran momento: en pago por la ayuda que le había dado durante todo ese tiempo, había decidido regalarle la mejor de todas las canoas.

—Aquí está —dijo el viejo.

Quetza miró en todas las direcciones pero no vio nada. Se asomó hacia el embarcadero y tampoco distinguió ninguna *acalli* nueva. Viendo que la alegría inicial de su discípulo se diluía en un gesto de desconcierto, el viejo le dijo:

—Lo primero que tiene que aprender un armador de canoas es a mirar. Está frente a tus ojos.

Sólo entonces Quetza reparó en el tronco: era una madera de forma tortuosa y aspecto deslucido. Percibiendo la decepción de su aprendiz, Machana le hizo notar que un buen naviero, antes que el tronco, debía ver la canoa que él contenía. Pero además de su forma caprichosa y compleja, a Quetza le resultó una madera mucho menos vistosa que las que usaba a diario. Entonces el viejo le dijo que, aun antes que la nave y el tronco, un armador debía aprender a ver la madera que se escondía bajo la corteza.

El viejo Machana se incorporó, arrancó un pedazo de cáscara negruzca y ajada y, como si acabara de abrir una caja que contuviera un tesoro, apareció una madera dorada, suave y de una textura tan lisa como la superficie del lago.

—Es un *cacayactli*, vale más que el oro. No existe otra madera igual para construir canoas. Es tuyo —le dijo al tiempo que le extendía una cuña de obsidiana— quiero que me muestres el barco que oculta el tronco.

Fueron cuarenta jornadas de trabajo arduo. Quetza se pasaba el día tallando, ahuecando, puliendo y midiendo. A la noche, exhausto y con las manos ampolladas, se dormía pensando en su canoa, soñaba con ella y se levantaba al alba para volver a poner manos a la obra. Trabajaba en soledad dentro de una tienda en la que el viejo dejaba secar los troncos; vigilaba con escrúpulo que nadie viese su barcaza hasta que estuviera completamente terminada.

Al cabo de esos cuarenta días de trabajo, Quetza salió por fin de la tienda. Agitado y sudoroso, llamó a Machana y lo invitó a que viera la obra. El viejo, en silencio, caminaba en torno de la canoa pasando la palma de su mano por la superficie. Se sintió homenajeado. Era una embarcación como nadie antes imaginó: la quilla, dorada y pulida, tenía la terminación de la piedra. Sobre el casco había un habitáculo de junco enlazado y, debajo, un depósito para guardar vituallas. Los cuatro remos podían fijarse al casco mediante trabas y se accionaban desde dentro, sin que los remeros tuviesen que asomar los brazos. Sin embargo, Machana no podía dar un veredicto antes de probarla. Sólida y a la vez ligera, la botaron al lago y, al abordarla, la sintieron estable, segura y acogedora. Remaron de forma acompasada y comprobaron que era veloz y muy dúctil. Luego de dar una vuelta completa a la isla, como si lo hicieran en el aire y no en el agua, regresaron, desembarcaron y se quedaron de pie en tierra contemplándola sin hablar. Quetza supo que el mutismo de su maestro era el mejor veredicto que podía esperar. Entonces, sin decir palabra, Quetza amarró la canoa, giró sobre sus talones y se fue. Ya había aprendido todo lo que debía saber.

Machana guardó silencio y Quetza, mientras se perdía entre el follaje, supo que el viejo aceptaba el regalo. Era hora de que tuviese su propia canoa. Ya tendría tiempo el discípulo para armar su barco.

Toda una vida.

7
El adelantado de las estrellas

Al cumplir los quince años, Quetza era un hombre de cuerpo fuerte y macizo. No era demasiado alto ni especialmente agraciado. Sin embargo, sus ojos negros y rasgados tan llenos de curiosidad le conferían una expresión inteligente y vivaz. Tenía la sonrisa generosa, pero la nariz era demasiado pequeña e insignificante. Quetza se lamentaba de no ser dueño de una nariz prominente, de fosas dilatadas y aletas amplias como les gustaba a las mujeres. Suponía que ése era el motivo por el cual Ixaya nunca se había fijado en él más que como un gran amigo. La vieja rivalidad infantil con Huatequi parecía haberse diluido con el paso de los años; sin embargo, ésta era sólo una apariencia: en lugar de trabarse en luchas e interminables juegos de pelota, ahora que eran adultos, competían para ver quién era más hombre. Huatequi tenía el porte de un guerrero: era alto, delgado y su cuerpo presentaba el aspecto de una talla labrada. Su nariz, enorme como el pico de un *tenancalin*, le daba un aspecto viril e imponía respeto. Quetza había sorprendido varias veces a Ixaya contemplando su perfil, viendo de soslayo cómo se tensaban los músculos de su abdomen mientras su amigo practicaba puntería con el arco y la flecha. Entones Quetza sufría en silencio. Sin embargo, también Huatequi podía jurar que los ojos grises de Ixaya se obnubilaban cada vez que ella escuchaba hablar a Quetza sobre el cielo, la Tierra y los mares. Ninguno de ellos conocía el mar; su sola idea despertaba fascinación y temor entre los habitantes de Tenochtitlan, quienes se sentían protegidos entre el lago y las montañas. El mar era un concepto complejo, inabarcable como el infinito y tan temible como el Dios de los Dioses, dueño de la creación y de la destrucción. Quetza creía, sin embargo, que el mar era el único puente entre el pasado y el futuro, el nexo entre los distintos mundos. Cada vez que hablaba del mar, Ixaya abría sus enormes ojos grises y así se quedaba mirando absorta a su pequeño amigo. Huatequi sabía que Ixaya no era indiferente a su apariencia de guerrero, a su nariz prominente y a sus brazos fuertes, de la misma manera que Quetza no ignoraba que a ella la cautivaban sus palabras. Por cierto, se diría que los tres lo sabían. Hubiese sido natural que alguno de ellos estuviese enamorado de dos mujeres y, de hecho, podría casarse con ambas si había acuerdo entre las familias. Si además pertenecía a la rica nobleza, aparte de sus esposas, un hombre podía tener tantas concubinas como pudiese mantener. Pero el caso inverso era inconcebible. Si una mujer era sorprendida cometiendo adulterio, le correspondía la pena de muerte. Por ese motivo, aquella amistad infantil entre los tres, ahora que eran adultos, podía resultar peligrosa.

Las noches de luna nueva, cuando todos dormían, Quetza e Ixaya solían escaparse de la casa. Luego de una furtiva travesía en canoa se llegaban hasta el pie del Templo Mayor y, con paso sigiloso, ascendían hasta lo más alto de la pirámide. El cielo negro con todas sus estrellas fulgurando ante la ausencia de la luna sobre aquella metrópolis que brotaba del medio de las aguas, aquellas pirámides que competían con las montañas, era una visón que conmovía y abrumaba. Para Quetza el cielo era el espejo de la Tierra. Desde muy pequeño sentía una inquietante fascinación por las cosas del cielo. Sus ojos buscaban en la bóveda nocturna la explicación de todas las cosas. Siendo todavía un niño podía dibujar de memoria las constelaciones y los astros más luminosos. Sospechaba que en la comprensión de los hechos celestes podía encontrar la razón de todos los asuntos terrestres. Acostados boca arriba sobre la cúspide de la pirámide del Templo Mayor, Quetza le contaba a Ixaya el resultado de sus cavilaciones: era evidente, le decía, que todos los astros del cielo no eran redondos y planos, sino esféricos. Bastaba con observar las fases creciente o menguante de la Luna para establecer este hecho. Un disco jamás proyectaría una sombra parcial y semicircular sobre sí mismo; eso sólo ocurría con los cuerpos esféricos. Por otra parte, resultaba evidente que el Sol era también una esfera: era notorio que el Sol cambiaba su órbita durante el año; en los meses de verano describía una curva en línea con el cenit, le decía a Ixaya dibujando un semicírculo en el aire con su índice, mientras que en invierno este recorrido se inclinaba hacia el horizonte y era más breve. Si el Sol fuese un disco plano, durante esta estación debería verse ovalado, tal como se vería un medallón escorzado mostrando su canto. Sin embargo, donde estuviese, siempre se veía perfectamente redondo. Entonces, si la Luna y el Sol eran esféricos, también debería serlo *Cemtlaltipac*, la Tierra. Este hecho se veía confirmado durante los eclipses, momento privilegiado en que los hombres podían ver la sombra de la Tierra proyectada en la superficie de la Luna.

Para los mexicas el mundo tenía dos límites: el cielo y el mar. Así como el cielo era la frontera insuperable con aquellos astros que se veían en el firmamento, el mar era el límite absoluto, ya que ni siquiera se percibía que hubiese algo más allá. Entonces Quetza, echado boca arriba, le decía a Ixaya que la Tierra no podía ser muy diferente de los mundos que se veían en aquel cielo nocturno. Que así como resultaba claro a simple vista que había otros mundos desperdigados por el cielo, era seguro que existían otras tierras dispersas en el mar, que si no se llegaban a divisar, como las estrellas, era porque la Tierra era esférica. Quetza estaba convencido de que si alguien se aventuraba mar adentro, después de algunos días de navegación, se toparía con otro mundo. Ignoraba si había otros pueblos en las demás tierras al otro lado del mar pero existían relatos que así lo señalaban. No sabía cuánto había de cierto en los cuentos que hablaban de los hombres barbados de cara roja que solían verse a veces cerca de las costas a bordo de barcos de innumerables remos, pero eran todos muy coincidentes. El mar, según su concepción, era el nexo del presente con el pasado y el futuro. Mientras hablaba Quetza, Ixaya por momentos cerraba los ojos imaginando cómo serían las tierras al otro lado del mar, qué aspecto tendrían aquellos hombres barbados. Entonces, sin dejar de hablar, Quetza contemplaba el perfil de su amiga, su frente alta y el pelo negro, largo y pesado, coronado por una pluma azul de *alotl*; mientras ella permanecía con sus enormes ojos grises cerrados, él, sin interrumpir el relato, miraba sus facciones suaves, su cuello largo y los hombros tersos. Y así, como un adelantado de los sueños, poniendo nombre a los mundos desconocidos, Quetza veía los labios encarnados de Ixaya y debía llamarse a la cordura para no besarla. Muchas veces estuvo a punto de hacerlo, pero no se atrevía a correr el riesgo de que todo lo que había construido, se derrumbara en un segundo. Sabía que la única forma de mantener aquellos encuentros furtivos era conservando vivo aquel fuego alimentado con la crepitante leña de los relatos. Pero por más que intentaran soslayarlo, ambos sabían que iban a tener que separarse por un largo tiempo.

La infancia de Quetza junto al viejo Tepec y a sus grandes amigos, Ixaya y Huatequi, fue un remanso de felicidad entre la tragedia que signó los primeros días de su existencia y el momento en que debió abandonar la casa. El ingreso al *Calmécac* fue para Quetza un inmerecido castigo.

8
Blanco, rojo, negro

Tepec no quería repetir los errores que había cometido con sus dos hijos; a ellos los había mandado a estudiar al *Telpochcalli*, la escuela a la que acudían los hijos de las familias que no pertenecían a la nobleza. Recibían una educación rigurosa, militar y religiosa, aunque de allí no salían los futuros generales ni los clérigos, sino los soldados rasos que engrosaban las filas de los ejércitos. En su afán para que sus hijos no fuesen militares o sacerdotes, Tepec hizo que terminaran integrando la tropa más expuesta a las flechas enemigas. Jamás iba a perdonarse semejante desatino. De modo que, para evitar que Quetza corriera la misma suerte, lo enviaría a estudiar al *Calmécac*, escuela a la que acudían los hijos de la nobleza, los *pipiltin*. De allí egresaban los futuros gobernantes, generales y sacerdotes.

Al cumplir los quince años, Quetza se vio obligado a dejar la casa e internarse en el *Calmécac*. Por una parte, le resultaba sumamente difícil separarse de Tepec y, por otra, no concebía el hecho de que no pudiera ir al *Telpochcalli* junto a sus amigos. Huatequi, que era casi como un hermano, y los demás niños que habían crecido junto a él, dado que eran *macehuates* hijos de esclavos, debían ir al *Telpochcalli*. Por más que Quetza le imploró a su padre, no hubo forma de convencerlo. Era una decisión tomada: Tepec quería que recibiera una sólida instrucción militar para que no le ocurriera lo que a sus otros dos hijos. Por otra parte, las mujeres no tenían derecho a más educación que la que les daban sus madres en sus casas, a menos que tuviesen talento para el canto, en cuyo caso podían ingresar al *cuicalli*, la Casa de los Músicos. La sola idea de verse obligado a dejar de ver a Ixaya, era para Quetza un dolor inconcebible.

Como correspondía al ceremonial, el primer día de clases Tepec acompañó a Quetza hasta el *Calmécac*. Vestidos con sus ropajes rituales, ambos avanzaban en la canoa hacia el Templo Mayor. Navegaban serenamente entre las chinampas repletas de flores blancas como la nieve que cubría los picos de las montañas que circundaban el lago. Todo se veía blanco en ese día inaugural: la capa ritual del viejo, los collares de plata y oro pálido y la vincha de plumas de cisne que le cubrían la cabeza hasta la espalda. Y a medida que avanzaban por el canal, el ánimo de Quetza se hundía igual que los remos en el agua. Al viejo lo embargaba una mezcla de congoja y orgullo: tristeza porque sabía que no vería a su hijo durante mucho tiempo y, a la vez, mientras lo miraba hecho todo un adulto, ataviado para el acto de iniciación, no podía evitar que su pecho se dilatara. Lo contemplaba vestido con su nueva túnica blanca, las sandalias de piel de ciervo y el arreglo de plumas y recordaba cuando, trece años atrás, tuvo que cargarlo, moribundo, en esa misma canoa, para conseguir el remedio que pudiera salvarle la vida. Tepec remaba contemplando en silencio a su hijo y se decía que su misión en la vida ya estaba cumplida.

Al fin llegaron al centro ceremonial. Cuando entraron en la plaza se encontraron con un espectáculo maravilloso: al pie de la gran pirámide había miles de jóvenes que ocupaban la totalidad de la enorme explanada, todos vestidos de blanco de pies a cabeza. Sonaban timbales y caracoles; qué diferente se veía el centro de ceremonias, ahora lleno de vida, de cuando se lo destinaba a los sacrificios. Qué distinto resultaba ver a los hijos de Tenochtitlan disponiéndose para el rito de iniciación a la vida y el conocimiento, y no convertidos en una turba sedienta de sangre que se disputaba un trozo de carne humana para devorarlo cual animales, se decía Tepec. No parecía el mismo sitio. No parecía el mismo pueblo. Al fin llegó el momento: Tepec y Quetza se debían separar; se estrecharon en un fuerte y largo abrazo y evitaron derramar lágrimas. Quetza giró sobre sus talones y caminó hacia donde estaban sus futuros compañeros, sin atreverse a volver la cabeza sobre el hombro. Como un copo de nieve que cayera sobre un campo nevado, leve y despacioso, así Quetza se mezcló entre la multitud de jóvenes.

Los futuros alumnos eran conducidos por los sacerdotes, quienes les daban precisas instrucciones para organizarse conforme al ceremonial. Los iban ordenando de acuerdo con la estatura: los más altos debían ascender primero por la escalinata central hacia la cima de la pirámide. Quetza debió esperar su turno cerca del final. De un momento a otro la pirámide, majestuosa, se volvió blanca por completo tapizada por miles de jóvenes en formación perfecta. En tanto, al pie, la multitud se maravillaba con el espectáculo. Un extranjero se hubiese visto ciertamente intimidado ante semejante visión: era una ciudad imponente, monumental, con un pueblo enorme en número y organización. Luego, los sacerdotes condujeron a los alumnos agrupados en formación marcial al interior de la ermita en lo alto de la pirámide. Quetza, entre temeroso y confundido, marchó tras uno de los oficiantes. En ese instante tuvo cabal conciencia de que por mucho tiempo no volvería a ver a los suyos.

Si fuera del templo todo era blanco, una vez dentro todo se tornó negro y rojo, sombra y penumbra. A medida que los ojos de los jóvenes se iban acostumbrando a la oscuridad, podían ver las figuras monstruosas de los demonios tallados en la piedra que, con sus bocas repletas de colmillos, protegían el recinto. El corazón de Quetza latía con la fuerza de la inquietud; miró la cara de sus compañeros que avanzaban junto a él y pudo ver en sus expresiones un miedo igual al suyo. Los sacerdotes les ordenaban a los gritos que se quitaran las ropas. Una vez desnudos, les cubrían el cuerpo y el rostro con tinta negra. Lo hacían de manera brutal, ungiéndolos con las manos, aferrándolos por el cuello, hundiendo sus cabezas en cuencos repletos de un líquido negro y viscoso hasta sofocarlos. Y los que tenían la mala idea de quejarse o resistirse, eran golpeados en el abdomen o en los testículos para doblegarlos. Y así, confundidos con la oscuridad, se chocaban unos con otros a medida que intentaban seguir avanzando. Sólo podían distinguirse por el blanco de los ojos y el de los dientes, o por los sollozos de pánico y dolor. De pronto todo se había tornado macabro: parecía aquello un desfile fantasmal. A medida que los jóvenes se iban sometiendo, después de tanta crueldad, un sacerdote les acariciaba la cabeza y les ponía un collar de piedras a cada uno. Cuando el suplicio parecía haber terminado, otro religioso los inmovilizaba trabando sus brazos por detrás del cuello y un asistente, sin que se lo esperaran, les perforaba el lóbulo de las orejas con una púa. Entonces, los jóvenes veían con espanto cómo la sangre que brotaba de las heridas era arrojada sobre las tallas de los demonios. Si al menos estuviese allí con Huatequi, se decía Quetza, algún amigo para infundirse valor. Pero todos eran extraños: no sólo los sacerdotes, los oficiantes y los asistentes, sino sus mismos compañeros de tormento. Así, desnudo, con el cuerpo negro de tinta, lastimado y solo en medio de la multitud, Quetza avanzaba sin saber qué más le esperaba todavía. Y, por lo visto, lo que le deparaba el *Calmécac* no era más auspicioso; a medida que iban entrando de a grupos en un nuevo recinto, junto a la puerta encontraron un sacerdote que, con voz imperativa, le decía a cada contingente:

—Olvida que naciste en un lugar de abundancia y felicidad.

Había caído el sol. Todos debían permanecer en un inmenso patio amurallado, desnudos, negros de tinta, tiritando de frío y sin pronunciar palabra. Si alguno de los sacerdotes escuchaba el más mínimo murmullo, de inmediato separaba al contraventor del resto y le descargaba azotes de vara de maguey hasta dejarlo inconsciente. Muchos caían de rodillas, víctimas de la extenuación. Cuando Quetza estaba a punto de perder el equilibrio, vio cómo el Sumo Sacerdote ascendía a una tarima de piedra y se disponía a hablar. Después de guardar un largo silencio para concitar la atención de todos, por fin, comenzó su alocución.

Naciste del vientre de tu venerable madre, en virtud de la simiente de tu padre. Pero debes olvidar ahora que tienes familia. Deberás honrar y obedecer a tus maestros como a tus verdaderos padres. Ellos tienen la autoridad para castigarte pues son quienes te abrirán los ojos y te destaparán los oídos para que aprendas a ver y a escuchar. Hoy te separaste de tus padres y tu corazón está triste. Pero tenemos que presentarte al templo al que te ofrecimos cuando aún eras una criatura y tu madre te hacía crecer con su leche. Ella te cuidó cuando dormías y te limpió cuando te ensuciabas; por ti padeció dolor, cansancio y sueño. Ahora eres un hombre; es el momento de ir al Calmécac, lugar de llanto y pena donde has de encontrar tu destino. Pon mucha atención: en vano tendrás apego a las cosas de tu casa. Tu nuevo

hogar y tu nueva familia están aquí en el templo del se-
ñor Quetzalcóatl. Recuerda que alguna vez fuiste un ni-
ño feliz, porque aquí se templará tu cuerpo y tu alma
con dolor y sacrificio.

Aquellas palabras, comparadas con los dulces *huehuetlatolli* que le decía Tepec, eran una invocación al terror y el
enunciado de lo que le esperaba. Sin embargo, había otro hecho que, por poco, paraliza el corazón de Quetza. Aquél, el
Sumo Sacerdote, era Tapazolli, el mismo que, cuando él era
un niño, por poco le hunde el puñal en el pecho para entre-
garlo en sacrificio.

Quetza habría jurado que mientras pronunciaba aquellas
sombrías palabras, el sacerdote tenía los ojos fijos en los suyos, como si estuviese reclamándole la vieja deuda.

9

El jardín de las ortigas

Aquella primera noche en el *Calmécac* iba a ser apenas una muestra de lo que serían los próximos años. Fueron cinco años que a Quetza le resultaron cinco siglos. Todas las madrugadas, antes de que saliera el sol, el día se iniciaba con un baño en las aguas heladas del lago. Así, todavía húmedos y completamente desnudos, los alumnos recibían un desayuno frugal, sólo compuesto por pan de maíz y agua. Luego debían limpiar todos los aposentos, comenzando por el de los sacerdotes. Solía suceder que algún joven se quedara dormido, en cuyo caso era despertado por un religioso a golpes de vara de cardo o arrojándole agua fría.

Durante el primer año, todas las mañanas, cuando comenzaba a clarear, luego del baño helado, los chicos eran conducidos hacia un campo sembrado de ortigas donde se los obligaba a caminar descalzos durante horas. Dado que eran todos hijos de las castas acomodadas, no acostumbraban a andar sin sandalias, como sí lo hacía la mayoría de la población. La primera vez que Quetza posó la planta del pie sobre las espinosas hojas, pensó que jamás iba a poder soportar tanto dolor durante tanto tiempo. Pero mucho peor era rendirse, caer y llenarse el cuerpo de abrojos, como era el caso de muchos; los gritos eran tan fuertes que podían oírse al otro lado del lago. Era tal el ardor que, después de la primera hora, la piel ya ni siquiera se sentía. A la segunda hora se padecía más el cansancio de la caminata ininterrumpida que las espinas de las ortigas. Pero cuando el suplicio terminaba para todos los demás, Quetza debía caminar, él solo, todavía un poco más. Aquel privilegio, desde luego, debía agradecérselo al Sumo Sacerdote, quien siempre tenía al hijo de Tepec en sus pensamientos.

A Quetza no le resultaba fácil hacerse amigos: acostumbrado a relacionarse con los hijos de los *macehuates*, no conocía muchos de los códigos de los *pipiltin*, usaban términos que le eran ajenos o se reían de chistes que él no entendía. De hecho, muchos de ellos ya eran amigos entre sí o se conocían de antes. Algunos tenían visto a Quetza del *calpulli* y lo creían hijo de alguna esclava de Tepec, de modo que se sorprendían al verlo en el *Calmécac*. Como fuera, Quetza podía sentir la hostil indiferencia de sus compañeros.

Durante aquel primer año las tareas parecían completamente inútiles y carentes de cualquier sentido educativo; de hecho, Quetza no acertaba a ver qué se aprendía exactamente en ese lugar. Bajo el sol abrasador de la tarde eran conducidos al campo. Pero en lugar de enseñarles a trabajar la tierra, sembrar o cosechar, un grupo debía abrir zanjas y otro, con la misma tierra de la excavación, tenía que tapar los surcos que el grupo anterior acababa de abrir. Luego, de acuerdo con ese mismo método, debían levantar paredes de piedra para más tarde derribarlas sin dejar nada en pie. Aquellos durísimos trabajos ni siquiera tenían la gratificación de la tarea cumplida. Resultaba desesperante: al agotamiento físico se sumaba el abatimiento demoledor de la humillación.

Y así fue casi todo el año: al caer la noche, hambrientos y exhaustos, otra vez los esperaba una magra ración de pan y agua. Dormían sobre el piso, apenas separados del suelo frío por una manta. Agotados y con el cuerpo entumecido, esa simple ruana les resultaba tan deliciosa como un lecho de plumas.

A medida que pasaba el tiempo, Quetza percibía que el trato de sus compañeros para con él pasaba de la indiferencia a la provocación. Dado que no pertenecía al selecto grupo de los *pipiltin*, durante los breves momentos de descanso era blanco de burlas y comentarios venenosos. También notaba que algunos de los sacerdotes lo trataban con más rigor que al resto, o que miraban para otro lado cuando los demás jóvenes lo hacían objeto de segregación y maltrato. Todo el tiempo le recordaban a Quetza que debía pagar el deshonor que su padre, Tepec, le había provocado al Sumo Sacerdote; Tapazolli nunca iba a olvidar el lejano día en que el viejo le arrebató de los brazos a ese niño, cuyo destino ahora volvía a estar en sus manos.

Como solía suceder, rápidamente empezó a destacarse en el grupo la figura de un líder, a quien la mayoría parecía obedecer sin restricciones; era un chico flaco, alto, al que le faltaban algunos dientes, llamado Eheca, nombre que significaba "viento frío". Y así era: penetrante, hábil para encontrar el resquicio por donde entrar y molestar, veloz con las palabras, cortante e, igual que el viento, podía empujar a todos como barcazas, de aquí para allá, a su entera voluntad. Rápidamente capitalizó la natural extrañeza que generaba Quetza, transformando la indiferencia en hostilidad y la hostilidad en odio. El primer y obvio apodo que le pusieron a Quetza fue *Macehuatl*, pero viendo que el apelativo no le hacía mella, ya que sinceramente se sentía uno de ellos, Eheca rápidamente encontró el punto débil:

—*Pitzahuayacatl* —le dijo en tono burlón, mientras vanamente levantaban una empalizada en el campo.

El apodo no era particularmente ofensivo o, más bien, no para cualquiera; pero para Quetza fue como si le hubiesen hundido un puñal en su ya lastimado orgullo. Lo habían llamado "nariz chata", hecho que, por otra parte, saltaba a la vista. Sin embargo, no pudo menos que tomarlo como un menoscabo a su virilidad. Era como si le hubiese dicho "pene pequeño". Intentó mantenerse indiferente y continuar con su tarea; de hecho, así lo hizo, pero una furia visceral le surgió desde el vientre y se le instaló en la cara dejando sus mejillas rojas y los labios rígidos. Eheca, como el viento frío, había encontrado el intersticio justo por donde entrar para hacer daño.

Entonces, cuando ya había pasado buena parte de aquel largo y árido año, se produjo algo inesperado. A su pesar y sin que se lo hubiese propuesto, Quetza se convirtió en el líder de todos aquellos que, por diferentes razones, no rendían pleitesía a Eheca. Por el solo hecho de que el único cabecilla del grupo lo había tomado como rival, los demás empezaron a ver en Quetza a una suerte de adalid de los que sufrían el maltrato o simplemente la indiferencia del jefe del grupo.

Por motivos que luego nadie recordaría, un incidente sin importancia, se originó una rencilla que terminó en una batalla campal en la que, a los golpes de puño, se sumaron palos y piedras. Los jefes y los bandos habían quedado claramente diferenciados. Si un sacerdote no hubiese intervenido en el momento oportuno, alguien podía haber terminado malherido.

—Deberían sentirse avergonzados —empezó a decir el religioso, sin dejar de golpear el bastón contra el suelo.

—No es el modo de resolver las diferencias —continuó lentamente el sacerdote mientras caminaba entre los jóvenes jadeantes, algo tullidos y sedientos de guerra.

—Si realmente lo que quieren es pelear como hombres, deberán hacerlo como corresponde.

El religioso caminó hasta la puerta y agregó:

—No ahora, cuando concluya el año será el combate; tendrán espadas, verdaderas espadas con filo de obsidiana. Ahora, todo el mundo a dormir.

Era aquel el temido anuncio. En el *Calmécac* había dos grandes acontecimientos: la lucha inicial, que era el primer paso en la formación militar de los alumnos primerizos, y la lucha final: el último de los combates que completaba el ciclo.

Por si alguien tenía alguna duda, antes de abandonar el pabellón, de pie bajo el dintel, el sacerdote anunció:

—Será una lucha a muerte.

Nadie durmió esa noche.

10
La tierra de las garzas

Aquel incidente coincidió con el término del décimo mes del año. La dos lunas siguientes fueron una larga y angustiosa espera durante la cual Quetza, siempre a su pesar, afianzó su liderazgo. Sabía que el momento del combate, aunque todavía lejano, se acercaba inexorable. Todos eran conscientes de que una espada de obsidiana podía arrancar una cabeza de cuajo y que a Eheca no le temblaría el pulso a la hora de matar. Pero lo que más los inquietaba era que no sabían cómo sería ese combate, quiénes y cuántos iban a ser los contrincantes, ni bajo qué reglas pelearían. El sacerdote había mencionado la palabra "muerte". Ésa era la única certeza.

El bando de Quetza no podía calificarse precisamente de temible; no sólo era menor en número, sino que, además, sus integrantes no lucían como verdaderos titanes: la mayoría tenía una estatura mediana, y los demás eran jóvenes poco acostumbrados al ejercicio físico, cosa que se revelaba en su complexión inconsistente, cuando no adiposa. Sin embargo, había una excepción: el chico más corpulento del grupo estaba de su lado. Era un muchacho inconmensurable, tenía un cuello toruno y el torso de un ídolo de piedra. Pero se llamaba Citli Mamahtli. Aquel nombre no ayudaba mucho a infundir temor a los rivales, ya que significaba "liebre asustada". Y parecía hacer honor a su nombre; pese a su tamaño, Citli Mamahtli, se veía manso como una criatura e incapaz de pelear. Ante cualquier provocación por parte de los miembros del bando opuesto, no podía evitar un llanto infantil. Se diría que cargaba con una tristeza indescifrable; por otra parte, no tenía demasiadas luces, era un poco lento de entendederas y algo tartamudo. Pero no sólo era la tropa con la que contaba Quetza, sino que, con el tiempo, llegó a tomarle un afecto fraternal, como si aquella mole inabarcable fuera el hermano menor que nunca tuvo. Ése era su pequeño ejército.

Si Quetza podía distraer su cabeza en otra cosa que no fuese el combate que se avecinaba, era porque durante el curso de aquel mes las cosas parecían haber tomado un nuevo rumbo. Ahora que se aproximaba el fin de año, luego del baño de agua helada de la mañana, al magro desayuno compuesto sólo por pan y agua se sumaba una ración de frutas y verduras. Todos habían perdido mucho peso y el refuerzo de comida que recibían les daba más energía y mejores ánimos. La caminata sobre el campo de ortigas ahora se había reducido a la mitad y dedicaban el resto de la mañana al estudio. Si el primer año en el *Calmécac* tenía como objetivo curtir el cuerpo y forjar el corazón de los chicos, en el segundo año aprendían Historia, estudiaban el calendario y los arcanos de la religión. De modo que durante el último mes del año, un poco a manera de descanso y un poco a modo de introducción, los chicos conocían a sus futuros maestros, quienes les adelantaban los rudimentos de lo que verían el año próximo. Los alumnos se sentaban en el suelo del gran recinto lindero al Templo Mayor. De pie frente a ellos, Pollecatl, un sacerdote viejo de hablar sereno y pausado, sosteniendo un grueso *tlahtoamatl*, un libro de historia pintado con pictogramas leía y, alternativamente, comentaba cada pasaje.

La historia de los mexicas se iniciaba con un gran enigma. Ese misterio que estaba en el origen parecía ser lo que impulsaba todos sus emprendimientos. No había libro alguno que pudiera contestar ese interrogante y hasta sus propios dioses parecían negarse a responder aquella pregunta. Los mexicas, a diferencia de los demás pueblos que habitaban la región, ignoraban quiénes eran, desconocían su filiación y su procedencia. Aquella suerte de orfandad esencial se revelaba en la tristeza de sus canciones y en las letras de su poesía. El carácter guerrero de los mexicas, su afán de conquista, el anhelo de apropiarse de un porvenir, parecían encontrar su razón en la imposibilidad de ser dueños de un pasado. Creían poder adivinar el futuro en el calendario, predecir acontecimientos y adelantarse a sus consecuencias, pero no había oráculo que les hablara del misterio de sus orígenes.

Pollecatl, el más viejo de los sacerdotes, mientras sostenía el pesado libro entre sus manos, preguntaba a los alumnos si sabían cuál era el lugar originario de los mexicas. Entonces, en un susurro tímido pero unánime se escuchaba:

—Aztlan.

—Muy bien —decía el sacerdote, y volvía a preguntar:

—¿Alguien sabe dónde queda Aztlan?

Entonces se hacía un silencio absoluto.

Los mexicas eran oriundos de aquella lejana y enigmática tierra. El término Aztlan podía significar "lugar de las garzas", "sitio de la blancura" o "comarca del origen". Hacía mucho tiempo, por motivos que también ignoraban, habían tenido que abandonar aquella ciudad. Conducidos por un sacerdote llamado Tenoch, iniciaron un largo éxodo, primero en barco, a través de las aguas, y luego por tierra cruzando valles, ríos y montañas. Así, encomendados a Huizilopochtli, luego de una marcha sin rumbo preciso, llegaron hasta las orillas del lago de Texcoco. Ese pueblo, nuevo a los ojos de las demás tribus que habitaban el valle, aquellos peregrinos perdidos que no sabían adónde iban ni recordaban de dónde habían partido, fueron los últimos en llegar desde el Norte hasta el Anáhuac.

Con los ojos fijos en los pictogramas del libro, el sacerdote, elocuente en los gestos y declamando, casi con un tono épico, por momentos dramático, narraba cómo sus antepasados, sumidos en la desesperanza, la pobreza y la incertidumbre, siempre se mantuvieron fieles y obedientes a Tenoch, pese a que éste sólo parecía ofrecerles sufrimiento. Cuando llegaron al valle, ciertamente no fueron bienvenidos por sus habitantes. Sin embargo, al repudio respondieron primero con humildad, aceptando la ley de los pueblos ya establecidos, adaptándose a sus costumbres y tendiendo puentes de amistad. De esta voluntad de confraternizar surgieron los primeros lazos, mezclando su sangre en matrimonios. Sin embargo, no consiguieron establecerse ni fundar una ciudad propia; igual que los coyotes, vagaban cerca de los poblados pero sin poder acercarse demasiado, a riesgo de ser atacados. Ni siquiera dejaron que se afincaran en las tierras menos fértiles. Así, siempre guiados por Tenoch, erraron durante años. Un día el sacerdote los reunió y les dijo que debían buscar una señal que les indicara el sitio exacto donde fundar su ciudad; era una señal clara e inconfundible: tenían que encontrar un águila y una serpiente posados sobre un nopal.

Si bien todos conocían esa historia, el histrionismo de Pollecatl, su modo de narrar, sus gestos, conseguían que los alumnos siguieran el relato como si lo escucharan por primera vez.

Así, continuó el sacerdote, un día, durante una cacería, un grupo de hombres descubrió la señal esperada: en un islote despoblado, en medio del lago, vieron un águila comiéndose una serpiente sobre una tuna. La tierra prometida no era un edén ni un valle fértil; no se trataba siquiera de un modesto pedazo de suelo firme: era apenas un pequeño pantano no ya inhabitado, sino inhabitable. Tenoch bendijo ese lugar y agradeció a los dioses como si le hubiesen legado el paraíso.

Entonces Pollecatl posó el libro y ordenó a todos los alumnos que lo siguieran. Salió de aquel recinto monumental y caminó hacia la plaza central. Luego, seguido por la multitud de chicos, cruzó el centro ritual, se detuvo un momento al pie del Templo Mayor, se llenó los pulmones y comenzó el ascenso a la pirámide. Una vez que alcanzaron la cima, les dijo a todos que se ubicaran en lo alto. Señalando hacia abajo y en derredor, dando vueltas sobre su eje, instó a los alumnos a que miraran en silencio.

Allí estaba la gran Tenochtitlan, la ciudad más grandiosa de todas. Más esplendorosa que Tula y que la misma Teotihuacan, la ciudad de los dioses. Así, en ese silencio sólo quebrado por el viento, miraban el sueño de Tenoch hecho realidad. El pecho de Quetza se expandió: sintió orgullo por esa patria nacida del barro, de la nada, cuyos palacios ensombrecían ahora a las montañas. Veía aquella ciudad dorada y se convencía de la ilusoria certeza de que no había obstáculo que pudiera interponerse a la voluntad. Desde la cima, miraba las piedras sobre las que se apoyaban sus pies y recordaba que, en ese mismo lugar, había sido el hombre más feliz de la Tierra cuando hasta allí se escapaba con Ixaya. La añoranza se convirtió en tristeza. La extrañaba. Por otra parte, el combate que se avecinaba era como un pájaro negro, cuya sombra todo lo oscurecía. Entonces buscó con la mirada entre sus compañeros hasta encontrar a Eheca. Sólo quería ver su expresión ante la magnificencia de la historia plasmada allí abajo, a los pies de la pirámide, extendiéndose por el lago hasta las montañas. Tuvo la esperanza de que en aquel sitio sagrado, en la cima de la gran Tenochtitlan, sus miradas se encontraran para reconciliarse. Pero sólo vio en sus ojos indiferencia y un rencor indescifrable. Sus miradas finalmente se encontraron, sí; Eheca le dedicó una sonrisa desdentada, amenazadora y llena de malicia. Entonces Quetza volvió a contemplar la ciudad que unía la tierra con el agua y el agua con el cielo, se llenó los pulmones con aquel viento de las alturas y se dijo que, si así lo decidía el destino, podía morir en paz.

11
La espada sobre la piedra

El combate inicial se aproximaba. En esta lucha, la primera de una serie, los oficiales podían ver las aptitudes de los chicos en estado puro y prefigurar quiénes serían los guerreros más bravos, observar las tempranas disposiciones a atacar, defender, ordenar y obedecer. Podían ver la fuerza física y la agudeza estratégica de cada uno de los alumnos. Tal vez el primer combate fuese más importante que el último, aquel que significaba el término del *Calmécac*.

Y, precisamente, el combate final, protagonizado por los alumnos que estaban por concluir sus estudios en el *Calmécac*, tendría lugar el día anterior al combate inicial entre los nuevos. Casi no había contacto entre los alumnos mayores y los menores; se movían en distintos ámbitos y nunca coincidían en los lugares comunes. De manera que los más chicos recibían con absoluta sorpresa cada acontecimiento. Pero la lucha final entre los alumnos que estaban por egresar era un acto solemne, al cual asistían como espectadores los chicos de todo el *Calmécac*. Se hacía en una de las grandes explanadas adyacentes al Gran Templo, del lado opuesto al centro ceremonial. Las escalinatas de la pirámide servían de graderías donde se ubicaba el público: en la base se formaban los alumnos y en la franja central, las autoridades del *Calmécac*. Quetza, que había quedado casualmente muy cerca de Eheca, escuchó cómo sonaban las caracolas y quedó estupefacto cuando, precedido por una guardia numerosa y compacta, apareció el emperador, quien ocupó el trono en lo alto de la pirámide. Por entonces el monarca era Tizoc, sucesor de Axayácatl, aquel *tlatoani* que había accedido a perdonarle la vida. Quetza no quería perderse de nada, debía estar atento a todo; al día siguiente le tocaría a él ocupar el campo de batalla. Tenía que aprender cuanto pudiera, ya que aún ni siquiera sabía en qué consistiría la lucha. Se dijo que era aquella la única oportunidad para develar el gran misterio, antes de que llegara el momento, cada vez más cercano, de su propia batalla.

Los caracoles se acallaron de pronto; se hizo un silencio estremecedor y luego empezaron a sonar los tambores con insistencia, haciendo un largo preámbulo que acrecentaba el ansia del público. Entonces sí, desde el interior del templo ingresaron al campo los luchadores. Era un grupo de catorce jóvenes. Usaban sólo un taparrabos y nada los diferenciaba entre sí; no se advertían bandos opuestos. Habían entrado en formación marcial y quedaron alineados frente al público. A una orden de uno de los sacerdotes, todos hicieron una reverencia al *tlatoani*. Los cuerpos de todos ellos estaban perfectamente tallados en el rigor del ejercicio. Tal como se percibía, no había todavía contendientes. El sacerdote iba anunciando a viva voz cada una de las reglas; primero el grupo debía elegir líderes en sucesivas tandas: los dos que resultaran más votados, independientemente del número y la diferencia de sufragios, serían quienes encabezarían ambos bandos. Fue éste un trámite rápido; resultaba evidente que los líderes ya estaban largamente definidos desde hacía mucho tiempo. Uno de ellos era un muchacho de una flacura esquelética y no demasiado alto. Sin embargo, había algo en su expresión, en lo más profundo de su mirada, que infundía miedo. A Quetza le recordó la actitud de un *coyotl*: igual que los coyotes, detrás de esa apariencia semejante a la de un perro famélico, se escondía un carácter feroz y artero. El otro presentaba el aspecto de un atleta: sus brazos, piernas y pectorales parecían la obra de un *tlacuicuilo*, un escultor avezado. Sin embargo, en contraste con su porte de guerrero, se lo veía intranquilo, gesticulante y lleno de vacilación. Enfrentados cara a cara, se medían e intentaban intimidarse con gestos como animales que exhibieran sus dientes. Pero todavía debían contenerse. El sacerdote les recordó a voz en cuello que aún tenían que seleccionar a su tropa.

El azar decidiría quién sería el primero en elegir: el sacerdote hizo girar una espada sobre la superficie de una piedra rectangular a cuyos lados, en extremos opuestos, estaban ambos líderes. Después de dar varias vueltas sobre sí misma, la espada se detuvo señalando con su hoja hacia el muchacho más fornido; él sería el primero en escoger a uno del grupo, quien ocuparía el cargo de subjefe o edecán. Esos dos primeros puestos eran los más importantes, no sólo en relación con el mando: si el jefe o el edecán caían, de inmediato se daba por finalizado el combate. Así, eligiendo alternativamente primero un jefe y luego el otro, quedaron conformados los dos bandos integrados por siete hombres cada uno. Emulando al clan de los caballeros Águila, los miembros de uno de los grupos se vistieron con capas que semejaban el plumaje de un pájaro, pero, habida cuenta de que eran todavía estudiantes, en lugar de águilas imitaban a los *tohtli*, los ágiles halcones que abundaban en la isla. El traje lo completaba una máscara de madera que, con un pico afilado, representaba la cara ceñuda del ave. El otro bando se atavió con trajes y máscaras que, remedando al clan de los caballeros Jaguar en versión juvenil, figuraba al *tlacomiztli*, el gato montés. Quetza no pudo evitar el recuerdo de cuando, con Huatequi, jugaban a ese mismo juego con varas que semejaban espadas. Sólo que ahora pudo comprobar con preocupación que los combatientes estaban provistos de armas verdaderas: los jefes de cada bando con espadas que lucían el negro filo de la obsidiana, y el resto, con largas lanzas afiladas, todos protegidos con escudos como auténticos guerreros. Así, al pie de la pirámide del Templo Mayor, todo estaba dispuesto para el combate final. El emperador, desde lo alto, bajando su brazo ordenó que se iniciara la lucha.

12
Mariposas de obsidiana

Los dos grupos enfrentados cerraron filas. Los caballeros Gato, liderados por el muchacho más delgado, comenzaron lo que parecía una danza que imitaba los finos movimientos de un felino: el grupo se desplazaba como un único animal, avanzando de la misma forma que un gato hacia su presa. Se adelantaban con un paso unánime, la cabeza y las armas hacia adelante, los escudos a un lado, los ojos atentos y tensos como la cuerda de un arco. Extendían primero una pierna, obteniendo un equilibrio tan perfecto sobre la otra que se dirían exentos de peso alguno. Los tambores acompañaban el paso de los luchadores. Conforme avanzaban lentamente los caballeros Gato, en la misma proporción retrocedían los caballeros Halcón. Estos últimos, tal vez contagiados de las vacilaciones de su jefe, parecían replegarse en posición contraria a sus oponentes: tenían el escudo por delante del cuerpo y las armas hacia atrás. Ambos bandos, sin embargo, se movían al mismo ritmo: los caballeros Halcón agitaban suavemente sus brazos flexionados por debajo de la capa, imitando el movimiento de las alas de un ave. Quetza intuía que estas acciones tendían a distraer la atención del otro grupo. Y a medida que los halcones retrocedían, los gatos avanzaban cada vez más confiados hasta que, al fin, dieron el salto lanzándose contra los halcones acorralados contra la ladera de la pirámide. Entonces se produjo algo que cortó el aliento del público: como si realmente los dioses les hubiesen otorgado la virtud de los pájaros, los caballeros Halcón volaron por encima de los gatos. Fue un movimiento veloz y largamente estudiado; luego de una rápida y corta carrera se frenaron contra el piso con la punta de las lanzas y así, sujetos al mango, se elevaron hasta volar, literalmente, por sobre las asombradas cabezas de los oponentes. Aterrizaron de pie, formando un círculo en torno de los felinos, de pronto desorientados y cubriéndose con los escudos. Entonces los caballeros Halcón, ahora a la ofensiva, descargaron una lluvia de golpes de lanza, patadas y puñetazos sobre el lomo erizado de los hombres gato. Quetza notó que no se trataba, sin embargo, de una andanada caótica, sino que era una embestida bien calculada. Uno de los caballeros Gato quedó tendido en el piso y fue retirado por dos sacerdotes.

Los grupos volvieron a formar como al principio. La baja producida al pequeño ejército se hacía notar. El jefe de los gatos miró a su oponente con odio y, sin decir palabra, le juró venganza. Entonces dio un grito de furia y de pronto se lanzó a la carga a toda carrera blandiendo la espada. Sus huestes corrieron tras él. Fue todo tan imprevisto, que la reacción de los halcones resultó caótica: algunos intentaron el ardid anterior, saltando con sus cañas pero, ya prevenidos, los felinos los esperaron caer ensartándolos con sus lanzas. En las gradas se hizo un silencio absoluto. Los chicos no podían disimular un gesto de pavor al ver la sangre brotando a chorros de las heridas, corriendo como un río sobre el campo de lucha. Un sacerdote detuvo el combate. Tres caballeros Halcón quedaron tendidos en el piso y, como el joven gato, fueron retirados. Quetza buscó el rostro de Eheca y, por primera vez, pudo percibir el miedo. Sus miradas volvieron a cruzarse pero, esta vez, Quetza fue quien le dedicó una mirada desafiante. Realmente no estaba asustado. No era miedo, sino otro sentimiento: le parecía todo tan salvaje, tan brutal e injustificado, que su espíritu se llenó de una indignación tal, que experimentó un odio infinito. Era una conmoción contradictoria: pero de qué otra forma puede alguien rebelarse ante la injusticia sin sentir el acicate del odio. Quetza, tal como le enseñara su padre, se llamó a la calma recordando que si se estaba realmente en contra de los sacrificios, por esa misma razón, no podía desearse ni siquiera la muerte del verdugo. Y también su padre le había enseñado que los peores sentimientos, los peores pensamientos son hijos del miedo, que si conseguía derrotar el temor, podría pensar con claridad. Entonces Quetza comprendió que aquella ceremonia tenía por propósito llenarlos de miedo, sojuzgarlos por el temor al dolor y a la muerte. "El ser humano y la muerte nunca llegan a conocerse. Nadie asiste a su propio funeral", solía decir Tepec. Desde que era un niño le repetía el viejo proverbio tolteca: *Oye bien, mi chiquito, mi quetzal, no temas de la muerte porque ella nunca nos toca: mientras tenemos la vida, la muerte nos es ajena. Y cuando ella llega, ya no estamos ahí para recibirla.* Y así, recordando las enseñanzas de su padre, Quetza se despojó de aquel odio que lo horadaba. Jamás iba a olvidar a aquellos chicos tendidos en el campo entre convulsiones, regando la tierra con su sangre; pero no iba a agregar sentimientos de muerte sobre la muerte.

El combate se restableció hasta que sólo quedaron ambos jefes. Estaban extenuados. La sangre se mezclaba en sus rostros con el sudor, formando un líquido rosado que caía desde las máscaras, evidenciando que el gesto de entereza de los disfraces no era más que una apariencia. Solos, frente a frente, blandiendo sus espadas y sosteniendo los escudos, ejecutaban los pasos de la danza final. Como al principio, el gato se lanzó sobre el halcón dando un zarpazo de espada. El hombre ave detuvo la estocada con su escudo, saltó, giró varias veces sobre su eje y acertó una patada con el empeine en pleno rostro del hombre gato. Viendo que el felino caía al piso, el pájaro descargó la hoja de obsidiana con el propósito de cortarle el cuello. Pero, igual que los gatos, aquél se arqueó, se impulsó y se aferró, como si en realidad tuviese garras, al cuerpo del caballero Halcón. Luego, afirmándose con sus pies a los hombros del pájaro, el gato saltó hacia arriba, muy alto y, al caer, le pegó con el codo en medio del pecho, aprovechando el enorme impulso. Ahora era el caballero Halcón el que estaba en el piso. El gato insinuó un sablazo en el vientre del ave, pero cuando éste se cubrió el abdomen con el escudo, redirigió el curso de la espada hacia el arma de su oponente. El golpe de la piedra con la piedra fue tan duro que la espada del halcón se soltó de la mano de su dueño, salió despedida en forma vertical y, después de dar varias vueltas en el aire, cayó en la mano del enemigo. Ahora el caballero Gato tenía ambas espadas y, bajo su pie, inerme, derrotado, yacía el caballero Halcón. La lucha estaba terminada. Así lo decidió el sacerdote. Entonces le recordó que en las manos del vencedor estaba el destino del perdedor. El hombre gato se quitó la máscara para que nadie olvidara su rostro y, agitando ambos brazos, celebró la victoria. Miró hacia lo alto de la pirámide bicéfala, se llenó los pulmones, gritó el nombre del Dios de la Guerra y, en un movimiento exacto, clavó ambas espadas en el vientre de quien, hasta hacía poco, era su compañero de estudios.

El combate final se había cobrado cinco heridos y tres muertos. El corazón de los muertos fue ofrendado a Hutzilopotchtli.

El viento del anochecer, como un lamento, se cortó en el filo de las espadas verticales que surgían del cuerpo, despojado del corazón, que yacía al pie de la pirámide.

Ahora los chicos sabían, por fin, en qué consistía el combate.

13
Asuntos pendientes

El gran día se aproximaba. Las horas que restaban eran para Quetza un largo suplicio. Nunca había imaginado el sombrío desenlace de la lucha final. El tiempo había quedado suspendido entre el deseo de que el momento del combate no llegara nunca y la angustia de la espera. Por su parte, a Eheca se lo veía reconcentrado, su sonrisa desdentada y desafiante había dejado lugar a un gesto duro, hierático, y ni siquiera se acercaba a conversar con sus acólitos. Citli Mamahtli permanecía sumido en un ensimismamiento rayano con la locura: musitaba para sí frases ininteligibles con la mirada perdida en lo más profundo de sus propios pensamientos. Pero había un hecho que a Quetza le infundía una extraña tranquilidad: era aquella una noche como cualquier otra. Los sacerdotes se conducían hacia los alumnos como si nada hubiese ocurrido, ni nada especial fuese a suceder. Mientras comían comentaban cómo serían las actividades del día siguiente: luego de la habitual caminata por el campo y las tareas de agricultura tendrían clase de Historia y, más tarde, estudiarían el calendario; los alumnos acababan de presenciar cómo habían muerto esos chicos, ignoraban si ellos mismos sobrevivirían al primer gran combate y debían hacer como si nada sucediera.

Quetza decidió seguir el ejemplo de los sacerdotes y no volver a pensar en la lucha. Igual que sus compañeros, se preguntaba si estaría vivo a la misma hora del día siguiente. Se dijo que ya una vez, a poco de nacer, había estado cara a cara con la muerte: conocía el rostro sediento de sangre de Huitzilopotchtli. Si aún permanecía con vida era por un hecho fortuito y providencial. Hacía quince años que residía en este mundo sin que lo hubiesen invitado; tal vez era hora de que el anfitrión se diera cuenta: más tarde o más temprano sería expulsado del Reino de los Vivos. Sin embargo, aún tenía algunas cosas pendientes. El tiempo que le quedaba no era mucho, pero quizá le alcanzara para saldar algunas deudas.

Era noche cerrada. Todos sus compañeros dormían. Quetza se levantó con sigilo. Como un gato salió del pabellón por una angosta ventana que daba a la galería que circundaba el patio. Desde aquella enorme plaza seca e interna no había comunicación alguna con el exterior; la única puerta que conducía hacia afuera estaba en el pabellón de los sacerdotes y no había manera de entrar allí. Quetza ya había trazado un plan, aunque sabía que si fracasaba ni siquiera iba a tener la oportunidad de combatir por su vida: si lo sorprendían intentando fugarse sería el primero en dar su sangre en sacrificio. Durante la cena se había hecho de una soga. Era demasiado corta para alcanzar el techo monumental de la galería. Pero servía para rodear una de las columnas. Así lo hizo; abrazado a una de las innumerables pilastras rectangulares, ayudándose con la cuerda como si fuese una extensión de sus brazos, comenzó el ascenso. Se impulsaba con las piernas y se sostenía con la soga semejando los movimientos de un *ozomatli*, unos monos pequeños que solían verse en las copas de los árboles. Avanzaba sin obstáculos hacia lo alto. Estaba promediando la ascensión, cuando desde la oscuridad surgió la figura de un sacerdote que venía por la galería directo hacia donde estaba él. Tal vez advertido por los ruidos, quizá porque estaba desvelado o, sencillamente, porque su tarea fuese la de vigilar, el sacerdote parecía haberlo sorprendido. Quetza se aferró a la columna apretándose de tal modo que se diría parte de la piedra, confundiéndose con los bajorrelieves que la adornaban. Los pasos del religioso resonaban cada vez más cercanos, hasta que los escuchó junto a él. Estaba perdido. Quetza cerró los ojos con la esperanza infantil de que, al dejar de mirar, fuese a conseguir el mismo efecto en el sacerdote. Como si milagrosamente lo hubiese logrado, pudo comprobar que los pasos se alejaron sin detenerse; el hombre pasó al otro lado de la columna sin verlo. Una vez que recuperó el aliento, Quetza continuó ascendiendo hasta que, por fin, alcanzó el gran alero de piedra y se descolgó por el lado opuesto, bajando por otra de las columnas con la misma técnica. Cuando estuvo fuera del *Calmécac*, Quetza huyó a toda carrera hasta perderse al otro lado de los dominios del templo.

Ixaya dormía profundamente cuando unos ruidos provenientes del canal la despertaron. Se incorporó sobresaltada y, en puntas de pies, caminó hacia la entrada de la casa, corrió la cortina de juncos y, con terror, vio que un hombre salía de las aguas heladas. Sus enormes ojos grises observaron cómo el hombre, empapado, trepaba por el borde de la chinampa y, una vez en tierra firme, avanzaba directo hacia la casa dejando un rastro de agua tras de sí. La chica colocó un postigo de madera y se apoyó de espaldas sobre él, como si el peso del miedo pudiese detener a un intruso. Y así, en su espalda, sintió el tacto del hombre que tocaba la tabla. No lo hacía de manera violenta; ni siquiera había golpeado. Ixaya sentía en sus pulmones agitados que alguien estaba pasando su mano sobre la superficie de la madera. En un movimiento rápido, estiró el brazo, tomó una estaca que se usaba para colgar la carne al sol, la empuñó como un arma, dejó caer el postigo y descargó la punta afilada sobre el pecho del intruso. Pero el hombre detuvo la mano de Ixaya tomándola suavemente por la muñeca.

—Soy yo, Quetza.

A la muchacha le costó reconocerlo. Había pasado cerca de un año desde la última vez que lo vio. Llevaba el pelo mucho más largo, la rigurosa vida del *Calmécac* lo había vuelto más flaco y atlético. Hasta se veía más alto. Ixaya desahogó entonces una mezcla de sentimientos diversos, antagónicos: se abrazó a su amigo y lloró liberando el miedo, la emoción de volver a verlo y el cariño desatado como un torrente. Aferrada contra su pecho, vio que Quetza estaba completamente mojado y tiritando de frío. Había tenido que nadar en las aguas heladas del canal para escapar sin ser visto. Ixaya fue a buscar unos lienzos y, junto al fuego, secó su cuerpo entumecido. Sin pronunciar una sola palabra, ambos sabían adónde tenían que ir.

14
La cima del mundo

Recostados en la cima del mundo, en lo alto de la pirámide, abrazados, las manos enlazadas, Ixaya y Quetza conversaban como si se hubiesen visto el día anterior, como si jamás hubieran tenido que separarse. La luna llena iluminaba la ciudad que descansaba hermosa y resplandeciente. Bajo el cielo estrellado, él le contaba la historia del universo; una historia diferente de la de los dioses mitológicos. Imaginaba en voz alta cómo serían aquellos lejanos mundos luminosos. Si escapar del recinto sagrado fue una tarea riesgosa, volver a entrar en los dominios del Templo y llegar a lo alto resultó aún mucho más peligroso. Pero ahora que volvían a estar juntos, nada parecía importarles. Quetza podía sentir la tibia respiración de Ixaya, olía el perfume de su pelo, veía su perfil delicado y sus labios encarnados, y entonces el universo entero se opacaba igual que esas estrellas ante la luna llena. Aunque hablaba con calma, el corazón de Quetza repiqueteaba con fuerza. Tal vez fuera aquella la última vez que la viera. Desde luego, no le dijo una sola palabra acerca del combate, ni de la lucha que había presenciado el día anterior, ni de los chicos muertos. Ixaya permanecía con los ojos cerrados. Quetza aproximó sus labios a los de ella y sintió pánico; le temía menos a la muerte que al rechazo. Pero no estaba dispuesto a abandonar este mundo sin saber qué guardaba el corazón de su amiga.

Cuando sintió que los brazos de Ixaya se aferraban a su cuerpo, que sus manos recorrían su cuello, acariciaban sus hombros y se refugiaban entre su pelo, Quetza tuvo que contener un llanto inexplicable. Sus cuerpos se reclamaban, pero ambos, por distintas razones, sabían que no debían obedecer a ese llamado. Quetza no iba a despojar a su amiga del último vestigio de niñez para llevárselo al Reino de los Muertos. No podía hacer eso. Los brazos de Ixaya eran su último refugio, el lugar donde nada ni nadie podía hacerle daño. Por ese mismo motivo, se dijo, no tenía derecho a herirla. Por su parte, aunque ella ignoraba que quizá fuese la última vez que se verían, no iba a permitir que las cosas se le escaparan de las manos: todavía quedaba mucho tiempo de *Calmécac* por delante y se negaba a sufrir más de lo que ya estaba sufriendo; si hasta entonces mantenerse lejos de su amigo era un padecimiento, no quería que, desde ese momento, la espera se convirtiera en un martirio. Pero los pensamientos iban por un camino y los demonios del cuerpo por otro. Los humores adolescentes invadían la sangre, corrían por las venas, se crispaban en la piel y se resistían al llamado de la razón. Quetza olvidó por completo las estrellas y, dándoles la espalda, reptó por el cuerpo generoso de Ixaya que lo esperaba con las piernas separadas. El pequeño taparrabos de pronto no alcanzaba para impedir que el impetuoso guerrero, inflamado, quisiera librar su primera y acaso última batalla. Allí, en la cima del mundo, Quetza e Ixaya, abrazados y jadeantes, obedecían al llamado de la vida sobre el Templo del Dios de la Muerte, sobre la mismísima cabeza de Huitzilopotchtli. Ella lo atraía sujetándolo con las piernas y a la vez lo rechazaba alejándolo con los brazos. Él intentaba apaciguarse, silenciar con sus labios los gemidos de su amiga, pero no hacía más que conseguir el efecto contrario. En el mismo momento en que estaban por traicionar sus íntimas promesas, escucharon pasos acercándose por una de las laderas de la pirámide. Quetza se deslizó, acostado como estaba, tal como lo haría una iguana, y pudo comprobar que el mismo sacerdote que, momentos antes, estuvo a punto de sorprenderlo mientras trepaba la columna, ahora estaba subiendo rápidamente por la escalinata. Era aquella una visión fantasmagórica: el religioso enfundado en una túnica negra, con su cabellera larga, blanca y enmarañada, ascendía a paso firme con unos ojos encendidos que, a la luz de la luna, se veían rojizos como si estuviesen hechos de fuego.

Quetza tomó de la mano a su amiga y, corriendo, la condujo cuesta abajo por la ladera contraria de la pirámide. Impulsados por la inercia del precipitado descenso, siguieron a toda velocidad hasta cruzar el centro ceremonial y perderse por una callejuela interna del *Calmécac* que salía al canal. Allí se despidieron. Quetza tenía que llegar al pabellón antes de que el sacerdote, que había visto una sombra fugitiva en lo alto del templo, iniciara la segura inspección para comprobar si faltaba algún alumno. Fue una despedida apresurada; se saludaron sin abrazarse porque sabían que, de otro modo, no iban a poder separarse jamás. Se alejaron mirando hacia adelante, sin atreverse a girar la cabeza por sobre el hombro. Ixaya nunca iba a saber que quizá fuese aquella la última vez que se verían.

Quetza corrió tan rápido como pudo. Palpitante y sudoroso, entró en el pabellón a través del mismo ventanuco por el que había salido. En el exacto momento en que acababa de meterse entre las cobijas, el sacerdote ingresó en el aposento; luego de una minuciosa recorrida, para su desconcierto comprobó que nadie faltaba. Salió del cuarto rascándose el mentón. Quetza se hubiese dormido satisfecho de no haber sido porque que ya estaba clareando. Faltaban pocas horas para el combate.

15
El combate

El momento llegó.

Las escalinatas de la pirámide, convertidas en graderías, albergaban al público: alumnos, sacerdotes, funcionarios y militares esperaban impacientes el comienzo del combate. La lucha inicial era un acontecimiento más trascendental aún que el combate final; de aquella arena iban a surgir los próximos héroes del pueblo mexica. Era el momento en que los futuros guerreros harían sus primeras armas. Representaba un orgullo para los mayores haber visto pelear de niños a quienes eran hoy los más valientes generales. Los funcionarios más viejos podían jactarse de haber presenciado el primer combate de aquel que hoy ocupaba el trono en lo alto del Templo. El emperador, sentado ya en su sitial, iba a asistir a la primera batalla de quien, quizás, en el futuro, llegara a ser su sucesor; tal vez el elegido estuviese entre aquel grupo de chicos. Y aún por encima del rey, el Dios de la Guerra, Huitzilopotchtli, estaba ávido de la sangre que habría de serle ofrendada; era aquella la sangre que más le gustaba: la de los jóvenes caídos en el acto marcial de iniciación, el primero y, acaso, el último. No se trataba de la sangre del enemigo, apenas necesaria como la comida para los hombres, sino la de sus propios hijos que le ofrendaban su corazón por amor.

Sonaron por fin las caracolas. Los guerreros salieron al campo en medio de la ovación. Formaron y se inclinaron ante el rey. En un trámite expeditivo, fueron elegidos los dos jefes. La elección no deparó sorpresas: tal como era de esperarse, los chicos eligieron por un lado a Eheca y, por otro, a Quetza. Un sacerdote hizo girar la espada sobre la piedra para que el azar decidiera quién había de ser el primero en escoger a su edecán. La negra hoja de obsidiana se detuvo señalando a Eheca. Nadie tenía dudas de que habría de elegir a su secuaz más cercano, un muchacho fuerte, astuto y sumamente fiel a su jefe. Sin embargo, sucedió algo que dejó mudo a todo el mundo: levantó su índice y, mirando con una sonrisa maliciosa a su oponente, apuntó hacia aquel que Quetza había adoptado como su hermano menor: Citli Mamahtli. Ese chico enorme y a la vez tan frágil como una mariposa, acababa de ser designado subjefe de su acérrimo enemigo. El elegido, petrificado, parecía no comprender y miraba a Quetza como rogándole que le explicara qué estaba sucediendo. Pero su amigo, su hermano, estaba tan absorto como él. Habían quedado en bandos opuestos en una batalla a muerte y la decisión era inapelable. Ahora debía elegir Quetza. Era una verdadera encrucijada, ya que tenía previsto elegir a Citli Mamahtli como su edecán. Llegó a considerar la posibilidad de proceder con la misma lógica que Eheca y escoger al más fiel aliado de su oponente. Pero no tenía sentido: la estrategia era usar a los amigos de Quetza como escudo, sabiendo que éste sería incapaz de hacerles daño. En cambio, Eheca carecía de escrúpulos: no le temblaría el pulso a la hora de matar a sus propios acólitos. De manera que Quetza debía escoger entre los suyos. Así lo hizo: guiado siempre por el afán de proteger a su tropa, se decidió por un chico bajo y muy delgado. La maniobra de Eheca se hizo evidente al elegir a otro miembro del pequeño ejército de su contrincante. Era mucho más cruel e infame de lo que nadie podía imaginar. Y procedió del mismo modo del primero al último; su bando, casi en su totalidad, quedó compuesto por aquellos que respondían a Quetza y dos de los más bravos, que eran adeptos a él. Era el ejército perfecto: el jefe y sus dos secuaces constituían la punta de lanza y el resto sería usado como escudo humano.

Mientras se vestía con las ropas del caballero Gato, a Quetza, todavía sin poder creer lo que acababa de suceder, no se le ocurría de qué manera quebrar la trampa que le había tendido Eheca. Sólo una cosa tenía en claro: no estaba dispuesto a pelear contra sus propios compañeros. No sabía aún qué iba a hacer, pero sí sabía lo que no podía hacer.

Otra vez en el campo de batalla, ambos bandos, con sus respectivos atavíos de aves y felinos, estaban formados uno frente al otro. Sólo entonces, Quetza comprendió el porqué de las máscaras: era para impedir que se reconocieran. Tras la máscara no podía adivinarse quién había sido amigo hasta ese momento y quién no. Pero para Quetza no era suficiente: la mayoría de quienes se ocultaban tras la máscara de los caballeros Halcón seguían siendo sus amigos, aunque hubiesen quedado en el bando opuesto. Y, en rigor, no quería que se derramara una sola gota de sangre. Pero Eheca había dispuesto las cosas de modo tal que aquello resultara una carnicería. Sin dudas, no bien dieran la orden, él con su espada, y sus dos secuaces con las lanzas, iban a arrojarse al ataque sin piedad matando a la mayor cantidad posible, usando de escudo al resto de la propia tropa. Las reglas eran claras: la lucha terminaba de inmediato al morir un jefe o un edecán. Entonces Quetza tuvo una idea: Eheca se exhibía tan seguro, que ni siquiera se tomó la molestia de protegerse con el escudo; si en el mismo momento en que dieran la orden, él arrojaba certera y velozmente su espada, tal vez pudiese acertarle al pecho y herirlo de muerte. De ese modo acabaría la lucha con sólo una baja y todos sus amigos, y aún sus enemigos, quedarían a salvo. Quizá lo mejor fuese dejarse morir. Pero en ese caso, tal vez murieran varios de sus compañeros. Todo eso pensaba cuando, finalmente, el emperador dio la orden bajando su brazo.

La arena quedó regada de sangre mucho antes de lo que todos imaginaban. El público dejó escapar una exclamación sorda y unánime. El emperador se levantó de su trono. Los sacerdotes estaban absortos. Quetza dio un grito desesperado, al tiempo que se quitó la máscara. Eheca se negaba a creer lo que acababa de suceder y su rostro se descomponía en una mueca de espanto. El combate había terminado antes de empezar: en el preciso momento en que el *tlatoani* indicó el inicio, Citli Mamahtli, aquella montaña de infantil candidez, esa mole de inocencia, con toda su fuerza atravesó su propio corazón con su lanza, dándole el triunfo a su verdadero jefe: Quetza. Siendo edecán, al quitarse la vida, su ejército quedaba derrotado y el combate se daba por finalizado. Eran las reglas. En un instante había conseguido dar por tierra con el funesto plan de Eheca. Y así, gigantesco como era, cayó como lo hiciera un *miccacocone*, un ángel. Cayó con la levedad de un niñito, liviano, despojado de todo peso. Y así, mientras caía como una hoja otoñada, se deshacía de todo el sufrimiento indescifrable que hasta entonces lo atormentaba. Murió con la tranquilidad de los héroes. Murió con la misma pureza con la que había nacido. Su nombre, Citli Mamahtli, nunca más habría de significar "liebre asustada".

Pero Quetza jamás iba a poder quitar de su conciencia la muerte de su amigo, de su hermanito y juró vengarse. Ahora, de acuerdo con las reglas, la vida del jefe rival quedaba en las manos del jefe victorioso. Quetza, con la cara descubierta para que todos lo vieran, caminó hacia el aterrado Eheca, que se arrojó al piso implorando piedad. Elevó su negra espada de obsidiana y, con gesto feroz, Quetza miró al público. En el momento en que estaba por descargar la hoja afilada, entre la gente, en el lugar reservado al Consejo de Sabios, distinguió a su padre. Tepec lo miraba con una expresión adusta pero neutral, como si no quisiera influir en su decisión. Entonces, dando un grito de furia que nadie olvidaría, un grito que se hizo eco en la pirámide, en el lago, en la montaña, un grito que sacudió a todo Tenochtitlan, Quetza hizo girar la espada por encima de su cabeza y la arrojó tan lejos y con tanta fuerza que la obsidiana se quebró como un cristal contra la piedra del Templo.

Ya volvería a enfrentarse con Eheca cuando llegara la batalla final.

Entonces no tendría piedad.

16
El círculo perfecto

A partir de ese momento, Quetza se convirtió en el único e indiscutido jefe. Los antiguos adictos a Eheca, que habían sido traicionados por su líder al asignarlos al bando enemigo, se hicieron incondicionales de Quetza. El hecho de haberle perdonado la vida al responsable de la muerte de su mejor amigo hizo que todos vieran en él a un hombre ecuánime y bondadoso. Pero, por sobre sus cualidades, encontraban que era, sencillamente, un hombre; desde entonces dejaron de considerarlo como un chico. Quetza tenía un parecido asombroso con su padre. Aunque no estuviesen unidos por la sangre, el vínculo era tan fuerte que se diría que el cariño se hubiese hecho carne: los mismos gestos, la misma manera de hablar y una mirada idéntica. Y, ciertamente, Tepec tenía motivos para estar orgulloso de su hijo. El mismo Eheca sentía por su antiguo adversario un respeto reverencial hecho de temor e incomprensión: no se explicaba por qué le había perdonado la vida. El mismísimo emperador exaltó el comportamiento de Quetza. Todos en el *Calmécac* le tenían un gran respeto. Salvo una persona: Tapazolli.

El sumo sacerdote rumiaba en silencio su indignación. Había hecho todo lo posible para ver al hijo de su enemigo mordiendo el polvo de la humillación y ahora tenía que soportarlo convertido en una eminencia. Jamás había olvidado la vieja afrenta; si hasta entonces el solo hecho de ver a Quetza con vida representaba un insulto a su autoridad, escuchar su nombre en boca del emperador era más de lo que estaba dispuesto a tolerar. Era ya un hombre muy viejo, pero se prometió vivir hasta el día en el que pudiera lavar la ofensa. Y sabía cómo hacerlo; sólo debía esperar.

Para coronar la secreta furia de Tapazolli, Quetza resultó ser un alumno brillante. Se destacaba en todas las disciplinas: el arte de los números, las letras y la oratoria. Su natural relación con las cosas del cielo hizo que pudiera aprender con facilidad el riguroso sistema astronómico que regía el calendario. Y no sólo logró comprenderlo en toda su complejidad, sino que, además, lo perfeccionó. Mostrando sus habilidades de *tlacuilo*, talló en una pieza de plata del tamaño de un medallón el calendario que él mismo concibió: era un disco en cuyo centro estaba *Tonatiuh*, el Sol, adornado con las galas propias de su excelencia. En torno de él estaban dispuestos los cuatro soles que representaban cada ciclo. Luego se veía un primer anillo conformado por veinte partes iguales con figuras que marcaban los días del mes. El segundo anillo, compuesto por ocho segmentos, simbolizaba los rayos solares. El tercer anillo estaba repartido en dos tiras enlazadas de papel *amatl*. En la parte superior aparecía la fecha de terminación del Calendario, adornado con plantas, flores y la cola de dos serpientes. En la parte inferior se veían dos víboras de fuego escamadas formando trece segmentos. Por debajo, superpuestas, las cabezas de las dos serpientes, desde cuyas fauces surgían Quetzalcóatl y Tezcatlipoca. Las serpientes tenían garras y una cresta con siete círculos divididos por la mitad, simbolizando la Constelación de las Pléyades. El cuarto anillo representaba a las estrellas sobre el cielo nocturno y contenía ciento cincuenta y ocho círculos rematados en las bandas de papel *amatl*.

El calendario comprendía dieciocho meses de veinte días cada uno y cinco días de inactividad o *nemontemi*. En total, sumaban trescientos sesenta y cinco días. Cada cuatro años se agregaba un día *nemontemi*, equivalente al año bisiesto, y cada ciento treinta años había que suprimir un *nemontemi*. De esta manera, Quetza concibió una aproximación al año solar trópico de una exactitud mayor aun a la del calendario de sus antepasados olmecas, toltecas y todos los que habrían de hacerse incluso después.

Cuando Quetza presentó la obra de plata a su maestro, éste se mostró tan sorprendido que se lo hizo llegar al emperador. Viendo la perfección del sistema y la belleza de la talla, el *tlatoani* lo sometió al arbitrio de su Consejo y se decidió que sería aquél el nuevo calendario oficial del Imperio. De inmediato mandó a que los mejores *tlacuicuilos* reprodujeran en piedra la pequeña pieza de Quetza, de lo cual resultó un monumento espléndido, labrado en bajorrelieve en un monolito basáltico de cuatro pasos de diámetro y tan pesado que había que moverlo con un pequeño ejército. Fue colocado en la Plaza Mayor sobre el templo de Quauhxicalco.

Todavía no había completado el *Calmécac* y Quetza ya gozaba del mismo prestigio que los sabios del Consejo de Ancianos. Muchos veían en aquel jovencito de mediana estatura y nariz exigua al posible sucesor del rey.

17
El oráculo de piedra

Menos interesado en los asuntos de la política que en los del conocimiento, al tiempo que continuaba sus estudios, Quetza caía en largas ensoñaciones de las cuales emergía pleno de inventiva. Continuando la obra de su padre, mejoró el sistema de represas para contener el lago cuando, durante las crecidas, inundaba parte de la isla. Siempre desvelado por la navegación, perfeccionó los puentes móviles de la ciudad; aplicando las enseñanzas del viejo Machana, diseñó distintas naves, hasta entonces inéditas. Las embarcaciones de los mexicas eran pequeñas canoas hechas con troncos ahuecados o con juncos entrelazados; en algunos casos se impulsaban por medio de pequeños remos y, en otros, gracias a unas velas tejidas con tallos. Estas balsas y canoas que se utilizaban para la pesca o, sencillamente, para desplazarse entre los canales, podían transportar sólo tres o cuatro personas. Quetza dibujó los planos de unos barcos de dimensiones nunca vistas, que podían albergar más de cincuenta hombres y tenían una bodega para llevar igual peso de pertrechos que de tripulantes. Eran livianos y veloces. La parte inferior, la que sustentaba la nave, estaba hecha con varios troncos ahuecados y unidos entre sí con una técnica semejante a la de la fabricación de las chinampas; la parte superior debía ser de juncos para que la estructura resultara más liviana. Estos barcos tenían fines militares, tanto de ataque como de defensa. La nave, en todo su perímetro, estaba rodeada por una soga que semejaba una baranda pero, en realidad, era una cuerda tensada que servía para disparar flechas; de este modo no era necesario que cada hombre llevara consigo el arco, ya que esta misma balaustrada, que tenía además una guía de caña bajo la cuerda, era un arco gigantesco en sí mismo. Y no solamente podían arrojarse flechas, sino que, entre dos o tres hombres, era posible despedir una lanza con una fuerza capaz de destruir una edificación de madera. Era una verdadera fortaleza flotante.

Estos planos provocaron la admiración de los jefes guerreros aunque nunca fueron construidos, ya que, según creían, jamás iba a existir un enemigo tan grande que hiciera necesaria semejante defensa. Quetza no pensaba de igual forma; sin embargo, sus argumentos en contrario fueron desoídos.

Por aquellos días las campañas militares de los mexicas sufrieron algunos duros reveses. Luego de la conquista del centro de las zonas costeras de Oaxaca, siguió el dominio del territorio de Soconusco, a las puertas mismas del Imperio de los mayas. Sin embargo, en las diversas tentativas de ocupación sufrieron el rechazo y la derrota a manos de los peurépechas, los tlaxcaltecas y los mishtecas. Para completo asombro de Quetza, y alimentando la furia de Tapazolli, el emperador hizo llamar al joven y brillante alumno. Quería su consejo. Si había sido capaz de perfeccionar el más preciso calendario *xihuitl*, solar y astronómico, debía saber interpretar sus designios mediante el *tonalpohualli*, el calendario astrológico y adivinatorio.

Mientras era conducido hasta el recinto del monarca, los guardias recordaban a Quetza las reglas de protocolo: por ningún motivo debía mirar el rostro del emperador. Cuando por fin, después de mucho andar por entre los salones del palacio estuvo frente al trono, se inclinó y permaneció en silencio. El rey le habló sin preámbulos: quería saber el porqué de las recientes derrotas. ¿Acaso, le preguntó, no estaban ofrendando suficientes corazones al Dios de la Guerra? Viendo que Quetza guardaba un pensativo silencio, el *tlatoani* volvió a interrogar: ¿Tal vez fuese que los sacrificados no estaban a la altura de la magnificencia de Huitzilopotchtli? ¿Qué vaticinaba el calendario, qué les deparaba el futuro?

Quetza no se atrevía a dar su opinión. Sin embargo, sentía la obligación de no ocultarle la verdad. Aunque aquella verdad pudiera costarle la vida.

—La respuesta no hay que buscarla en el futuro sino en el pasado —contestó Quetza con humildad pero sin vacilación.

No era necesario consultar ningún oráculo. La afirmación del joven sabio estaba fundamentada en los libros de historia que leía en el *Calmécac*.

Hacía muchos años, cuando los mexicas que acompañaban a Tenoch fundaron su poblado en aquel islote que parecía inhabitable, quedaron por algunas décadas bajo el dominio de Azcapotzalco, a quien ofrecían sus servicios como soldados a sueldo. Los mexicas, habiendo tomado la sabiduría de los evolucionados pueblos de la región y convertidos en un poderoso ejército, decidieron rebelarse contra su señor, a quien finalmente derrotaron. Así se transformaron en uno de los señoríos más poderosos del valle. En sólo setenta años, con una política militar ofensiva, consiguieron construir el más grande imperio que haya habido en el valle y aún más allá.

Detrás de esta meteórica campaña había un nombre que, luego, se pronunciaría con el tono reverencial de las leyendas: Tlacaélel. Él fue quien volvió a escribir la historia de los mexicas, haciendo destruir los libros hasta entonces sagrados. Fue Tlacaélel quien trocó el orden y la jerarquía de las deidades. En su nuevo panteón, Huitzilopotchtli fue ascendido al mismo pedestal de Quetzalcóatl, Tláloc y Tezcatlipoca. Así instauró los sacrificios humanos permanentes. Pero, tal vez sin proponérselo, creó el germen de su propia destrucción: las Guerras Floridas. Eran éstas batallas artificialmente creadas para los tiempos de paz, hechas con el único propósito de mantener abierta la usina de prisioneros para ofrendar a Huitzilopotchtli. A partir de entonces, el mundo comenzó a girar en torno de los sacrificios humanos y los hombres se transformaron en la mera leña que alimentaba vivo su fuego. De esta manera quedaría sepultada la tradición de los Hombres Sabios, los toltecas, y Quetzalcóatl, Dios de la Vida, sería eclipsado por Huitzilopotchtli, Dios de la Muerte. Era ese fuego el que se estaba devorando a los mejores hombres del Imperio.

El problema no era entonces la insuficiencia de las ofrendas, sino todo lo contrario. Así se lo hizo saber Quetza al emperador. Se lo dijo de forma descarnada, con entera franqueza, sin evasivas ni eufemismos. Pero además le dijo otra cosa a modo de advertencia. Habló sin medir las consecuencias, sin pensarlo; era como si las palabras surgieran de su boca a pesar de su voluntad. Le dijo que el calendario le indicaba algo tan terrible como impronunciable.

—La próxima guerra no será entre hombres, sino entre dioses.

El rey palideció. Sin mirarlo a la cara, Quetza continuó:

—Será preciso dar un paso más allá del lago y de las montañas. El futuro está al otro lado del mar. Si no emprendemos su conquista, el futuro vendrá por nosotros y nos convertirá en pasado —concluyó Quetza.

El emperador guardó silencio. No se atrevió a preguntar más. De todas formas, Quetza tampoco hubiese podido agregar otra cosa. Todo lo que dijo se le impuso de manera misteriosa. Sin embargo, era aquello lo que le decían los astros del nuevo calendario.

Se aproximaban tiempos en los que había que tomar decisiones. Y el emperador debía saberlo.

Quetza había cumplido con su conciencia. Pero antes de abandonar el recinto imperial, aún se atrevió a más:

—Estoy dispuesto, mi señor, a cruzar el mar para ir al encuentro del futuro.

18
Un día perfecto

Quetza marchaba con paso firme hacia un porvenir que se adivinaba promisorio. Faltaba poco tiempo para que finalizara el *Calmécac* cuando un hecho inesperado cambiaría de pronto el rumbo de las cosas.

Durante el curso del último año los chicos podían salir dos veces para reunirse con sus familias. En la primera salida, cuando concluyeron los primeros diez meses, se reencontró con su padre. Ambos estaban cambiados. Quetza se había ido siendo un niño y ahora era un hombre. Tepec tenía el mismo aspecto, aunque caminaba algo encorvado y su paso era más lento. Pero no podía quejarse: tenía noventa años.

Celebraron el encuentro haciendo las mismas cosas que cuando vivían juntos: salieron a navegar alrededor de la isla y luego desembarcaron en la falda de la montaña al otro lado del lago. Conversaban mirando la ciudad lejana. Tepec estaba orgulloso de su hijo. Mientras lo escuchaba hablar no pudo evitar felicitarse íntimamente: había hecho las cosas bien. Cuánto deseaba haber podido compartir ese momento con sus otros hijos, los que ya no estaban. Realmente los extrañaba; la muerte de ambos le había dejado la piel del espíritu tan lastimada, que ya ni siquiera podía sentir dolor; era sólo añoranza. Desde luego que Quetza no había llegado para sustituir a sus hijos; pero mientras veía la piedra del calendario brillando en lo alto del templo de Quauhxicalco, se dijo que su vida tenía un sentido. Y eso es lo que había sucedido con la llegada de Quetza: restituyó el porqué de su existencia.

Sucedió esa misma noche mientras Tepec y Quetza comían a la luz de una hoguera. Sin anunciarse entró corriendo en la casa una de las esclavas; estaba demudada. Con voz temblorosa le anunció al viejo que habían llegado dos guardias armados. Aterrada, le explicó que pretendían entrar por la fuerza: venían a buscar a Quetza por orden de Tapazolli. Los esclavos los estaban demorando pero iba a resultar difícil retenerlos más tiempo. El viejo Tepec comprendió todo de inmediato. De hecho, esperaba que eso sucediera más tarde o más temprano. Le dijo a Quetza que se ocultara en un entresuelo que sólo ellos conocían y que no se moviera de ahí hasta que él le avisara. Con un movimiento ágil, el joven se metió bajo el falso piso, llevándose los cuencos en los que comía para no dejar rastros. Los hombres irrumpieron por fin en la casa y le ordenaron a Tepec que les dijera dónde estaba su hijo. El viejo, con toda calma, les preguntó cuál era el motivo de tanta urgencia, los invitó a que se sentaran a compartir su mesa y les sirvió *octli*, un vino hecho con la planta del maguey. Los guardias no se atrevieron a despreciar el ofrecimiento y, de hecho, se diría que estaban encantados con el convite. Pero beber alcohol estaba vedado en los dominios mexicas; si bien en la mayoría de las casas los moradores ocultaban el licor que ellos mismos fabricaban, las leyes lo condenaban fuertemente. Y, más aún, si se trataba de soldados. Con su cortesía, Tepec no sólo pretendía intimidarlos haciéndoles ver que era él quien detentaba la autoridad, sino que, al hacerlos quebrar las leyes, los sometía a su complicidad; por otra parte, nadie ignoraba que era el miembro más antiguo del Consejo de Sabios y ese hecho, por cierto, inspiraba un respeto reverencial. Entonces le contestaron que era el Sumo Sacerdote quien reclamaba a Quetza. Quiso conocer el motivo del requerimiento, pero no obtuvo respuesta. Les dijo entonces que su hijo estaba en Tlatelolco y que allí pasaría la noche, pero que él estaba dispuesto a comparecer en su lugar ante Tapazolli. Los guardias no se atrevieron a contradecirlo. En el momento en que estaban por irse los tres de la casa, Quetza salió de su escondite. No iba a permitir que su padre tuviese que pagar por él. El viejo quiso evitar que lo aprisionaran, pero ya no hubo forma. Con desesperación e impotencia, Tepec vio cómo llevaban a Quetza hacia el Gran Templo. Sabía lo que estaba sucediendo.

Huitzilopotchtli había vuelto para reclamarlo.

19
La voz de los dioses

Jamás había entrado Quetza en los recintos prohibidos del Templo Mayor. Tenía que hacerlo solo, ya que a los guardias no les estaba permitida la entrada. Ciertamente eran pocos los que podían conocer el interior de Huey Teocalli. Cuando estuvo frente a la puerta, no pudo evitar que las piernas le temblaran. Apenas traspuso el pórtico de piedra, se internó en la más espesa de las penumbras. Tiritaba a causa del frío y la perplejidad. Tenía que avanzar tanteando las paredes: reinaba una oscuridad más profunda que la ceguera. De hecho, los bajorrelieves que adornaban los muros sólo podían ser apreciados al tacto. Así, a tientas, se internaba Quetza en la helada casa de los dioses. Después de mucho andar, pudo ver el lejano resplandor de una llama: era el ingreso al primer recinto. Atravesó el dintel que se alzaba apenas por encima de su cabeza y entonces, en aquella media luz, advirtió la inmensidad de ese ámbito. Era aterrador.

En el centro pudo ver la figura gigantesca de Tláloc, el Dios de la Lluvia. Tallado en enormes bloques rojizos de ángulos rectos, mostraba su rostro cubierto por dos serpientes que formaban la nariz y se enroscaban alrededor de los ojos. Las colas de los reptiles, al descender hasta la boca, se convertían en dos enormes colmillos. La llama tenue y vacilante de la antorcha hacía que proyectara unas sombras movedizas que parecían otorgarle vida. El ídolo tenía una altura abrumadora, mucho mayor de lo que imaginaba Quetza. Se hubiese dicho que estaba tallado en piedra; sin embargo, ese material tan sólido como la roca, era una argamasa hecha con los frutos que les otorgaba el Dios con su dádiva de lluvias: semillas y legumbres molidas, religadas con sangre humana. Eso era lo que le confería aquel color rojizo. Tláloc era un Dios exigente: para otorgar lluvias necesitaba de la sangre de los niños. Así lo testimoniaba su cara ungida con huellas rojas. A sus pies estaban los arcones abiertos que contenían centenares de pequeños esqueletos, algunos por completo desmembrados, de aquellos que le habían sido ofrendados. Al frío reinante en la cámara, pintada en distintos tonos de azul, se sumaba el que provocaba el terror. Quetza prosiguió su camino, entró en un pasillo angosto y, a ciegas, avanzó en la penumbra.

Ese estrecho corredor era el que unía, desde el interior, el templo de Tonacatépetl, que guarecía a Tláloc, con su gemelo, el templo de Hutzilopotchtli, Dios de la Guerra y los Sacrificios. Y a medida que Quetza avanzaba en medio de la oscuridad, podía sentir el aliento gélido de la muerte. Nuevamente vio un resplandor. Hacia allí se dirigió, cruzó la entrada y, una vez dentro del recinto, tuvo que cerrar los ojos ante la visión espantosa. Con una magnitud aún superior a la de Tláloc, en el centro del monumental oratorio se alzaba Huitzilopochtli. Estaba hecho en tres bloques de aquella argamasa pétrea. Sustentado en las pezuñas de sus patas de pájaro, el primer elemento estaba cubierto de plumas talladas en bajorrelieve. En el centro de la efigie se veía la cabeza, una calavera abriendo su boca sedienta de sangre, rodeada por cinco serpientes. Más arriba surgían cuatro manos ofreciendo sus palmas. El bloque superior representaba la cabeza de una serpiente exhibiendo sus fieros colmillos y un par de garras de ave. El conjunto, pese a las múltiples representaciones que contenía, se veía como un único ser compuesto por fragmentos de distintas monstruosidades. Resultaba pavoroso.

Desde la penumbra, una voz ordenó:

—Póstrate ante los pies de tu señor, que de él será tu sangre.

20
Deuda de sangre

Quetza hubiese asegurado que fue el propio Huitzilopotchtli quien había hablado con esa voz cavernosa. Cau-
tivo de la fascinación que produce el terror, no podía despegar la vista del calavérico rostro del Dios de la Guerra. La
luz temblorosa de una antorcha creaba la ilusión de que la
boca del ídolo se movía. Por otra parte, las altas paredes de
piedra hacían que el sonido llegara de todas partes y de
ninguna que pudiera precisarse. Quetza tardó en descubrir
que, justo debajo de la efigie, sentado sobre su trono de piedra, estaba el mismísimo emperador. Era un extraño privilegio estar frente a él dos veces en tan breve tiempo. A su
lado, sobre una tarima más baja, pudo ver a su antiguo verdugo: Tapazolli.

Quince años más tarde, con el pelo completamente blanco y tan largo que le cubría la espalda por completo, el sumo
sacerdote conservaba intacta la herida que le había dejado la
daga filosa de la humillación pública. Después de haber tenido que soportar la afrenta de Tepec y la consagración de
Quetza en el *Calmécac* bajo su dirección, ahora, por fin, iba
a cobrarse la venganza.

—Ha pasado mucho tiempo —dijo el sacerdote—, recuerdo como si fuese hoy cuando eras un niño huérfano y
enfermo.

Con un tono monocorde e inexpresivo le dijo que en esa oportunidad Huitzilopotchtli quiso que le ofrendara su corazón. Pero al considerarlo vio que era poca cosa para Su magnificencia.

—Así nos lo hizo ver sabiamente el honorable Tepec, que no en vano ha llegado a ser el más venerable de los miembros del Consejo de Ancianos —recordó Tapazolli.

El halago que acababa de regalar a su enemigo pretendía dar a sus palabras un carácter imparcial; no debía parecer un asunto personal. El emperador escuchaba con atención la ponencia de Tapazolli. Quetza, postrado de rodillas en el suelo, podía anticipar cada una de las palabras que pronunciaba el sacerdote. Sabía adónde quería llegar.

—Tepec te ha tomado generosamente a su cobijo, te salvó de la enfermedad y te dio alimento y educación. Hoy, Quetza, eres un hombre saludable y orgullo de los hijos Tenoch. Te has convertido en uno de los hombres más valiosos, en un ejemplo digno de la grandeza de Huitzilopotchtli —dijo señalando hacia la enorme escultura que estaba tras él.

El sacerdote se incorporó, fue hasta una de las numerosas arcas que guardaban centenares de huesos de los ofrendados y, caminando en torno de aquellos restos, prosiguió:

—A la educación que te prodigó Tepec se sumó la que yo mismo te he dado durante los últimos años.

De esa manera, el sumo sacerdote pretendía demostrar que gracias a los conocimientos que le fueron impartidos en el *Calmécac*, pudo Quetza legar a Tenochtitlan sus brillantes aportes, tales como el nuevo calendario, el sistema de contención de las aguas y el mejoramiento de los puentes móviles. Así, Tapazolli aprovechaba para atribuirse los méritos del talento y la inventiva del hijo de su enemigo. Con un gesto de beatitud, señalando hacia el rostro de la estatua, llegó finalmente al punto:

—Hoy Huitzilopotchtli te reclama otra vez. Debes sentirte orgulloso, sabiendo que es ése el destino más noble que puede esperar un mortal.

Le dijo que su pueblo se había hecho grande cuando fue generoso con él. Tal vez, sugirió, en los últimos tiempos no hubiesen sido tan desprendidos como en otras épocas; sin dudas, el motivo de que la victoria les fuese ahora tan esquiva era el hecho de que no estaban ofrendando los mejores hombres. Quetza había demostrado que era uno de los hijos más valiosos de Tenochtitlan. Además de ser un joven lleno de conocimiento, dio prueba de un corazón de guerrero. Si era capaz de dar su sangre en el campo de batalla, también lo sería para entregarla a Huitzilopotchtli en el Templo.

El sacerdote caminó hasta Quetza y, tomándolo paternalmente por los hombros, le dijo:

—Mañana, al amanecer, entregarás tu corazón.

21
El veredicto

Quetza sabía que mientras Tapazolli viviera, iba a pretender cobrarse aquella vieja deuda. Le sorprendía que hubiese tardado tanto. Había quienes esperaban ser elegidos para el sacrificio; muchos padres, orgullosos, entregaban a sus hijos como ofrenda a los dioses. Pero Quetza no sólo había sido educado por Tepec en el repudio a los sacrificios, sino que era el testimonio viviente de aquella oposición. Y, por cierto, a diferencia de muchos, se resistía a entregar su sangre en vano. Quetza era un guerrero y no le temía a la muerte. Tapazolli no se equivocaba; en efecto, estaba dispuesto a entregar la vida por sus hermanos, por una causa o un ideal. De hecho, Quetza tenía una convicción sobre el destino de su pueblo. Pero necesitaba la vida para probarla.

Hacía pocos días le había dado su parecer al emperador. Y ahora el *tlatoani* se veía confundido. Estaba frente a una disyuntiva crucial y no se decidía a quién hacer caso. Resultaba curioso: luego de tanto tiempo volvía a enfrentarse al mismo dilema sobre si sacrificar o no a Quetza. En silencio, el monarca se decía que, a la luz de los hechos, había sido una sabia decisión mantener al niño con vida. En efecto, era hoy uno de los jóvenes más valiosos del Imperio. Pero en ese mismo enunciado residía el problema; el sumo sacerdote esgrimía un argumento indiscutible: si en su hora fue elegido y luego rechazado por su escasa valía, ahora, a causa de sus méritos, debía ser devuelto a Huitzilopotchtli.

Postrado como estaba, de rodillas en el suelo y con la cabeza inclinada, Quetza rompió el silencio y se dirigió al emperador sin mirarlo:

—Entrego mi sangre y mi corazón.

Le dijo que si él consideraba que su sacrificio servía a los hijos de Tenochtitlan, se sentiría honrado de ser el elegido. Pero le insistió en su certidumbre:

—Huitzilopotchtli necesitará muchos guerreros vivos antes que muertos. Se acercan los días de las grandes batallas, de la gran guerra de los mundos. Ojos nunca vieron combates como los que habrán de avecinarse. Se derramará tanta sangre como a los dioses nunca fue ofrendada en semejante cantidad.

—¡No lo escuches! —gritó Tapazolli, igual que lo hiciera tantos años atrás en las escalinatas de la pirámide.

El emperador levantó su brazo obligando a ambos a guardar silencio. Después de mucho pensar, se dijo que ambos tenían razones atendibles. Si Huitzilopotchtli estaba reclamando su sangre, no era justo negársela. Pero si el calendario de Quetza no se equivocaba en sus oscuros designios, los dioses no perdonarían haber sido desoídos. Había una sola salida: Quetza se había ofrecido para ir a los confines del mundo, ahí donde ningún hombre había llegado, en busca del futuro. Si estaba equivocado y la empresa fracasaba, el Dios de la Guerra habría de cobrarse la deuda. Viendo que era una solución justa y a la vez pragmática, el *tlatoani* dio su veredicto:

—Quetza, ordeno tu destierro.

Así, el hijo de Tepec debía partir a los confines del Imperio, sobre las costas del mar, a las tierras de la Huasteca. Allí, con la ayuda de los dioses, le dijo, habría de construir un barco y navegaría hacia el futuro antes de que se cumpliera la profecía del calendario. Quetza debía adelantarse al porvenir para que el Imperio no se convirtiera en pasado. Si la empresa resultaba exitosa, le dijo, habría servido a Huitzilopotchtli; si, en cambio, la nave zozobraba, entonces el Dios de los Sacrificios habría de tomar su vida.

La Huasteca, territorio costero conquistado por el ejército mexica, era el sitio donde iban a dar los desterrados de Tenochtitlan: conspiradores, asesinos, ladrones y locos eran enviados a esas tierras lejanas situadas en las orillas mismas del Imperio. Por otra parte, los habitantes originarios, los huastecas, sometidos a un humillante yugo por las tropas de ocupación, solían rebelarse desatándose así sangrientas revueltas que hacían de aquellos dominios naturalmente apacibles, un campo de batalla permanente. Quetza se hubiese sentido realmente condenado de no haber sido por la promesa que para él significaba el mar; tal vez para otros la Huasteca fuese como una gran celda, pero para Quetza habría de ser la puerta hacia los nuevos mundos.

Otra vez, el sumo sacerdote debía morder el polvo de la humillación y guardarse las ganas de arrancar con sus propias manos el corazón del hijo de su enemigo.

Quetza hizo una reverencia. Imaginó la extensa llanura del mar fundiéndose en el horizonte y su corazón se estremeció de alegría. Iba a ser el primer hombre en surcar los océanos en busca de otros mundos.

22
El país de los desterrados

Quetza partió al destierro junto a las tropas que iban a la campaña de conquista para extender los límites del Imperio hacia el Sur y mantener el dominio de los pueblos costeros de la Huasteca. Fue una marcha lenta y accidentada a través de las montañas. De no haber sido por la preparación en el *Calmécac*, cuando lo obligaban a caminar durante horas sobre el campo de ortigas, Quetza jamás hubiese podido tolerar aquella travesía. Apenas si tuvo tiempo de despedirse de su padre, Tepec, y no permitieron que viese a Ixaya ni a sus amigos. Siempre había guardado la secreta ilusión de tomar como esposa a su amiga de la infancia al término del *Calmécac*; pero jamás imaginó que ni siquiera iba a tener la posibilidad de terminar sus estudios. Su único consuelo era la proximidad del mar, aquella promesa lejana y tan ansiada.

Después de muchos días de caminata, por fin alcanzaron su destino. Todos los miembros del reducido grupo que había llegado a la Huasteca, exhaustos, se tendieron a la sombra de las palmeras. Pero Quetza, teniendo ante sus ojos aquella extensión azul, corrió y cruzó el médano. De pie sobre la arena tibia, se llenó los pulmones con el anhelado perfume del océano. Era la primera vez que veía el mar y, sin embargo, tuvo la certidumbre de que su procedencia y la de su pueblo estaban ligadas a aquellas aguas. Sus ojos recorrieron la raya perfecta del horizonte y su espíritu se expandió hacia el infinito vislumbrado en la conjunción del mar con el cielo. Se negaba a creer que aquella línea demarcaba el fin del mundo; por el contrario, se dijo, era ésa la puerta al Nuevo Mundo, al futuro. Sólo había que llegar más allá, atravesarla. Descubrió que el mar le otorgaba una placidez inédita e inmediatamente creyó descubrir el porqué. Él pertenecía a una isla rodeada por un lago que, a su vez, estaba fortificado por la montaña. Todo constituía un límite: la isla era un cerco, el lago un óbice para llegar a la montaña y la montaña un muro que le devolvía el eco de sus propios pensamientos. El horizonte, hasta ese momento, era para él una conjetura. El mar, en cambio, se abría a la inmensidad y entonces su espíritu podía dilatarse tan lejos como la mirada y su imaginación se adelantaba con paso firme a la aventura que se avecinaba.

La euforia de Quetza se disipó no bien giró sobre su eje y descubrió que un grupo de hombres lo miraba con expresión hostil. Entonces sí se sintió un desterrado, solo e indefenso en tierras extrañas habitadas por enemigos. El grupo se fue cerrando en torno de él. Pronunciaban palabras que no podía entender, aunque resultaba evidente que estaban llenas de beligerancia. Tenían una apariencia salvaje y aterradora: el cráneo deformado adrede, los dientes limados imitando los de un jaguar, llevaban todos la nariz perforada y atravesada con púas o argollas. Contribuía al gesto amenazador la forma en que se pintaban el cuerpo: las facciones estaban fieramente resaltadas con pigmentos que les surcaban las cejas, los pómulos y las mejillas. Los músculos del torso y los brazos estaban delineados por tatuajes que realzaban su volumen. Llevaban anillos, brazaletes y pecheras, todo hecho con caracoles de diversos tamaños. Cada vez los tenía más cerca; Quetza adoptó una posición de defensa separando las piernas y cubriéndose el pecho y la cara con los brazos; pero lejos de intimidarse, los nativos, armados con hojas filosas hechas con alguna clase de caparazón que escondían en la palma de las manos, se dispusieron a saltar sobre el extranjero. En ese preciso momento, en el aire tronó el chasquido de una penca; de inmediato los nativos se dispersaron en tropel como animales asustados. Uno de ellos, en medio del tumulto, tropezó y luego cayó. Entonces recibió una andanada de golpes de vara, hasta que pudo incorporarse y huyó como una liebre. Sólo entonces Quetza elevó la vista y vio a quien empuñaba la caña.

—No hay que temerles. Son como los coyotes: muestran los dientes, pero si se les levanta la mano salen corriendo. Sólo hay que tener la precaución de andar siempre con una vara; le tienen pánico.

El hombre hablaba en perfecto náhuatl, aunque no tenía el aspecto de un mexica; de hecho, era bastante parecido a los hombres que acababa de ahuyentar: llevaba el cuerpo cubierto con caracoles y la cara pintada como un guerrero.

—Mi nombre es Papaloa —dijo inclinando levemente la cabeza—, soy el encargado de mantener el orden.

Aquél era un extraño nombre que significaba "relamerse". Aunque infrecuente, era una voz náhuatl que evidenciaba su origen mexica. Tal vez, a fuerza de convivir con los nativos, había adoptado algunas de sus costumbres.

Quetza le contestó que, por lo visto, hacía bien su trabajo.

El hombre sonrió sin darle demasiada importancia al halago.

—Soy Quetza, hijo de Tepec —se presentó el recién llegado devolviendo la inclinación de cabeza.

—Lo sé, lo sé —dijo Papaloa—, te estaba esperando.

23
El quetzal entre los coyotes

El pequeño poblado en el que habría de vivir Quetza se llamaba Tlatotoctlan; aunque pudiera parecer una paradoja, este término significaba la Tierra de los Desterrados. Y, por cierto, aquel nombre sombrío se ajustaba bien a esa aldea. Pese a su apariencia paradisíaca, aquella franja de chozas levantadas con cañas y techumbres de hojas de palma, era un enclave en torno de un presidio, un campamento militar y una ciudadela llamada Tlahueliloquecalli, la Casa de los Locos. A causa de la abundancia y la fecundidad de sus tierras, la Huasteca siempre había despertado la codicia de sus vecinos de tierra adentro. Las guerras por su conquista fueron sangrientas y prolongadas, pero finalmente los mexicas lograron vencer y adueñarse de esos territorios. Por entonces estaba bajo el señorío de Tenochtitlan. Viendo que no resultaba fácil mantener sometidos a los bravos huastecas, quienes solían rebelarse contra la autoridad central, los mexicas debieron levantar un asentamiento militar permanente para mantener el orden. Por otra parte, habida cuenta del rigor y la violencia que reinaba en aquella zona, los gobernantes decidieron trasladar las cárceles de la capital del Imperio hacia esos asentamientos alejados: uno de los peores castigos que podía recibir un hombre era el destierro a la Huasteca. En tiempos de paz, los condenados permanecían confinados en el presidio y, en tiempos de rebeliones, debían combatir en el frente contra los nativos.

Tlahueliloquecalli era un villorrio miserable en los confines de la ciudad, adonde iban a parar los que habían sido atrapados por los demonios de la locura. Deambulando de aquí para allá, lidiando a los gritos con los fantasmas invisibles que habitaban en sus almas atormentadas, se resignaban a la reclusión con más docilidad que a sus propios espectros.

Si los huastecas, humillados y sometidos a la condición de animales de trabajo, resultaban una amenaza constante para Quetza, sus propios compatriotas, los criminales desterrados, iban a convertirse en un peligro aun mayor. Por otra parte, los lamentos de los confinados en la Casa de los Locos, era la música sombría que completaba el asfixiante cuadro del exilio. Quetza se dijo que tenía que construir su embarcación cuanto antes y escapar hacia el mar. Pero las cosas no serían tan sencillas. Quetza no ignoraba que iba a necesitar una tripulación. Y, por cierto, era aquella la única gente con la que podía contar el futuro navegante.

El trato que los soldados mexicas daban a los nativos era degradante hasta la humillación. Quetza no toleraba ver cómo la tropa al mando de Papaloa apaleaba a los huastecas y el modo brutal en que eran obligados a rendir tributo al *tlatoani*. Ante tanta crueldad los *coyotl*, tal como los llamaba Papaloa, podían convertirse en bravos jaguares y levantarse en revueltas; entonces, cuando las cosas se salían de madre, eran liberados los reclusos quienes, llenos de violencia contenida, resultaban más sanguinarios que los soldados. Descargando todo su resentimiento, los condenados mataban sin piedad, saqueaban las chozas y abusaban de las mujeres para luego volver a sus celdas saciados de sangre.

En esas ocasiones el hijo de Tepec se avergonzaba de ser un mexica.

Por otra parte, Quetza sentía un profundo desagrado por Papaloa, pese a que éste se presentaba como su protector. El jefe del campamento, por su parte, sabía que el recién llegado era un desterrado con demasiadas prerrogativas: hijo de un noble miembro del Consejo de Sabios y una suerte de protegido del emperador. Había recibido órdenes de que lo asistiera en todo lo que necesitara. Pero no pudo menos que sorprenderse cuando supo de los proyectos navales de aquel jovencito. La idea de construir una embarcación le parecía, cuanto menos, excéntrica. ¿Para qué querría un barco? Las canoas eran asuntos de salvajes desnudos que iban pescando de isla en isla. Y, por cierto, Quetza encontraba en el espíritu navegante de los huastecas un punto de comunión. Estaba admirado por la solidez de sus canoas; con ellas podían enfrentarse a las olas del mar y atravesarlas fácilmente, sin que sus estructuras sufrieran daño alguno. Además, los nativos mostraban una enorme valentía al internarse mar adentro, incluso cuando las aguas estaban embravecidas. Manejaban los remos como nunca antes había visto y eran capaces de encaramarse sobre la cresta de las enormes olas y trasladarse así por largas distancias.

Poco a poco, en la medida en que se iba diferenciando de sus compatriotas, Quetza fue ganándose la confianza de algunos nativos. Y cuanto más se relacionaba con ellos, tanto más los valoraba. No eran los salvajes que pretendía Papaloa ni, mucho menos, los fieros coyotes que había que tratar a punta de caña. Al contrario, muchos de ellos dominaban varias lenguas, incluso el náhuatl, y mostraban una tradición acaso más antigua que la de los mexicas. Pronto Quetza encontró en varios de ellos los aliados perfectos para construir su barco; el conocimiento de los huastecas en materia de embarcaciones y navegación era mucho más vasto de lo que supuso al principio y se remontaba a tiempos muy lejanos. Mientras seleccionaba las maderas y los juncos junto a los nativos, entendió por qué se los llamaba *toueyomes*, término que significaba "pariente" o "prójimo". En realidad huastecas y mexicas tenían una historia común. También ellos provenían de una tierra lejana y fueron conducidos por un sacerdote hacia aquellas playas. Lo mismo que los mexicas, ignoraban dónde estaba su lugar de origen. Sin embargo, tenían una sola certeza que a Quetza le resultó una revelación: estaban seguros de que sus ancestros llegaron hasta allí a bordo de una gran embarcación con la que cruzaron el mar. Un grupo se estableció definitivamente en ese lugar, pero otros siguieron viaje por la ruta de los volcanes, llegando hasta un sitio llamado Tamoanchan, en cuyas cercanías luego erigirían Teotihuacan. Si esto era cierto, los huastecas, hoy sometidos y humillados, resultaban ser sus hermanos mayores. Pero, por otra parte, esto confirmaba las sospechas de Quetza: tal vez hubiese otro mundo al otro lado del mar.

Mientras trabajaban en la embarcación, Quetza llegó a hacerse amigo de un joven que tenía su misma edad llamado Maoni. Pese a que se entendían con dificultades, ya que sus idiomas, aunque emparentados, eran diferentes, compartían las mismas inquietudes. Maoni le enseñó a Quetza sus técnicas de navegación; como si fueran niños, se pasaban parte del día viajando con sus canoas en la cresta de las olas. Cuando anochecía salían a navegar guiándose por las estrellas. Así se enteró Quetza de que aquel pueblo sometido a condiciones menos que humanas tenía un calendario más antiguo que el de los mexicas y muy semejante al que él mismo había perfeccionado.

Papaloa veía con preocupación el modo en que el visitante se relacionaba con los nativos. No era su política tratarlos como semejantes: temía que si se les prestaba cierta consideración, por mínima que fuese, pudieran luego exigir algún derecho. Así se lo hizo saber el jefe del campamento a Quetza. Muy respetuosamente Quetza le dijo que, a la luz de los hechos, su política no podía calificarse precisamente de exitosa, en vista de que todas las semanas había una rebelión.

—Estos salvajes sólo obedecen al látigo, si no fuese por el rigor tendríamos motines todos los días —replicó Papaloa.

Sin embargo, contestó Quetza, desde que había incluido a los huastecas en su proyecto, al menos el grupo que colaboraba con él no había participado de los motines. Entonces Papaloa soltó una de sus carcajadas sardónicas y le dijo que no se daba cuenta de que lo estaban utilizando, que al colaborar con él se evitaban hacer tareas más pesadas bajo el azote de la caña.

—El problema no son las tareas sino el azote —repuso secamente Quetza.

Luego le hizo notar que el trabajo que implicaba la construcción del barco era realmente pesado: talar, cargar y cortar troncos no resultaba una tarea liviana; al contrario, podía ser tanto o más agotadora que trabajar en los cultivos. Pero Papaloa no estaba dispuesto a discutir. En rigor, no veía la hora de que aquel joven acostumbrado al buen pasar de la ciudad, a las comodidades que significaba ser el hijo de un miembro del Consejo de Ancianos, hiciera su barco, embarcara a sus amigos nativos y se hundiera de una buena vez en medio del mar.

24

La nave de los desterrados

Al cabo de diez largos meses de trabajo ininterrumpido, la nave estuvo por fin terminada. Quetza y los huastecas habían trabajado en soledad, y casi en secreto, en un pequeño claro enclavado en medio de la selva a la orilla de un río que desembocaba en el mar. Quetza no sólo quería evitar miradas indiscretas, sino, ante todo, preservar su obra de los saqueos que a menudo llevaban a cabo los presos bajo el control de Papaloa. Era una faena demasiado ardua para correr riesgos; no iba a exponer la nave a la convulsionada existencia de la villa. Su plan original había sido modificado varias veces por las acertadas sugerencias de su amigo Maoni, quien parecía llevar la marinería en la sangre.

Resultó un barco imponente. Deslizándolo por un corredor de troncos, lo botaron al río. Tal era su peso que, al caer en el agua, formó un oleaje que sacudió los juncos, provocando que una cantidad de animales diversos huyeran de la orilla hacia el monte. Sin embargo, el barco ni siquiera se conmovió; se mantuvo erguido como si estuviese afirmado al lecho. Tan inamovible se veía, que muchos creyeron que estaba encallado. Pero no bien lo abordaron pudieron comprobar que flotaba con una estabilidad tal que semejaba la de tierra firme. Quetza y Maoni tomaron los remos delanteros y las otras diez plazas fueron ocupadas por el resto de los constructores. A la voz del joven capitán remaron acompasadamente y entonces la nave se desplazó suave y ligera como si fuese una pequeña canoa y no el inmenso monstruo que era. Al comprobar que aquel coloso no sólo se sostenía perfectamente a flote sino que navegaba sin dificultades, todos gritaron de tal forma que se oyó hasta el poblado. Una vez que alcanzó la desembocadura, varias canoas que pescaban cerca de la orilla se acercaron al barco; en comparación con ellas se veía como una ballena que nadara acompañada por pequeños peces. Otros nativos corrían por la playa señalando la nave con ojos incrédulos.

El barco tenía veinte pasos de eslora y la parte que estaba por sobre la línea de flotación era equivalente a cinco hombres parados uno sobre otro. El casco, que a la luz del crepúsculo se veía dorado, era de madera de *teocuahuitl*, una rara especie de cedro que abundaba en aquella selva. No estaba hecho con los troncos unidos entre sí, sino con listones prolijamente cortados, pulidos y ensamblados mediante muescas. Una técnica jamás utilizada, concebida por Maoni y mejorada por Quetza. La embarcación tenía una amplia cubierta, debajo de la cual estaba el habitáculo donde se ubicaban los remeros guarecidos de la intemperie y había también un espacio para que varios hombres pudieran dormir. Por debajo de la línea de flotación, lugar al que se llegaba a través de un hueco, había una suerte de cava destinada a guardar víveres para muchos días. El nervio central semejaba el cuerpo de una serpiente emplumada: en la proa estaba el rostro de afilados colmillos y fauces amenazantes y, en la popa, la cola enroscada sobre sí misma. Mientras avanzaba paralela a la playa, una multitud se reunía para verla pasar; era hermosa y a la vez atemorizante. El movimiento de los remos, sumado a su aspecto de animal, le confería la materialidad de un ser animado. Las olas no parecían producirle el menor sobresalto; se rompían en la quilla sin conmoverla en absoluto. Quetza trepó al mástil que se erguía en el centro de la nave, soltó una cuerda y entonces se desplegó un enorme velamen de juncos que le daba una apariencia colosal. El capitán saludó desde lo alto y entonces la multitud reunida en la playa lanzó un grito unánime de euforia, se agitaban brazos y se veían hombres y niños saltando. Aquel barco, como nunca antes nadie había visto, era la prueba de que mexicas y huastecas, los viejos parientes, podían volver a ser hermanos.

Pero un hombre permanecía quieto y silente. Papaloa no parecía dispuesto a permitir que eso sucediera. Agitó la caña en el aire, giró sobre sus talones y se alejó del bullicio.

No tenía nada que festejar.

25
El sueño de los derrotados

Todo parecía avanzar con la misma facilidad que el barco sobre las aguas. Pero de pronto Quetza cayó en la cuenta de que aún no tenía tripulación. Sólo contaba con su mano derecha, Maoni, quien, además de ser un excelente marino, compartía con él su particular visión del universo. Gracias a su amistad podía sobrellevar la ausencia de aquellos que más quería: Tepec, Huatequi y los compañeros del *Calmécac*; pero sobre todo, había encontrado un confidente a quien contar su dolor por la lejanía de Ixaya. Maoni solía consolar a Quetza diciéndole que al regreso del viaje, después de extender las fronteras del Imperio al otro lado del mar, volvería a Tenochtitlan convertido en un verdadero héroe, que entonces habría de casarse con Ixaya y con todas las mujeres que quisiera. Maoni le decía esto con un dejo de amargura, ya que sabía que nada de aquella gloria habría de tocarle a él: pertenecía al bando de los derrotados, era un *coyotl* sin derecho alguno. Por muy amigos que fuesen, por más hermandad que se declararan, provenían de pueblos enfrentados y él, Maoni, tenía el estigma de los vencidos. Comparado con su situación, Quetza no tenía derecho a quejarse. Lejos de resultarle un alivio, las palabras de su amigo eran un puñal que le atravesaba el pecho y se sumaban al dolor de la añoranza.

Salvo Maoni y tres de los hombres que colaboraron en la construcción del barco, no parecía haber otros voluntarios dispuestos a participar de la travesía. Y debían ser, cuanto menos, doce tripulantes para hacer todas las tareas de a bordo. Durante los días calmos en que el viento les fuera favorable, podían valerse de las velas y un par de remeros. Pero en las jornadas de tormentas y vientos contrarios, necesitarían ocuparse de los diez remos. Según los cálculos de Quetza, si no hubiese tierras en el medio, partiendo hacia el Levante, podrían dar la vuelta al mundo y regresar por el Poniente en aproximadamente ochenta días. Sin embargo, no era una tarea sencilla convencer a la gente de que la Tierra era una esfera igual que los demás astros que se veían en el firmamento. El horizonte infundía un miedo ancestral; muchos pensaban que era el límite después del cual el mundo se despeñaba hacia un abismo sin fin, o que había una tierra habitada por demonios o dioses malignos desterrados del panteón. Ellos mismos, mientras pescaban, solían ver naves inmensas con dioses de barbas rojas, los *viquincatl*, como los llamaban, que se veían fieros y temibles. Si bien Maoni jamás los había visto, estos relatos venían desde generaciones y él les daba crédito. Tal vez era ésta la confirmación de que, en efecto, había otro mundo al otro lado del mar. Quetza les recordaba que, según su propia tradición, los huastecas habían llegado conducidos por el sacerdote Cuextecatl desde ultramar a bordo de una gran nave. Por otra parte, fue en la Huasteca donde surgió por primera vez el culto a Quetzalcóatl. La enorme cantidad de antiquísimas imágenes labradas en piedra eran el testimonio de su relación con el Dios de la Vida. Pero lo que resultaba realmente notable era el modo en que se lo representaba: era el Señor de la Tierra de la Blancura y se lo veía como un hombre de barba roja, muy semejante a los *viquincatl*. Hecho este que abonaba la antigua creencia tolteca según la cual, todos los hombres, al margen del color de su piel o procedencia, de las tierras que habitaran, las costumbres que tuviesen o la lengua que hablaran, provenían de la obra de los mismos dioses, de la lucha entre Quetzalcóatl y Tezcatlipoca.

Pero por muy convincentes que fueran los argumentos de Quetza, no había forma de persuadirlos de participar en la empresa. Aunque les ofreciera la libertad o quitarles el yugo del *tlatoani*, así les prometiera ser dueños de parte de las tierras por conquistar, sólo contaba con cinco hombres. Sin embargo, cuando la noticia llegó a oídos de los reclusos mexicas, varios se mostraron dispuestos a escuchar las propuestas de su joven compatriota. Pasar de presos desterrados a nobles señores, dueños de grandes extensiones, era una idea tentadora. Pero, claro, antes había que negociar con Papaloa.

—Tengo los hombres para tu tripulación —le dijo a Quetza el jefe de aquellas posesiones.

El joven capitán estaba en una encrucijada. La gente que le ofrecía Papaloa eran los peores ejemplares del pueblo mexica: ladrones, asesinos y delincuentes de la más baja laya. Habían sido delincuentes antes de ser desterrados y lo eran más todavía aun presos. Pero existía un problema mayor: eran, además, los peores enemigos de los huastecas. Ellos se encargaban de tomar venganza luego de las rebeliones asesinando a los insurrectos, violando a sus mujeres y saqueando sus casas. ¿Cómo hacer convivir en una pequeña isla flotante a víctimas y verdugos sin que se mataran a poco de zarpar?

—El problema no son las tareas sino el azote —le contestó Papaloa con las mismas palabras que Quetza había usado para poner en duda su eficacia para imponer el orden en la villa—, imagino que ha de ser más fácil mantener la armonía en un barco habitado por doce personas que en un poblado de mil habitantes compuesto por rebeldes, asesinos y locos —concluyó, soltando una de sus carcajadas sarcásticas.

Los voluntarios, por otra parte, no tenían la menor experiencia en materia de navegación. A diferencia de los huastecas, que eran hombres de mar, los reclusos provenían, en su mayoría, de las montañas que rodeaban Tenochtitlan; a lo sumo, y en el mejor de los casos, alguna vez habían recorrido los canales de la capital en canoa. Por otra parte, los nativos que se habían ofrecido para la travesía, como era de esperarse, se negaban a ser camaradas de sus verdugos. Sin embargo, pensó Quetza, ambos grupos tenían una cosa en común: el hambre de libertad. Si conseguía que unos y otros se aceptaran entre sí, una vez en alta mar no tendrían otra alternativa que la convivencia pacífica, a menos que se decidieran por el suicidio: un enfrentamiento mortal resultaría en el naufragio de la expedición, ya que todos y cada uno serían imprescindibles. De modo que Quetza resolvió aceptar el ofrecimiento de Papaloa. El jefe de la colonia sólo pedía una condición: si realmente encontraban tierras al otro lado del mar, exigía la mitad de las comarcas que le tocaran a cada uno de los hombres que estaban bajo su custodia. En rigor, Papaloa no apostaba ni un puñado de cacao por el éxito de la expedición; pero no tenía nada que perder, al contrario, se quitaba de encima a los reclusos más revoltosos; en cuanto a los nativos, no representaban ningún valor para él. Pero, lo más importante, podía despedirse para siempre de aquel jovencito con ínfulas de conquistador, de aquel *pilli* protegido del emperador que había llegado a la villa para poner en duda su autoridad. Si, en cambio, las afiebradas ideas del hijo de Tepec tenían algo de cierto, se aseguraba un futuro de riqueza y poder.

En una semana, cuando brillara la luna llena, el barco habría de zarpar.

Al cabo de arduas negociaciones entre Quetza, Papaloa, los huastecas y los presidiarios mexicas, la tripulación quedó finalmente conformada. Habida cuenta de que no existían jerarquías militares navales, los grados se establecieron de acuerdo con los rangos del ejército. La lista, en orden de escalafón, estaba encabezada por Quetza como *achtontecatl* (comandante), luego venían Maoni y un presidiario llamado Itzcoatl, ambos con el grado de *achcauhtli* (capitanes). Subordinados a ellos había cuatro *teyaotlani* (oficiales), dos nativos y dos mexicas, y por último seis *acallanelotl* (soldados rasos), tres de cada bando.

El propósito de tal formación tenía por objeto no sólo ser ecuánime en cuanto a la distribución de cargos para cada grupo, sino que, al establecer mandos compartidos, cambiaría la lógica horizontal de los grupos antagónicos por una lógica vertical en la que un grupo no quedara subordinado al otro. Así, en lugar de dos grupos, ahora habría tres, cada uno de los cuales estaba integrado por igual número de mexicas y huastecas, todos ellos supeditados al poder superior de Quetza.

DOS

*Diario de viaje de Quetza**
Cartas a Ixaya

* Traducción de Cuauhtémoc Zarza Villegas.

En el nombre de Quetzalcóatl
Mi amadísima Ixaya:

Nunca te he confesado que era mi sueño, al término del *Calmécac*, pedir a tus padres que aceptaran entregarte en matrimonio y que fueras mi esposa. Pero nada de esto pude ver concretado: no me fue permitido concluir mis estudios, ni me han autorizado a verte siquiera antes de que el rey me obligara a partir al exilio. No he podido, tampoco, despedirme de mi padre, Tepec.

Tengo la certeza, como tantas veces te he dicho, de que hacia el Levante existe otro mundo. Muchos honores me serán dados, así me lo ha dicho el rey, si hallo en mi empresa las tierras de Aztlan u otras donde extender los dominios del Imperio. Se me ha prometido, también, que sería nombrado príncipe de todas las islas y tierras que yo descubriese y ganase de aquí en adelante. Pero ni los honores, ni el afán de someter a otros pueblos, ni el de extender el Imperio, ni los títulos o cargos tendrían para mí importancia alguna si eso significara renunciar a ti.

Nada desearía más en este mundo que estuvieses a mi lado, como en los viejos tiempos, cuando éramos niños y, recostados sobre la cima de la gran Tenochtitlan, a la que tanto añoro, contemplar las estrellas del firmamento. Las mismas estrellas que hoy me guían en este mar con el que he soñado toda mi vida.

Se me ha dicho que sea conmigo Huitzilopotchtli, que me acompañe y me asista en las batallas, si las hubiere, y lleve su poder a los confines del mundo y que encuentre yo siervos para ofrendarlos a él. Pero no es al Dios de la Guerra a quien debo encomendarme, sino a Quetzalcóatl, Dios de la Luz y de la Vida, el Dios de mis antepasados, el Dios de mi padre, Tepec.

Se me ha dicho que lleve a los nuevos mundos que encontrare el legado del pueblo mexica, que extienda el poder de Huitzilopotchtli a las tierras anexadas, de igual manera que lo hicimos en la Huasteca. Pero, así la paradoja, la mitad de mis compañeros de viaje son buenos huastecas y, la otra mitad, malos mexicas. ¿A quiénes ha de preferir el *tlatoani*? De esta respuesta depende la victoria o el fracaso de la empresa.

Traigo conmigo cincuenta libros de tela de maguey y de piel de cordero, que resisten mejor que el papel las inclemencias del mar, en cuyas páginas habré de escribir todas las alternativas de este viaje. Mi amada Ixaya, además de apuntar todo lo que mis ojos vean y lo que mi corazón sienta, tengo propósito de hacer mapas nuevos, en los que situaré todos los mares y las tierras que en medio encontrare. Y así te lo habré de describir todas las noches, igual que, cuando niños, en la cima de la gran Pirámide de Huey Teocalli, imaginábamos cómo sería el mundo mientras contemplábamos el cielo. Serán esas mismas estrellas las que me conducirán hacia el Nuevo Mundo y las que me habrán de traer de vuelta hacia ti.

Serpiente 5

Zarpamos desde la punta de la bahía de Atototl cuando el sol comenzaba a despuntar. El mar estaba calmo y una brisa suave henchía el velamen. Cuatro remeros eran suficientes para mantener una velocidad considerable. A bordo reinaba la misma tranquilidad que en las aguas; los ánimos de la tripulación estaban tan serenos que tal vez fuese aquel el presagio de una calamidad. Mexicas y huastecas, viejos enemigos, remaban acompasadamente y trabajaban juntos en las faenas. Pero todo lo hacían sin dirigirse la palabra, sin siquiera mirarse; cualquier pequeña rispidez podía significar la chispa que encendiera la hoguera. Los huastecas, expertos navegantes, se movían seguros de aquí para allá por la cubierta sin perder el equilibrio; en cambio los mexicas se mostraban vacilantes, por momentos sufrían mareos y se arqueaban sobre la baranda para vaciar las tripas. Considerando la superioridad de los antiguos dominados en esta pequeña patria flotante, los reclusos liberados debían admitir para sí que su vida dependía ahora de aquellos a quienes solían avasallar. Era una calma forzada por las circunstancias. Pero temía yo que no durara demasiado.

Pasado el mediodía noté de pronto una expresión de pánico en la cara de los mexicas. Giré mi cabeza para mirar en la misma dirección que ellos y mi corazón se estremeció: la angosta línea de tierra sobre el horizonte había desaparecido por completo a mis espaldas. Adonde mirara no veía más que agua. Todas mis creencias, todas mis convicciones han quedado suspendidas sin tener en dónde afirmarse.

Cráneo 6

El mar y los ánimos a bordo continúan calmos. Pusimos el Sol hacia el Norte, después al Noreste y al Norte cuarta Noreste. Nos dirigimos hacia las islas de los taínos, donde habremos de tomar provisiones. Ése era el plan para navegar ligeros buena parte del viaje. Mi segundo, Maoni, resultó ser un gran navegante; según su descripción, pude hacer un mapa del conjunto de islas.

Los huastecas solían tener comercio con los isleños hasta la ocupación mexica. Los taínos, tal el nombre que se dan los nativos, y que significa en su lengua "hombres buenos", guardan gran recelo de nuestros compatriotas al ver el modo en que fueron sometidos los pueblos de la Huasteca. Habrá que andar con cuidado y hacer buena diplomacia con ellos. Son grandes navegantes y fabrican excelentes canoas.

Otras islas más pequeñas están habitadas por los canibas, palabra que en idioma taíno significa "hombres malos". Estos nativos mantienen permanente acechanza hacia los taínos. Son muy guerreros y acostumbran comer enteros a sus enemigos, según me relató mi segundo, Maoni. Además de expertos navegantes, los canibas son los mejores constructores de naves, a las que llaman "piraguas", las cuales están hechas con un solo y gran tronco, y pueden transportar hasta doscientos guerreros, veinte veces más que los tripulantes que llevamos a bordo.

Tanto los taínos como los canibas y los demás nativos deberán entender que no es la nuestra una misión de conquista sobre sus tierras. Pero tampoco habremos de revelar nuestro verdadero propósito para no alentar suspicacias ni ambiciones o codicias sobre nuestra expedición.

Venado 7

Mi amada Ixaya: no tengo palabras para describir la noche en medio del océano. Nunca he visto nada comparable. No tengo palabras. Desearía que estuvieras aquí.

Conejo 8

Hoy hemos vuelto a ver tierra. El sol se alzó por encima de una delgada franja verde. Los pájaros nos acompañan revoloteando en torno del barco. La espesura que se ve hacia el Este es la isla de Kuba y las montañas que se divisan son las de Kubanacán. No es nuestra intención tocar tierra, pues no es necesario aún hacernos de provisiones ni establecer contacto con los nativos; deberemos, en lo posible, evitar encuentros que puedan provocar confrontaciones. Si bien ésta es tierra de taínos, nunca se sabe cuándo acechan los canibas.

Los hombres se han visto más tranquilos al ver suelo firme nuevamente, a pesar de que ahora resulta más peligroso navegar cerca de la tierra.

Por la noche, estando el cielo estrellado, hemos visto caer una lluvia de fuego sobre el mar. Fue algo maravilloso, aunque mis hombres sentían miedo de ser alcanzados por las gotas de fuego. Parecía furia desatada por Huitzilopotchtli. De pronto todo cesó. El mar, el cielo y las estrellas, todo fue quietud. Maravilloso.

Agua 9

Hoy ha sido un día difícil. Sucedió lo que yo tanto temía. La cercanía de tierra firme hizo que algunos de los mexicas recuperaran un poco de seguridad y hubo un altercado con los huastecas; todo comenzó con un intercambio de palabras, luego unos insultos y, finalmente, dos hombres terminaron trenzados en lucha. Uno de ellos, un mexica pendenciero llamado Michoani, quitó uno de los remos del seguro y lo descargó con ferocidad contra el otro hombre. Cerca estuvo de romperle la cabeza; el agredido pudo esquivar el golpe, pero el remo quedó destruido, parte de la cubierta dañada y un tramo de la cuerda para lanzar flechas, cortada. Por primera vez tuve que hacer valer mi autoridad: ordené a los otros hombres que los separasen y detuvieran la pelea; obedecieron de inmediato, de otro modo la expedición hubiese zozobrado en ese mismo instante, ya que Michoani, enceguecido por la furia, blandía el remo sin importarle destruir todo lo que estaba a su alcance. Una vez reducido por los tripulantes, le advertí que si no entraba en razones lo castigaría haciendo que lo ataran de pies y manos y lo encerraran bajo la cubierta.

Contrariando mis planes, ahora deberíamos tocar tierra para reparar el casco y construir un nuevo remo. De modo que debimos cambiar el curso de la nave con rumbo Este cuarta Sureste.

Estábamos cerca de la isla de Quisqueya. Las montañas que se veían corresponden a Hay-ti, que en idioma taíno significa "tierras altas".

Divisamos una lengua de arena junto a un pequeño acantilado de piedra y creí que era ése un buen lugar para fondear. Mandé a los dos hombres que habían reñido a que nadaran hacia la tierra firme para ver que no hubiese peligros. Los elegí en parte como castigo por lo que habían hecho, y en parte para que, compartiendo una tarea riesgosa, estuviesen obligados a protegerse el uno al otro.

No habían terminado de alcanzar la costa cuando vimos surgir de entre los arbustos una enorme cantidad de nativos armados con lanzas y flechas de punta roja, cuyo color vivaz, igual que la piel de las serpientes, advertía que tenían veneno. Estaba seguro que eran esos los canibas que devoran hombres.

Perro 10

Es en estas circunstancias extremas cuando realmente se ve quién es quién. Al ver a los amenazantes nativos que surgían de entre el follaje, algunos de los mexicas exigían que desplegáramos velas y huyéramos remando con todas las fuerzas antes de ser alcanzados por las flechas. No les importaba en absoluto dejar allí a sus compañeros. Ninguno de los huastecas se sumó a la exhortación y los demás mexicas tampoco estaban dispuestos a abandonar a los dos hombres.

Mi segundo, Maoni, me dijo que me tranquilizara, que no eran los temibles canibas, sino sus más encarnizados enemigos, los ciguayos. Maoni, desde el barco, les habló en la lengua de ellos, el taíno. Después de cambiar algunas palabras con su jefe, los nativos bajaron sus armas y, con gestos amigables, vinieron hacia nosotros. Se mostraban maravillados por nuestro barco; lanzándose al agua, nadaban en torno de la nave señalando la enorme serpiente emplumada que la adornaba, cuyos colmillos antes los habían llenado de miedo. Maoni me dijo que no era conveniente que nosotros, los mexicas, nos presentáramos como tales, ya que, como he dicho, nos guardan un temor hostil.

Muchos de los nativos mostraban gran interés en subir a bordo del barco para conocerlo por dentro. Quizás esta actitud naciera de la franca curiosidad; pero sospechaba yo que tal vez su jefe los había mandado para examinar qué teníamos en la nave y así descubrir cuáles eran nuestros propósitos. Maoni, en señal de amistad, invitó a un grupo de hombres a que subieran a cubierta y les tendió una cuerda para que pudiesen trepar. Los huastecas se dirigían a los ciguayos como si fuesen viejos amigos. Y de alguna forma lo eran, ya que hasta no hacía mucho tenían un comercio fluido con ellos. Yo bajé a la bodega y volví con algunos regalos: unos cuantos sacos de cacao y algunas piedras de obsidiana. A cambio, y como muestra de buena voluntad, ellos se acercaban en canoas trayéndonos papagayos, hilo de algodón en ovillos, azagayas, piedras del color del mar que nunca antes había visto y muchas otras cosas.

Todos se mostraban muy amigables, salvo el *cacike*, palabra que en idioma taíno designa al "jefe grande", que, sin embargo, no se corresponde con nuestro *tlatoani*.

Este cacique era un hombre muy extraño. Era un hombre viejo, algo gordo y extremadamente bajo, que fumaba una hoja enrollada de *piciyetl*, que aquí llaman *coiba*, quien permanecía en actitud desconfiada. El hombre estaba sentado en una gran silla de red, llamada por los nativos *hamaca*, sostenida por dos hombres que sujetaban los extremos del palo de la cual pendía. El jefe grande no podía permitirse tocar tierra con sus pies, de modo que, cuando quería dirigirse a la espesura donde no cabía la hamaca, era cargado como un niño por alguno de sus edecanes. Incluso vi cómo era pasado de mano en mano entre varios hombres para desplazarse de aquí para allá.

Mientras los huastecas hacían buenas migas e intercambiaban saludos, brazaletes y collares con los ciguayos, los mexicas se mostraban atemorizados y algo hostiles. Yo temía que pudiesen tener alguna actitud belicosa u ofensiva que derivara en violencia. En estas circunstancias de tensa y excesiva cordialidad las cosas pueden cambiar de un momento a otro: las altisonantes declaraciones de afecto pueden convertirse en agravios y las palmadas de amistad en puñetazos.

Bajé a tierra con Maoni llevando bien visible mi espada a la cintura. El negro filo de la obsidiana siempre es bueno para amedrentar o prevenir algún acto de hostilidad. Nos presentamos ante el jefe y nos inclinamos ante su hamaca en señal de respeto. Maoni, sin mirarlo a los ojos, le hablaba en su lengua. Yo no podía entender qué decían, pero advertía en la expresión y el tono del cacique cierta gravedad. El jefe era un hombre muy inquieto, por así decir, y, mientras conversaba, exigía que lo llevaran de un lado a otro. Y así iba Maoni detrás del cacique que estaba montado a horcajadas sobre los hombros de su edecán.

Al cabo de una extensa y agotadora conversación, Maoni me tradujo el diálogo: el jefe quería saber cuál era el propósito de nuestra expedición; él le explicó que era un simple viaje de reconocimiento sin propósitos militares ni comerciales; que, de hecho, no teníamos intenciones de tocar tierra: tuvimos que hacerlo por razones de fuerza mayor y solicitábamos su permiso para poder reparar la nave y así seguir viaje. El jefe no se mostró muy convencido de la explicación de Maoni, pero nos autorizó a tomar lo que necesitáramos para reparar la nave y partir cuanto antes. Según le dijo a mi segundo, su preocupación no era nuestra expedición, sino que el barco pudiera haber llamado la atención de sus enemigos, los canibas, que estaban acechando y hostigando sus asentamientos durante los últimos tiempos.

La noticia no era tranquilizadora, ya que los canibas sí podían representar un verdadero peligro para nuestra expedición. De modo que, habiendo obtenido el permiso del jefe, le agradecí con una reverencia y ordené a mis hombres que pusieran manos a la obra cuanto antes. Maoni se internó en la espesura con el propósito de encontrar una madera adecuada para fabricar un nuevo remo, mientras yo me quedé junto al cacique en señal de respeto.

Mucho había llamado mi atención la belleza de las mujeres taínas. Sólo usaban un taparrabos y nada cubría sus pechos. Su piel era del color de la madera de un árbol muy precioso y abundante por estas playas llamado *caoba*. Siempre con una sonrisa a flor de labios, su mirada resultaba sugerente y sensual. Mi amada Ixaya, si tuviese lugar en mi barco, no dudaría en llevar una o dos de estas mujeres como concubinas; si las vieras coincidirías conmigo. Con gusto las acogerías si fueses mi esposa.

El cacique, que había sido colgado con un artefacto que lo sostenía desde la entrepierna y los hombros, iba y venía con mucha velocidad a lo largo de una cuerda sujeta por los extremos a dos árboles, impulsado por dos hombres que lo arrojaban con fuerza. En un momento se detuvo junto a mí y, tal vez advertido de la forma en que yo miraba a sus mujeres, me preguntó algo que no llegué a comprender. Señalaba a un grupo de jovencitas y repetía con insistencia la palabra *cocomordán*. Finalmente, deduje que me estaba preguntando si conocía yo el *cocomordán*. Negué con la cabeza. Nunca antes había escuchado esa palabra. El cacique sonrió, llamó con un gesto de su mano a una de las jóvenes y le dijo algo al oído. La muchacha rió con ganas, me miró, se acercó hasta mí, me tomó de la mano y me condujo hacia la espesura.

Mi amada Ixaya, no tengo palabras para describirte las delicias del *cocomordán*. Lo que sí es seguro, es que volveré a esta bendita isla para tomar a esta mujer y llevarla a Tenochtitlan. Será una excelente concubina y tendrá mucho que enseñarte cuando seas mi esposa.

Había pasado ya el mediodía y Maoni todavía no había regresado. Empecé a inquietarme. Pese a su juventud, era el más experimentado e inteligente de la tripulación, de modo que me tranquilicé en la idea de que no era posible que pudiera perderse en la selva. Por otra parte, era poco probable que lo atacaran los ciguayos o los taínos, ya que, además de dominar perfectamente su lengua, sabía cómo ganarse el respeto. Un posible encuentro con los canibas, me dije, era aún menos factible, dado que, de presentarse éstos, lo harían por mar y no por tierra. No acabé de imaginar semejante cosa cuando, como por efecto de mi propio pensamiento, vi aparecerse desde el horizonte el mástil de una embarcación. De inmediato, los ciguayos entraron en pánico: daban gritos y corrían de aquí para allá, sin atinar a tomar una resolución unánime. Un edecán descolgó rápidamente a su cacique de la cuerda, lo colocó sobre sus hombros y corrió con él. Pero en la caótica huida no calculó la altura de una rama, haciendo que el jefe golpeara su cabeza y cayera a tierra. No alcancé a ver si llegaron a recogerlo.

Cuando volví a mirar hacia el mar pude comprobar que, detrás de aquel primer barco, surgían decenas de mástiles iguales. Ahora, sí, se trataba de los temidos canibas. Las prevenciones del cacique tenían fundamento: nuestra nave, fondeada cerca de la costa de la isla, había conseguido llamar la atención de los hombres más peligrosos que asolaban las islas.

Viendo la enorme cantidad de barcos, e imaginando el número de hombres que podía transportar cada uno, un capitán ciguayo ordenó a los suyos un rápido repliegue hacia la selva. Mientras veía cómo los nativos se perdían en la espesura, yo no resolvía qué hacer: si huíamos junto a ellos nuestra nave quedaría a merced de los atacantes, si los enfrentábamos, la inferioridad numérica nos depararía una segura derrota. La alternativa que nos quedaba era la más débil pero, finalmente, la única: la diplomacia. Cuando miré hacia tierra firme, pude ver que sólo habíamos quedado mi tripulación y yo, repartidos entre el barco y la playa. Apenas un puñado de hombres contra decenas de barcos hostiles. De pronto comprendí que la salida diplomática presentaba una enorme dificultad: mi virtual canciller, Maoni, nunca había vuelto de su excursión a la espesura. Era él quien mejor hablaba el taíno, lengua propia también de los canibas, quien conocía sus costumbres y protocolos, y sabía cómo dirigirse a sus jefes. Mis compatriotas no eran hombres precisamente educados en la política; al contrario, se diría que carecían de toda educación.

Mientras pensaba todas estas cosas, sus canoas ya estaban fondeando junto a nuestro barco. Eran doce naves, en cada una de las cuales había entre diez y quince hombres. Se veían temibles. Tenían sus rostros pintados con fieros motivos y alrededor del cuello llevaban collares con dientes y huesos que parecían humanos. Al verlos comprendí por qué los demás nativos los llamaban *karibes*, palabra que, como he dicho, en taíno significa "hombres malos". Ordené a mis hombres que no empuñaran las armas y permanecieran quietos y en silencio. Ellos, por su parte, nos apuntaban con sus flechas y enarbolaban las lanzas. Me dije que si los ciguayos, aun siendo superiores numéricamente, huyeron ante la sola mención de la palabra "caniba", tal vez no deberíamos ocultar nuestra condición de mexicas. Los pueblos de estas islas han oído hablar del poderío militar de Tenochtitlan y han visto el efecto devastador de nuestros ejércitos sobre varios de los pueblos de la costa continental. El nombre de Huitzilopotchtli tiene para ellos resonancias aterradoras y nadie se enfrenta a sus huestes sin saber a qué atenerse. De modo que, señalando hacia la serpiente emplumada que mostraba sus amenazantes colmillos, le dije con voz firme al que parecía ser el jefe: "Yo te saludo en el nombre de Quetzalcóatl. Me llamo Quetza y soy el enviado de Tizoc, *tlatoani* de Tenochtitlan".

Aunque el jefe no entendía el náhuatl, resultó evidente que sí había comprendido que éramos mexicas. Pude advertir un gesto de preocupada indecisión. Entonces agregué: "Venimos en paz. Sólo nos detuvimos a reparar el barco para poder volver a las posesiones que nos legara Huitzilopotchtli, Señor de la Guerra, en la Huasteca". Estas últimas palabras produjeron un efecto inmediato: la invocación del nombre del Dios de los Sacrificios hizo que les temblara el pulso. Sin embargo, el jefe no ordenaba a sus hombres que bajaran las armas. Gritó una palabra para mí incomprensible hacia una de las canoas y esa voz se fue pasando de una a otra embarcación, hasta que uno de los barcos que estaban más alejados se acercó hasta nosotros. Un hombre bajo, de aspecto algo diferente del resto, se pasó a la canoa del jefe y se paró junto a él. El cacique le dijo unas palabras y, para mi asombro, el otro hombre, dirigiéndose a mí, las tradujo a mi lengua. "Te saludo en el nombre de los Dioses de la Buenaventura para que te protejan de Juracán, Dios de los Vientos y las Tempestades." Ése fue su saludo que, ciertamente, dejaba entrever una velada amenaza: así como yo había invocado el temible nombre de Huitzilopotchtli, él me advertía que estaba dispuesto a atacar bajo la advocación de su Dios, Juracán.

De manera poco amistosa y sin que sus hombres dejaran de apuntarnos con sus armas, nos invitó a que bajáramos a tierra para conversar. Así lo hicimos. Mientras él, su lenguaraz y dos de sus oficiales se acomodaban sobre una manta, hicieron que nosotros nos sentáramos sobre la arena para dejar en claro quién tenía la voz de mando. Mientras tanto, sus huestes desembarcaban adueñándose del lugar sin resistencia alguna, dado que de los ciguayos no había quedado rastro alguno. Con asombro, vi que detrás de la tropas canibas iban decenas de animales, aunque no sé si merecen ser llamados así: tenían el tamaño y el cuerpo de un perro pequeño, pero sobre sus cuellos caninos se erguían cabezas humanas. Iban de aquí para allá olisqueando todo, pero no presentaban hocico, sino una clara y prominente nariz de hombre. No ladraban, más bien emitían un sonido semejante a un murmullo. Solían disputarse a dentelladas los restos de comida que habían dejado los ciguayos en su huida. En estos casos, adoptaban expresiones fieras y gruñían algo similar a las palabras. Ignoro con qué propósito los utilizaban los canibas pero, pese a su pequeño porte, estas bestias inspiraban mucho miedo en mis hombres.

Si hasta antes de la llegada de los canibas me preocupaba la larga ausencia de mi segundo, Maoni, ahora me inquietaba que pudiese aparecer, inadvertido de la nueva situación, y que le dieran muerte. De modo que me pareció oportuno avisar al cacique sobre la incursión de Maoni en la selva, para que no fuese confundido con un ciguayo. Así se lo hice saber y me dijo que no me preocupara por él, que en muestra de buena voluntad lo mandaría a buscar y lo traería conmigo. De inmediato quiso conocer el motivo de nuestra visita a esas lejanas islas. Sabiendo yo que los canibas llevaban largo tiempo intentando dominar las islas, le dije que veníamos con la misión de establecer con ellos lazos comerciales. El lenguaraz tradujo mis palabras y, para mi estupor, el cacique largó una carcajada estruendosa y prolongada. Repitió las palabras a sus hombres y entonces todos se contagiaron su risa. Los perros con rostros humanos se acercaron, inexpresivos, aunque moviendo sus colas en señal de alegría y dando saltos en torno del cacique. Yo no entendía cuál era el motivo de esas risotadas, si habían comprendido otra cosa, si era un gesto amistoso de satisfacción por la propuesta o si, al contrario, era un sonoro desplante. Parecía aquella una actitud llena de malevolencia. Después de meditar un rato y todavía sacudido por espasmos de risa, comenzó a hablar al intérprete sin dejar de mirarme, a la vez que señalaba su abdomen. Una vez que concluyó, contuvo la risa para que el hombre tradujera sus palabras: "Lo mismo dijimos nosotros a los ciboneyes, a los macorixes y a los ciguayos: «venimos en son de paz para hacer buenos negocios». Y con algunos hicimos tratos muy apetecibles", decía sin dejar de tocarse el vientre y mostrando sus collares con dientes y huesos humanos. De pronto la risa se le borró de la cara y, con un gesto súbitamente grave, volvió a hablar: "Lo primero que dice un jefe antes de invadir es: «venimos a hacer negocios»". Luego dio una orden a sus oficiales y pude ver cómo tomaban prisioneros a todos mis hombres atándolos de pies y manos. Los perros con cara humana corrieron tras ellos en actitud intimidante. Le dije al cacique que liberara de inmediato a mis hombres y que, en cambio, me tomara prisionero a mí. De inmediato le advertí que si la misión que había enviado mi *tlatoani* no volvía de regreso a Tenochtitlan durante los próximos días, él y su gente iban a tener que atenerse a las consecuencias. Le hice ver que aquel episodio podía significar el comienzo de una guerra. Si, al contrario, aceptaba nuestra amistad, mi *tlatoani* podía convertirse en su principal aliado en su lucha contra los demás pueblos de las islas. El cacique guardó silencio y me prometió que habría de considerar la propuesta. Mientras tanto mantendría bajo su protección a mis hombres, lo cual, en términos diplomáticos, significaba que permanecerían como prisioneros hasta que tomara una decisión. Un par de perros-hombre me daban vueltas sin dejar de olisquearme con sus narices humanas.

En pocas horas los canibas habían levantado un campamento y me invitaron a que descansara en una de aquellas chozas a las que llamaban "bohíos". Todavía no tenía noticia de Maoni. Contra mi voluntad, me dormí profundamente.

Mono 11

Desperté sobresaltado a causa de un sacudón. Cuando abrí los ojos pude ver que un caniba, nada amigable, pintado como para el combate, me zarandeaba por los hombros. Tardé en comprender que era el que oficiaba de lenguaraz; me costó reconocer sus rasgos detrás de las líneas de pigmentos blancos y rojos que le daban a su expresión un sino de fiereza. Aproveché que estábamos en soledad para preguntarle cómo conocía el náhuatl. Pero por toda respuesta, sólo me dijo que me preparara, que el cacique había tomado una resolución y quería comunicármela. Era para mí un enigma por qué aquel hombre, cuya fisonomía era indudablemente mexica, vivía entre aquellos lejanos nativos con quienes jamás habíamos tenido trato. Sin embargo, había otros interrogantes para mí más urgentes: saber si Maoni había vuelto y conocer la decisión del cacique, en cuyas manos estaba nuestra vida. Pero el hombre no me dijo una sola palabra; sólo me condujo hasta su jefe.

Era noche cerrada. El cacique permanecía sentado sobre la misma manta como si el tiempo no hubiese pasado. Se lo veía tranquilo; ya no tenía aquel rictus encrespado con el que me había hablado durante la tarde. Encendió una hoja enrollada de *coiba* y me invitó a que la compartiera con él. Era este un gesto de amistad que podía deparar buenas nuevas. Mientras aspiraba el humo espeso de la hoja ardiente, le pregunté por mi segundo, Maoni. Consultó a uno de sus oficiales, intercambió algunas palabras, pero no dio respuesta alguna. En cambio me preguntó cómo había descansado. Su silencio me llenó de miedo, pero supe que no sería bueno insistir. Luego pregunté por el resto de mi tripulación; entonces me señaló hacia un sitio: para mi tranquilidad, pude ver que mis hombres ya no estaban atados y que se hallaban sentados en torno de otra fogata, mezclados con varios canibas, fumando e intercambiando gestos y sonidos, ya que era la única forma en que podían entenderse. Parecían haber entrado en confianza también con los perros-hombre, con quienes jugueteaban alegremente. El cacique me invitó a que me sentara y, con calma, me dijo que ya tendríamos tiempo para conversar y hacer negocios mientras comíamos. Me sirvieron una bebida amarga pero sabrosa. Bebí con una sed largamente contenida, tanto que vacié el cuenco de un solo trago. Entonces un hombre lo volvió a llenar y, con la misma facilidad, lo volví a vaciar. Descubrí que estaba plácidamente mareado. Sabía que eso no era bueno y, sin embargo, quise beber más. Estaba yo al corriente de que existían pueblos para los cuales beber no era condenable y éste, evidentemente, era uno de ellos. Pero en Tenochtitlan beber licor de maguey o de cualquier otra cosa estaba prohibido. Sin embargo, me parecía una descortesía no aceptar el homenaje que, para los canibas, significaba ofrecer licor. Cuando miré mejor hacia la fogata alrededor de la cual se reunían mis hombres, comprobé que aquella tranquilidad y camaradería con sus captores nacía de la más profunda de las borracheras. Entonces decidí dejarme llevar por las circunstancias. Nunca antes había experimentado yo los efluvios del licor y comprendí el porqué del peligro: tan grato era su efecto que no resultaría nada difícil quedar preso de sus engañosos encantos. Aquel agasajo que nos daban los canibas no podía significar sino una aceptación de mi amistad. Mientras llenaban otra vez mi vasija, me sirvieron un cuenco con comida. Descubrí que estaba hambriento. Vaciaba en mi boca aquel adobo caliente y delicioso. Tomaba con mis dedos la carne sumergida en ese caldo con tanta voracidad que no me importaba quemarme un poco. El cacique me preguntaba cosas sobre mi barco y me hacía saber que jamás había visto una "piragua", así lo llamaba, tan adornada y bien construida. Mientras le agradecía sus palabras y le devolvía sus adulaciones, alabando a mi vez sus naves, seguía yo comiendo y bebiendo. De pronto me atoré con algo duro, carraspeé y quité de mi boca lo que supuse un hueso. Lo puse en mi mano y cuando vi de qué se trataba, creí morir de espanto. Era la inconfundible argolla de obsidiana que Maoni siempre llevaba prendida en el cartílago de la nariz. Recuerdo que me puse de pie y arrojé aquel cuenco sobre el cacique, que se reía otra vez con sus carcajadas maléficas. Todo me daba vueltas y apenas podía mantenerme en pie. Empuñé mi espada dispuesto a matar a quien fuera cuando, desde el follaje, vi a un grupo de canibas que, también riendo a carcajadas, traían un hombre con la cara cubierta. Cuando le quitaron la tela que ocultaba su rostro, pude ver que era mi segundo. Estaba sano y salvo. Sólo le faltaba su nariguera, la cual, ciertamente, estaba en mi mano.

Hierba 12

Zarpamos a la madrugada llevando con nosotros todas la provisiones que nos hacían falta para los próximos cincuenta días, plazo que estimaba para alcanzar las tierras al otro lado del mar. Luego del mal momento que me hiciera pasar el cacique caniba, decidí evitar acercarme a las demás islas. La broma, sin embargo, no resultó inocente: más tarde me enteraría de que aquella carne deliciosa era la del cacique ciguayo, aquel que había caído de los brazos de su edecán durante la huida. Me sentía terriblemente mal con mi cuerpo y mi conciencia: así le había pagado yo su cortesía, de ese modo le agradecía los deleites del *cocomordán*.

El cacique caniba nos dejó partir sabiendo que era mejor estar bien con las huestes de Huitzilopotchtli, que enfrentados al poder de Tenochtitlan. Por otra parte, para que nos fuésemos en paz, nos dio gran cantidad de un pan que ellos llaman *casabe*, hecho con *yuca*, que resultaría muy provechoso, ya que puede almacenarse durante mucho tiempo sin echarse a perder.

Mi tripulación estaba completa, la bodega cargada de avíos, la cubierta reparada y el remo sustituido. Si bien aquellos ingratos episodios se debieron a la irreflexión de un par de marineros, sirvieron para que la tripulación quedara cohesionada. Desde entonces pudieron comprobar que el enemigo y el peligro no estaban precisamente a bordo.

Caña 13

Atrás quedaron las islas. Nuevamente el horizonte se convirtió en un círculo extenso y perfecto de agua. A partir de ese momento todo fue incertidumbre. Nadie antes se había aventurado más allá de la isla de Quisqueya; al menos, no existía crónica de viajero alguno, ni carta que indicara qué había en adelante. Yo nunca tuve dudas sobre la forma de la Tierra: si nada se interponía en nuestro camino, debíamos poder dar la vuelta completa y llegar a las costas occidentales de los dominios mexicas. Sin embargo, ignoraba yo con qué podíamos encontrarnos. Las tierras de Aztlan, si realmente existían, y según mis conjeturas, debían estar más cerca de Oriente que de Occidente, de modo que estábamos haciendo el camino más largo; era muy probable que encontráramos antes otras tierras.

Con la excepción de Maoni, eran pocos los que entendían claramente mis ideas. Luego de muchas explicaciones e incontables ejemplos con frutas redondas y cuanto objeto esférico había en el barco, viendo que era imposible hacerles entender que navegando hacia el Este podía llegarse al Oeste, decidí renunciar a ser comprendido por mi propia tripulación. Ellos se tranquilizaban con la idea del regreso, sea por Oriente o por Occidente. Para los mexicas el principal aliciente, aquello que hacía que remaran con entusiasmo, era la idea de convertirse en señores de las tierras que pudiésemos conquistar. A los huastecas, en cambio, los animaba un anhelo de libertad; la aventura era para ellos el modo de escapar del cruel dominio que sufrían en su propia tierra. Aquellas ilusiones todavía podían imponerse sobre las creencias de unos y otros acerca del mundo: la mayoría suponía que si llegábamos hasta el horizonte nos despeñaríamos hacia un abismo sin fin. Otros creían en la existencia de un maléfico Dios del Mar que impedía que los hombres se adentraran en sus dominios. Algunos habían mencionado a *Amalinalli*, el Gran Remolino, una suerte de ojo en torno del cual las aguas se precipitaban en una violenta espiral hacia las profundidades, hasta mezclarse con la lava que hervía en el centro de la Tierra.

Yo podía ver con exactitud en qué momentos se imponían las negras creencias sobre sus ilusiones de gloria y viceversa. Mientras avanzábamos sobre aguas tranquilas, los ánimos se mantenían optimistas y todas las conversaciones giraban en torno de sus futuras riquezas. Pero si en algún momento las corrientes que nos impulsaban se tornaban un poco turbulentas y el barco se sacudía de un lado a otro, se hacía un silencio mortuorio, las caras se llenaban de pálido terror y las oscuras convicciones de la tripulación se hacían carne, mientras invocaban la protección de todos los dioses.

Y todavía ni siquiera imaginábamos la furia que podía albergar el Señor de los Mares.

Como he dicho, cada quien tenía sus motivos para haber emprendido esta travesía. A los huastecas los impulsaba un afán de libertad largamente contenido, la firme voluntad de desembarazarse del humillante yugo de los invasores, una suerte de huida hacia un futuro incierto, aunque nunca tan aciago como el pasado inmediato. A los mexicas, además del anhelo de ser libres, los guiaba la ambición: no sólo querían convertirse en los dueños de las tierras descubiertas, sino investirse de un señorío que ocultara su pelaje de ladrones y asesinos. Podía adivinar cuáles eran las razones de cada uno de mis hombres, pero aún no lograba ver con claridad qué me impulsaba a mí.

Mi querida Ixaya, te he dicho ya que no me lleva el deseo de adueñarme de las tierras descubiertas, ni el de extender los dominios del Imperio. Oscuros designios están escritos en el calendario y, tal como le dijera yo al *tlatoani*, si nuestro pueblo no avanza hacia el futuro, él vendrá por nosotros para convertirnos en pasado. Tengo la íntima y aún inexplicable certeza de que este viaje podría salvar a Tenochtitlan de la destrucción que vaticina el calendario. Muchas veces te he dicho que el mar es la puerta que une el pasado con el futuro y que navegando hacia Levante se llega al Poniente, es decir, que el lugar del origen puede coincidir con el del ocaso. Y eso es lo que me propongo: navegar, exactamente, hacia el Lugar del Principio: Aztlan. Guardo la certeza de que allí, en la lejana Tierra de las Garzas, conociendo por fin nuestro origen, podremos evitar el ocaso de nuestra propia patria. Por el momento no puedo decir más que esto; tal vez, al avanzar, mis vacilaciones se conviertan en certezas y mis preguntas en respuestas.

Jaguar 1

Las calmosas corrientes que nos habían impulsado hasta el momento, los suaves vientos que henchían los juncos de las velas y el cielo diáfano, soleado de día y estrellado por las noches, de pronto nos abandonaron. Mientras navegábamos con rumbo Este, divisamos una tormenta que venía veloz a nuestro encuentro. Por más que cambiáramos el curso en el sentido que fuese, no había forma de escapar de ella. El cielo se veía negro; como si fuésemos a entrar en una caverna, el firmamento no parecía hecho de nubes sino un alto techo de piedra. Un viento frío soplaba de frente y tuvimos que arriar las velas para que no se volaran llevándose el mástil. Los relámpagos caían al mar tan cerca de nosotros que los truenos sonaban al mismo tiempo que los rayos, levantando paredes de agua aquí y allá. Todas las juntas del barco crujían con un estrépito ensordecedor, como si fuese a partirse en mil pedazos. De no haber sido por las innumerables tareas que había que hacer a bordo para que el barco se mantuviese a flote, me habría invadido el terror. Tal como me enseñó mi padre, sabía que el miedo se vence con la razón, manteniendo la cabeza ocupada con pensamientos de orden práctico, tendientes a salir del atolladero y no entregándose al pánico que enceguece y se convierte en nuestro verdugo. Por otra parte, veía que cuantas más órdenes daba a mis hombres, mientras más faenas les encomendaba, por inútiles que fuesen, mejor sobrellevaban también ellos el temor.

Nunca había visto el mar tan furioso: de pronto la nave se elevaba como si fuese a echarse a volar; en un momento estábamos en la cima de una montaña de agua y de inmediato nos precipitábamos hasta caer en un pozo tan profundo que parecía no tener fin. Las olas estaban hechas de una espuma como salida de la boca de un animal furibundo. El viento llevaba al barco a su antojo, de aquí para allá. Por mucho que remaran mis hombres, por más que hundieran los remos verticales, de punta, no había forma de darle dirección. Temiendo que los remos pudiesen quebrarse, ordené que los alzaran y dejáramos que la corriente nos guiara. Debíamos mantenernos bien sujetos, incluso agarrándonos entre nosotros, para no salir despedidos de la nave: las olas entraban a la cubierta con tal fuerza que, una vez que pasaban, teníamos que comprobar que no se hubiesen llevado a nadie. Jamás vi un cielo tan espantoso: no podía distinguirse si era día o noche; estábamos iluminados por la hoguera que ardía dentro de las nubes, así se veían los relámpagos. Los rayos arreciaban de tal forma que parecían querer incinerar el mástil. Se hubiera dicho imposible que el barco se mantuviera a flote. Lejos de cesar, la lluvia se hacía tan intensa que ya no se distinguía cuáles aguas venían del mar y cuáles del cielo.

Mis hombres imploraban a sus dioses: los taínos suplicaban clemencia a Juricán, Señor de los Vientos, y los mexicas rogaban a Tláloc, el Dios de la Lluvia, que se apiadara de nosotros. Tan exhaustos estaban todos, que algunos parecían desear la muerte para terminar de una vez con ese martirio. Pero no podía permitir yo que se impusiesen esos pensamientos: había que pelear contra la tormenta si realmente queríamos salir con vida.

Dos días enteros anduvimos bajo esa tempestad. De pronto, con la misma espontaneidad con la que se había gestado, la tormenta se extinguió. Dejó de llover, las aguas se calmaron y el cielo comenzó a despejarse. Una brisa suave barría las nubes, dejando al descubierto un cielo tan azul como el que nos había acompañado durante los primeros días. Pude ver lágrimas en los ojos de varios de los marinos. Aquellos mexicas duros, ladrones algunos, asesinos otros, cegados por la ambición todos, de pronto no tenían pudor en mostrarse llorando como niños. Había sido tanta la angustia, tanto el miedo y el esfuerzo, que aquellas lágrimas estaban hechas con la mezcla del padecimiento y la felicidad. El desempeño de los huastecas fue heroico; jamás habían enfrentado una tempestad semejante en altamar, aunque conocían los peligros que entrañaba el océano; de hecho, se criaron sobre una canoa. Pero los mexicas habían protagonizado una verdadera epopeya. Para estos hombres nacidos en medio de la montaña, acostumbrados a las aguas quietas del lago que rodeaba Tenochtitlan, el mar era algo extraño y ajeno.

Sólo cuando todo hubo cesado, me dispuse a revisar la nave para comprobar si había daños. Con verdadera preocupación, Maoni y yo examinamos palmo a palmo cada ápice del barco. Después de inspeccionar hasta el último resquicio, para nuestra dicha pudimos verificar que el barco estaba realmente bien construido: salvo ligeras roturas que podían repararse fácilmente a bordo, no encontramos averías mayores. Supuse que podíamos continuar con nuestra empresa sin complicaciones.

Pero aún ignoraba que estábamos a las puertas de un peligro todavía mayor que la tormenta. La tempestad se había instalado en el corazón de mis hombres.

(...)

Mono 12

El cielo estaba claro y el viento calmo. Sin embargo, los rostros de muchos de los hombres estaban sombríos y sus ánimos se adivinaban tempestuosos. Nos acercábamos al plazo que yo había vaticinado para tocar nuevas tierras, pero nada indicaba que eso fuese a suceder en lo inmediato. La euforia que había producido en la tripulación el hecho de sobrevivir a la tormenta duró poco. Esa alegría pronto se transformó en rencor. Los hombres se preguntaban qué podía haber desatado la ira de los dioses. Yo podía notar que los mexicas murmuraban entre ellos, a la vez que me miraban de reojo sin disimular cierto encono. De modo que, para evitar que aquel sordo clima de deliberación pudiera crecer, ordené que todos guardaran silencio. Les advertí con firmeza que quien fuese sorprendido rumoreando sería confinado a la bodega, atado de pies y manos.

Un mexica viejo, el mayor de todos ellos, soltó el remo, se incorporó y se acercó hasta mí. Sin mirarme a los ojos, en señal de respeto, me dijo que los dioses tenían razones para estar enfurecidos: si queríamos tener éxito en nuestra empresa debíamos hacer alguna ofrenda a Tláloc. Era evidente, continuó, que aquella tormenta había sido una advertencia del Dios de la Lluvia. En el mismo tono, me dijo que habíamos cometido un error al no intentar tomar prisioneros en las islas para sacrificarlos. Entonces el hombre miró hacia uno y otro lado y, bajando la voz, acercó su boca a mi oído y, apelando a mi condición mexica, me dijo: "deberíamos entregar la sangre de uno de ellos para contentar a Tláloc y así obtener sus favores". Desde luego, al decir "uno de ellos", se refería a un huasteca. Al escuchar estas palabras mi sangre ardió como si estuviese hirviendo por un gran fuego. Tuve que contenerme para no apretar su cuello. Ni siquiera podía yo castigarlo; si así lo hacía pondría en evidencia sus palabras y, si eso sucedía y los huastecas se enteraban de sus deseos, sería el comienzo de una batalla mortal entre ambos bandos. De modo que me contuve y le contesté que haría como si jamás hubiese escuchado yo sus palabras, que, si se atrevía a repetirlas, no me iba a temblar el pulso para matarlo con mis propias manos. El hombre volvió a su puesto y continuó remando. Pero sabía yo que la semilla de la rebelión acababa de ser sembrada.

Hierba 13

Navegamos con rumbo Este. Hay buenos vientos y el mar está calmo. Hemos avanzado una gran distancia. Los ánimos de los hombres están impacientes.

Caña 1

He comentado con Maoni, bajo promesa de que no dijera nada a los suyos, lo que estaban pensando los mexicas sobre la necesidad de ofrecer sacrificios al Dios de la Lluvia. Se ha mostrado muy preocupado. Su pueblo, sometido por el nuestro, viene nutriendo desde hace mucho tiempo la sed de sangre de los dioses mexicas. He podido adivinar, detrás de su gesto de inquietud, un dejo de irritación; tiene sobradas razones para guardar rencor: han sido muchos años de yugo y ahora, al fin, los huastecas están en igualdad de condiciones con sus viejos enemigos en esta pequeña patria flotante. Sé que muchos de ellos estarían dispuestos a morir con tal de hacer justicia.

Ruego a Quetzalcóatl mantenga la paz.

Jaguar 2

Unas nubes negras asomaron hoy desde el horizonte y todos miraron hacia el cielo con pánico. El recuerdo fresco de la tormenta reciente ha hecho estragos en la moral de mis hombres. El oleaje comenzó a ganar altura y los vientos arreciaban con furia. En el mismo momento en que el barco se quejó con un chirrido hondo, aquel mexica que me había increpado se puso de pie y, mirándome con odio, me exigió que le diese a Tláloc lo que estaba exigiendo. Dijo esto a viva voz, sin medir las consecuencias. Los huastecas, conocedores de los sentimientos de aquellos mexicas y acostumbrados al rigor con que solían ser tratados por ellos, comprendieron de inmediato esas palabras. La mayor parte de los mexicas soltaron sus remos y corrieron formando un círculo en torno de mí. De inmediato me increparon tratándome de loco y de mentiroso. Me decían que los estaba conduciendo hacia el lugar donde las aguas se precipitan a los abismos infinitos, que volviésemos de inmediato y que ofrendáramos en sacrificio a uno de los huastecas. En primer lugar, les dije que no iba a permitir que se derramase una sola gota de sangre; luego intenté convencerlos de que era más largo el camino de vuelta que el que teníamos por delante, hacia el Este; les dije que si continuábamos navegando hacia el Levante, tocaríamos tierra más pronto. Pero no había forma de convencerlos. A medida que se iban aproximando las nubes oscuras, los ánimos se impacientaban cada vez más. Los huastecas, encabezados por Maoni, se levantaron para interceder, pero en un rápido movimiento, uno de los mexicas, el mismo que había dañado el barco con un golpe de remo, me sujetó desde atrás y posó sobre mi cuello un cuchillo de obsidiana. Sabiendo que los huastecas guardaban gran aprecio por mí, les ordenó que no se acercaran, a menos que quisieran verme muerto. Así, teniéndome como garantía para que se hiciera su voluntad, le dijeron a Maoni que cambiara el curso en sentido opuesto y emprendiéramos el regreso. Mi segundo les dijo que eso significaría una muerte segura, ya que no teníamos comida ni agua suficiente para tantos días. Con sabiduría, les hizo ver que cada una de las vidas de quienes estábamos a bordo era indispensable para conducir la nave, que si habíamos podido sobrevivir a la tormenta fue por el trabajo de toda la tripulación: un hombre menos hubiese significado el fin. Yo podía sentir la helada hoja de obsidiana sobre mi garganta y la presión cada vez más intensa. Viendo el hilo de sangre que comenzó a brotar desde mi cuello, Maoni le dijo a mi captor que yo era el único que estaba en condiciones de darle curso preciso al barco, que si me mataba quedaríamos a la deriva. Fue éste un gesto noble y astuto, ya que mi segundo sabía navegar tan diestramente como yo. Pero todos los argumentos fueron en vano: "Huitzilopotchtli nos guiará si le damos lo que nos pide", opuso tercamente el más viejo de los mexicas. Y tras esta afirmación los demás comenzaron a gritar el nombre del Dios de los Sacrificios, del mismo modo que se hacía en Tenochtitlan antes del ritual de las ofrendas de sangre.

Una vez más, Huitzilopotchtli venía a reclamarme y nada parecía poder impedir que me degollaran para luego, esta vez sí, entregarle mi corazón.

Águila 3

En el mismo instante en que se disponían a enterrar el cuchillo en mi garganta, se produjo un hecho que, bajo esas circunstancias, supuse una alucinación. Sin embargo, todas la miradas, absortas, confluyeron en el mismo punto. En dirección opuesta a la nuestra, venía una nave. Era un barco de madera negra, presidido por una cabeza de dragón en lo alto de la roda. Tenía las velas desplegadas y una extensa hilera de remos asomaba desde la cubierta. Navegaba con tal velocidad y ligereza que se diría que se deslizaba en el aire y que su quilla no tocaba siquiera el agua. La nave pasó tan cerca de la nuestra que, con asombro, pudimos ver el rostro inconfundible de quien la capitaneaba: Quetzalcóatl. Tenía unos inmensos cuernos en la cabeza, la piel muy blanca y una barba larga y roja que flameaba al viento. Exactamente así eran las tallas que representaban a Quetzalcóatl cuando era hombre. Él, el Dios de la Vida, nos miraba con unos ojos tan absortos como los nuestros. Cuando ambos barcos se cruzaron, Quetzalcóatl pronunció una palabra misteriosa: "Wodan".

(…)

Serpiente 7

Nadie tuvo dudas sobre quién era aquel que capitaneaba el barco. Los mexicas se pusieron de rodillas y sus labios cambiaron el nombre de Huitzilopotchtli por el de Quetzalcóatl. Ninguno sabía el significado de aquella misteriosa palabra, pero creyeron entender que el Dios de la Vida hecho hombre había aparecido para interceder en mi favor. De inmediato me liberaron y volvieron a ponerse bajo mis órdenes. La tormenta en ciernes se alejó de nosotros tan rápidamente como la barca de Quetzalcóatl, hecho este que reafirmó en ellos la convicción sobre el carácter divino de aquel que comandaba el barco. Desde ese momento navegamos con rumbo Este en aguas calmas y con vientos favorables.

Más tarde Maoni me llamó aparte y, en voz muy baja, me dijo que probablemente aquel barco fuera parte de una de aquellas míticas expediciones de los *viquincatl*, de las que tantas veces escuchara hablar en la Huasteca. Nadie sabía de dónde prevenían estos hombres rojos que, según las crónicas, solían aparecer cerca de las costas del Norte. Yo, sin embargo, me inclinaba a pensar que era Quetzalcóatl, el Dios de la Vida, el que tantas veces me había rescatado de las manos ensangrentadas de Huitzilopotchtli. De cualquier manera, mi segundo iba a guardarse su sospecha para que ninguno de los mexicas dudara de que se trataba de una aparición divina y no volvieran a sublevarse.

(...)

Caña 2

Mucho he pensado en nuestro encuentro con Quetzalcóatl. Su prodigiosa aparición no sólo fue un advenimiento salvador, sino, además, una clara señal. Igual que las estrellas del firmamento, nos había indicado el camino; su llegada desde el Levante indicaba que venía desde algún sitio ubicado en el Este; es decir, tenía que haber tierra firme no muy lejos. Incluso, considerando la posibilidad sugerida por Maoni, si realmente se trataba de una expedición de los *viquincatl*, aun así, significaba un hecho alentador. Era una nave más pequeña que la nuestra, así que no podía llevar más provisiones que las que teníamos nosotros; de modo que, por fuerza, debía venir desde un lugar bastante próximo.

No era ésta una noticia menor, dado que los racionamientos empezaban a escasear. Era un secreto muy bien guardado por mí la cantidad de provisiones que traíamos. Las circunstancias me habían obligado a reducir las raciones de agua y comida. Todavía podía apelar a algunos recursos para que los hombres no notaran la mengua: hacía servir la comida en cuencos un poco más pequeños, de modo que la porción se viera desbordante. Lo mismo con el agua: daba de beber agua a mi tripulación con más frecuencia, pero en recipientes menos generosos. Pero, ¿cuánto tiempo podían funcionar estos trucos? Puede engañarse a los ojos por algún tiempo, pero el estómago termina por descubrir la verdad.

Jaguar 3

Todo continúa igual.

Águila 4

Mis hombres están empezando a dar muestras de hambre y debilidad. Los remeros se fatigan con rapidez. No estaríamos en condiciones de soportar otra tormenta. Yo me encuentro demasiado flaco y muy débil, ya que casi no he comido; prefiero reservar mis raciones para la tripulación. El hambre hace que la gente esté irritable y aparezcan aquí y allá conatos de discusiones. Ya no puedo ocultar que los víveres están escaseando; lo más preocupante es el agua: queda para muy pocos días. Apenas tengo ánimo para escribir.

Zopilote 5

Mis esperanzas empiezan a agotarse junto con las provisiones. El plazo que estimaba para tocar tierra se aproxima, inexorable, y nada indica que la haya cerca. Tres hombres han caído enfermos y temo por sus vidas. Maoni, mi fiel y querido Maoni, hace varios días que no come para que no le falte a nuestra tripulación. Si no ha habido un nuevo motín, es porque los potenciales rebeldes no tienen fuerzas para sublevarse.

Temblor 6

Mi querida Ixaya, es el fin. Ya no queda nada, ni agua ni alimentos. Los hombres están exhaustos y los enfermos, agonizantes. Soy el único culpable de esta tragedia. Quizá debí permitir que me entregaran en sacrificio.

Pedernal 7

Hoy, mientras estaba echado boca arriba esperando la muerte, he visto un pájaro que sobrevolaba la nave. Era un *atotl*. Tardé en comprender la importancia del hallazgo. Señalé hacia el cielo con mis últimas fuerzas y los que estaban tendidos junto a mí siguieron con la mirada la dirección de mi índice. Uno de mis hombres se incorporó y descubrió que cerca de la nave había algunas hierbas flotando. Eran indudables señales de tierra. Uno de los hombres, que hasta entonces parecía exánime, se levantó de un salto y, velozmente, trepó al mástil; con un brazo se sujetaba del palo y con la mano del otro se echaba sombra sobre los ojos para ver sobre la excesiva claridad. Giró su cabeza hacia uno y otro lado y, entonces, con la mirada puesta en el Este, gritó con todas sus fuerzas la palabra anhelada: "¡Tierra!"

Todos nos levantamos como si acabáramos de resucitar.

TRES

1
El ídolo en la cruz

El diario de viaje de Quetza se interrumpió desde su llegada a las nuevas tierras. A partir de entonces ya no escribía todos los días, sino cuando las circunstancias se lo permitían. La mayor parte de las crónicas de sus avatares en el continente nuevo surge de recuerdos muy posteriores a su hazaña y de los relatos de los acompañantes que sobrevivieron a la gesta.

Cuando los tripulantes, exhaustos algunos, moribundos otros, después de navegar durante unas setenta jornadas, divisaron por fin una franja irregular de color incierto sobre el horizonte, recobraron la llama vital que, por entonces, era apenas un rescoldo a punto de extinguirse. Eran demasiados los indicios de la proximidad de tierra firme para que pudiera tratarse de una falsa percepción. Las gaviotas sobrevolando el barco y los juncos cada vez más abundantes flotando sobre el agua, eran señales indudables. Y a medida que se acercaban a esa franja que se ofrecía hospitalaria hacia el Levante, podían distinguir el generoso verdor de la vegetación. El aroma de la tierra húmeda y el de los bosques pronto se hizo perceptible. Una columna de humo grisáceo oliente a carne asada se elevaba hasta el cielo. Todos se llenaron los pulmones con aquel perfume que se presentaba como una promesa. Navegaron paralelos a la costa, hasta que encontraron una suerte de muro natural de rocas, donde podían fondear y alcanzar tierra sin siquiera tener que nadar. El primero en pisar suelo fue Quetza. Puso una rodilla en tierra y con los brazos abiertos agradeció a Quetzalcóatl. Nadie nunca había llegado tan lejos.

Quetza ordenó que todos vistieran sus ropas de guerra. Así, ataviados con sus pecheras, los brazaletes que protegían sus antebrazos, las máscaras con forma de animal que les guarecía rostro y cabeza y, empuñando sus negras espadas, avanzaron a través de una pradera. A poco de andar descubrieron un rebaño de ovejas pastando. Tal era el hambre que, todos a una vez, se arrojaron sobre una de ellas y, en el instante, la carnearon con el filo de la piedra de obsidiana. Estaban realmente famélicos; tanto que ni siquiera encendieron fuego para cocinarla: la comieron todavía palpitante. Tan embriagados estaban con aquella carne tibia, que no vieron al pastor que permanecía sentado sobre una mata de forraje, observando aterrado el espectáculo. Era un jovencito que no podía dejar de temblar como una hoja mientras veía cómo aquellos hombres de piel cobriza, con cabeza de felinos, cubiertos con petos y armados con espadas, devoraban crudo su ganado. Se incorporó despacio apoyándose sobre su cayado y, en el momento en que estaba por huir despavorido, fue descubierto por los visitantes. Quetza, eufórico al ver que en las nuevas tierras existían hombres, le hizo una seña con el brazo y quiso alcanzarlo para presentarse. Por un instante se quedaron contemplándose el uno al otro. Tenían la misma edad e idéntica sorpresa. Quetza se detuvo en la piel blanca y en el pelo, tan extraño, repleto de rizos claros. Pese al palo que sostenía en la mano, parecía inofensivo. El capitán mexica comenzó a decir en su lengua: "Me llamo Quetza. Vengo en nombre de mi rey, el emperador de Tenochtitlan. Desde ahora eres su súbdito..." Pero antes de que pudiera terminar la frase, el muchacho se lanzó a correr tan rápido como podía hasta desaparecer en el fondo del camino. Quetza ordenó a su gente avanzar en la misma dirección que el chico con el propósito de hacerle entender que no tenía motivos para temer.

Pronto dieron con un angosto sendero y, de inmediato, vieron una casa muy precaria, semejante a las chozas más pobres de las afueras de Tenochtitlan. Hacia allá fueron para presentarse ante los pobladores. Los moradores de la casa, un matrimonio de campesinos, no bien los vieron aparecerse con sus atavíos de guerra y ahora ungidos con la sangre de la oveja que acababan de devorar, avanzando en formación marcial hacia ellos, huyeron a toda carrera igual que el pastor. Más tarde Quetza apuntaría: "Los nativos de estas tierras son gentes muy cobardes que escapan ante nuestra sola presencia. Nunca pensé que podríamos entrar sin encontrar resistencia alguna. Tan temerosos son, que aún no me imagino cómo establecer contacto con ellos. No bien nos ven, huyen como liebres". Y con ese nombre bautizó Quetza aquellas primeras tierras habitadas por gentes blancas y asustadizas: Tochtlan, que significaba "el lugar de los conejos".

Aunque sus habitantes habían huido, Quetza decidió entrar en la casa para conocer un poco más de aquellos nativos. Era una vivienda muy pobre comparada con su casa de Tenochtitlan: el piso era de tierra apisonada, las paredes de un adobe muy rústico y el techo de paja. De pronto se sobresaltó al ver, sobre la cabecera del lecho, la figura moribunda de un hombre que se desangraba clavado de pies y manos sobre dos maderos cruzados. Le resultó una visión macabra. Evidentemente, esos nativos no sólo practicaban crueles sacrificios sino que, además, hacían imágenes que recordaban aquellas sangrientas ceremonias. Más allá, sobre un estante, descubrió la estatuilla de otro ídolo: cuando se acercó pudo distinguir que se trataba de una mujer con la cabeza cubierta, cargando un niño entre sus brazos. Se dijo que debería ser ésa una Diosa de la Fertilidad. Cuando miró hacia atrás, vio que sus hombres, incluido Maoni, bebían algo de color rojizo. Temiendo que fuese sangre humana, les ordenó que dejaran esa vasija. Todos obedecieron no sin lamentarse en silencio, ya que era un licor delicioso. Sedientos, debieron conformarse y bebieron agua hasta saciarse.

Considerando la imposibilidad de establecer contacto con los lugareños y al ver el impacto que parecía producir en ellos su aspecto y sus ropajes, Quetza tomó unos vestidos que encontró, telas y sábanas y dijo a todos que se vistieran con ellos. Así lo hicieron. Quetza se colocó un largo manto negro que tenía una capucha y con ella se cubrió la cabeza. Maoni hizo lo mismo con una túnica de tela rústica de color amarillento. Sin saber que hombres y mujeres vestían de diferente modo, algunos se pusieron unas faldas amplias, vestidos con escotes y corsetes por debajo de las pecheras. Así, ataviados como los lugareños, salieron a reconocer el lugar.

Pese a que habían comido una oveja entera, tanta era el hambre que habían pasado durante el viaje, que el olor de la carne asada proveniente de aquella columna de humo que habían visto antes de desembarcar hacía que sus pies los condujeran mecánicamente hacia ese lugar. A medida que avanzaban por el camino, las casas se hacían más numerosas y mejor construidas. Los atavíos, pese a lo inadecuado de algunos vestidos, hacían que las huestes de Tenochtitlan pasaran inadvertidas. El tránsito de gente se hacía más nutrido conforme el pueblo se iba convirtiendo en ciudad. Todo el mundo parecía dirigirse hacia el mismo sitio. Aquí y allá podían escuchar el dulce idioma de los nativos que, desde luego, les resultaba por completo incomprensible. Quetza intentaba sin fortuna deducir el significado de los caracteres que se repetían sobre los dinteles de las puertas, grabados en la piedra, y que aparecían, enormes, sobre un arco que atravesaba la calle. "HUELVA": tales eran los signos que copiaría Quetza, luego, en sus notas. Y aunque no podía inteligir el sentido de esa grafía, infirió que se trataba del nombre con que los nativos llamaban a esa ciudad.

De pronto el suelo cimbró, se oyeron unos pasos atronadores y la comitiva mexica, sobresaltada, giró sobre su eje. Lo que vieron los hombres de Quetza fue la monstruosidad más espantosa que jamás hubieran podido imaginar: a toda carrera se acercaba un ser con cuerpo de bestia, semejante a una llama pero mucho más grande, lleno de bríos, músculos y cubierto de un pelaje negro azabache. Pero lo más aterrador era que se trataba de dos entidades en una: del lomo de la bestia surgía el cuerpo de un hombre. "De pronto se apareció un animal con dos cabezas, una de bestia, otra de humano, que corría en sus cuatro patas haciendo temblar el suelo a su paso", escribiría Quetza, antes de comprender de qué se trataba en realidad. Mayor aún fue la sorpresa de los mexicas cuando vieron que la bestia se detenía y, de repente, se dividía en dos: "por un lado iba el hombre y, por otro, el animal". Lo primero que pensaron era que estaban asistiendo a la metamorfosis de un *nahualli*. Los *nahualli* eran nigromantes que, bajo determinadas circunstancias, abandonaban su apariencia humana para transformarse en animales. Pero Quetza no tardaría en descubrir que la bestia, a la que los nativos llamaban caballo, era una entidad independiente del hombre que lo montaba. Los mexicas no habrían de dejar de admirarse del modo en que aquellos animales, tan grandes y fuertes, se sometían mansamente a los arbitrios de los hombres. Pero hasta que los soldados venidos de Tenochtitlan lograron comprender semejante cosa, no podían evitar un sentimiento de pánico cada vez que junto a ellos pasaba un caballo.

Y así, ocultos bajo los ropajes que habían tomado de la casa, llegaron hasta el corazón de la ciudad. Allí vieron una multitud reunida en la plaza, en cuyo centro estaba el foco del fuego cuyo humo habían visto desde el barco. La gente se veía exaltada y gritaba con una mezcla de furia y entusiasmo. Se abrieron paso entre el gentío para ver cuál era el motivo de tanto fervor. Sobre uno de los lados de la plaza se erigía un edificio cuya cúpula parecía querer alcanzar el cielo; la torreta estaba rematada por una cruz que, de inmediato, le recordó a Quetza aquella sobre la cual estaba el ídolo clavado, desangrándose. El líder de los mexicas no tuvo dudas de que ése era un templo y todo aquello, una ceremonia. Cuando consiguió acercarse un poco más a la fogata, pudo comprobar lo que ya sospechaba. El olor de la carne asada provenía del cuerpo calcinado de una persona que, atada a un palo, había sido inmolada. La multitud, al unísono, vociferaba una y otra vez: "¡Viva Cristo Rey!" Junto a la hoguera, Quetza distinguió un grupo de hombres vestidos de púrpura en cuyos pechos reposaba, otra vez, una cruz. Dedujo que eran los sacerdotes. "Igual que en Tenochtitlan, aunque mucho más pequeño, hay aquí un centro ceremonial junto al *teocalli*. En este lugar de ceremonias se reúnen los nativos para asistir a los sacrificios humanos. La manera de ofrendar hombres a su Dios es clavándolos en una cruz, según atestiguan varias estatuillas, o bien quemándolos con leños verdes para prolongar la agonía, tal como yo mismo he podido ver. El Dios al cual hacen la ofrenda se llama Cristo Rey. Los nativos gritan su nombre mientras los sacerdotes hacen el sacrificio, del mismo modo que en Tenochtitlan el pueblo invoca el nombre de Huitzilopotchtli."

A la luz de la cruel ceremonia que estaban presenciando y, temiendo que la multitud pudiese descubrirlos en su condición de extranjeros, la reducida avanzada mexica decidió abandonar cautamente la plaza. Tiempo después Quetza aprendería el nombre de ese rito que, en el idioma de aquellos salvajes, tenía una pronunciación compleja para una lengua acostumbrada al náhuatl: *Santa Inquisición*.

2

El panteón de los salvajes

Algunos vestidos de hombre y otros de mujer, ese puñado de soldados que constituía la pequeña vanguardia de las huestes de Quetzalcóatl aprovechó que todo el mundo estaba en la plaza para poder entrar en el templo. "El *teocalli* de estos nativos es mucho más pequeño que nuestras pirámides. Al pie del templo hay una torre que está formada por dos cuerpos cúbicos, rematados en una extremidad piramidal, semejando una miniatura de nuestro Huey Teocalli. Estas gentes veneran a muchos ídolos y, a juzgar por la enorme cantidad de imágenes diseminadas por todas partes, adoran a numerosos dioses. El más importante de ellos, el Cristo Rey, que parece ser el Dios de los Sacrificios y que está por todas partes, dentro y fuera del templo, es el que ocupa el lugar principal del *teocalli*. Luego, también con mucha profusión, se ve la imagen de la Diosa de la Fertilidad, representada como una mujer que lleva un niño en brazos; asimismo, puede vérsela rodeada de animales en señal de abundancia." Eso apuntaría Quetza más adelante en sus crónicas. Y a medida que iban avanzando por el centro del templo veían, a uno y otro lado, la sucesión de retablos colmados de imágenes, pinturas y tallas. "El número de Dioses e ídolos de estos nativos es verdaderamente incontable", escribiría. Conforme descubría sobre las paredes la imagen de un santo, una escena celestial o, al contrario, la representación del infierno, creía ver en ellos distintas divinidades. Pronto se formó Quetza una idea de cómo estaba constituido el Panteón de los aborígenes: el Cristo Rey y la Diosa de la Fecundidad ocupaban el lugar más encumbrado de esa creencia; luego venían unos personajes alados que surcaban los cielos y, detrás, los semidioses, cuyo origen terrestre parecía indudable de acuerdo a las representaciones. Luego aprendería Quetza que a estos seres alados les decían "ángeles" y a los semidioses "santos". Y, desde luego, no faltaban los Dioses del Mal. El más importante, según podía adivinarse, era aquel que gobernaba sobre los demonios de las profundidades, el que martirizaba a quienes caían en sus dominios. Fácilmente podía Quetza establecer las analogías con su propia religión.

Luego de esa rápida recorrida por el templo, decidieron que era tiempo de salir, antes de que terminara la ceremonia de los sacrificios y la gente se dispersara.

La anónima comitiva mexica se escabulló velozmente para perderse por las calles de esa ciudad que, en lengua de los nativos, se llamaba Huelva y a la que Quetza bautizó Tochtlan. "Se trata de una ciudad pequeña, que no ha de alcanzar la vigésima parte de Tenochtitlan. Las plazas y calles son completamente secas: no se ven plantas ni agua, no hay chinampas dentro de la ciudad y no he visto un solo canal que la atraviese." Dado que Huelva era una ciudad portuaria, no era extraño ver extranjeros por sus calles y tabernas. Por allí, hacía mucho tiempo, habían ingresado varias y diversas civilizaciones que, sucesivamente, conquistaron la ciudad. Pero era por completo inédita la presencia de hombres con aquellos rasgos tan diferentes de los de la multitud de etnias que solían desembarcar en aquellas playas. Por eso Maoni les insistía a los hombres que no dejaran que nadie viera sus rostros, que se mantuviesen siempre ocultos si no querían terminar en la hoguera.

La primera impresión que se formó Quetza de los nativos estaba signada por el contraste con su propia gente. "La mayoría de los aborígenes presenta una piel de color tan pálido, que se diría que estuviesen gravemente enfermos", anotó. Sin embargo, desde el primer día, percibió el numeroso componente moro que habitaba la región. "Aunque también se ven hombres y mujeres de rasgos muy diferentes que visten distinto, hablan de otro modo y sus costumbres difieren de las de los primeros. Estas gentes son verdaderamente bellas, su piel es más oscura y su mirada suele ser franca y penetrante", apuntaría el adelantado mexica. Pero lo que más llamó la atención de Quetza eran los atavíos que usaban. "Hay un elemento realmente sorprendente en la forma de vestir de esos aborígenes: a pesar de que en este momento del año hace un calor agobiante, todos andan cubiertos de pies a cabeza. Nadie exhibe una sola parte de su cuerpo. Y no sólo las partes pudendas; las mujeres andan con los pechos tapados, se cubren las piernas y hasta los brazos. Las hay, incluso, que llevan una túnica que les oculta desde el rostro hasta la punta de los pies. Los trajes de los hombres tienen muchas y muy complejas piezas. En general estos nativos huelen muy mal y no tienen la costumbre del baño diario; de hecho, me atrevería a afirmar que algunos no se han bañado jamás. De modo que, si se suma la falta de higiene al exceso de ropa y la abundancia de secreción, el resultante es un hedor que invade cada rincón de la ciudad", escribiría Quetza. La escasa disposición de los nativos hacia el aseo se hacía palpable, también, en las calles: "A diferencia de Tenochtitlan, que está provista de acueductos que traen el agua limpia y devuelven las aguas servidas, aquí el agua es muy escasa, se acarrea en cubos y las aguas de desperdicio son arrojadas por las ventanas junto con los excrementos". Otra cosa que llamaría la atención de Quetza y sus hombres, era el excesivo tono de la voz que empleaban los nativos para comunicarse. En su patria era regla de educación dirigirse al prójimo con respeto, reverencia y delicadeza. Jamás podía mirarse a los ojos a los mayores, a los funcionarios o a cualquiera de jerarquía superior. Y, en todos los casos, luego de cada frase, se dedicaba una reverencia. "Aquí todo el mundo grita. No alcanzo a comprender la razón. Las mujeres se reúnen en las puertas de las casas y hablan entre ellas emitiendo sonidos que, más que palabras, parecieran graznidos de *alotl*."

Quetza, a cada paso, tomaba conciencia de la importancia crucial que tenía su descubrimiento. Su propósito no era sólo develar los secretos del Nuevo Mundo, sino trazar los planes para su conquista. De modo que tenía que ver cuáles eran los recursos militares con los que contaban los nativos.

Durante aquella primera jornada en las nuevas tierras, Quetza y su tropa habían hecho varios descubrimientos. De vuelta en el barco, que dejaron amarrado en una ría recóndita y deshabitada, lejos de los ojos de cualquier aborigen, Quetza y sus segundo, Maoni, trazaron mapas; luego hicieron un recuento de los acontecimientos más importantes que atestiguaron y sacaron las primeras conclusiones. Sin dudas, el recurso militar más significativo con el que contaban los nativos era el caballo; las ventajas que les otorgaba el uso del caballo eran inmensas: velocidad para transportarse de un punto a otro, mayor altura y, en consecuencia, mayor distancia con el soldado enemigo durante el combate; no sólo les daba capacidad para llevar un jinete, sino también un carro con varios hombres; asimismo, les permitía desplazar víveres y toda clase de carga. Y, tan inédito como el caballo, era el carro o, más precisamente, las ruedas que lo movían. En los dominios de Tenochtitlan y en los pueblos vecinos, el transporte de mercancías y, de hecho, de todo tipo de productos, lo hacían los *tamemes*, hombres cuyo oficio era el de acarrear cargas sobre sus espaldas. Del mismo modo, el arado de los campos se hacía con el esfuerzo humano; en cambio, en las nuevas tierras, eran todas tareas delegadas a las bestias. Quetza no dejaba de admirarse y, a la vez, reprocharse su incapacidad por no haber imaginado algo tan básico, pero tan esencial, como la rueda. Se dijo que había estado tan cerca de alcanzar aquel concepto y que, quizá por esa misma razón, no había podido vislumbrarlo. Su calendario, el más perfecto que hombre alguno hubiera podido ingeniar, era ... ¡una rueda! Si se lo despojaba de los símbolos interiores, de todos los cálculos que contenía y se lo consideraba sólo en su forma y no en su complejo contenido conceptual, nada lo diferenciaba de aquellas rústicas ruedas que permitían desplazar enormes pesos con menor esfuerzo y mayor velocidad. Pensándolo mejor, se dijo, no era que desconocieran la rueda, de hecho, tenían una inmensa cantidad de artefactos provistos con esa forma; tampoco ignoraban las ventajas de hacer rodar los objetos, prueba de lo cual eran los rodillos sobre los cuales sus mayores habían podido mover los gigantescos bloques de piedra para construir los monumentales templos. Entonces encontró la clave del problema: nunca habían conseguido unir estas dos nociones, el disco y el rodillo, es decir, la rueda y el eje.

Maoni estaba convencido de que estos descubrimientos volcaban el futuro en su favor: si a las civilizaciones descendientes de los Hombres Sabios, los olmecas, los toltecas, los mexicas, los pueblos del lago Texcoco, los de la Huasteca, los taínos y los demás pueblos del valle sumaban sus conocimientos y a ellos se agregaban los que la expedición iba a llevar desde las nuevas tierras, tales como el caballo, la rueda y el carro, toda esta sumatoria los haría invencibles. Pero era imprescindible la unidad de todos sus pueblos del Anáhuac y aún más allá. Sin embargo, Quetza sabía que era ésta una idea difícil de llevar a la práctica: la historia de todos ellos era la historia de las divisiones, las luchas y las guerras.

Maoni propuso a Quetza la construcción de otra nave, en la cual llevar varias parejas de caballos y cuanta cosa nueva pudiesen mostrarle al *tlatoani*. Si los mexicas se dedicaban a la crianza de caballos a partir de los que ellos llevaran a Tenochtitlan, en poco tiempo podrían contar con una gran cantidad de animales para afrontar una campaña militar.

Algo que también llamó la atención de la avanzada mexica, era el formidable conocimiento de los nativos en materia de navegación; durante su breve recorrida por la ciudad habían estado en el puerto. Quetza no cabía en su admiración al ver los enormes barcos que entraban y salían de las ensenadas y la destreza de los marineros para maniobrar aquellos monstruos de madera. Los velámenes, monumentales, se desplegaban con una rapidez sorprendente; veían cómo los marinos arrojaban cuerdas aquí y allá con tanta precisión que podían amarrar sin siquiera bajar a tierra. La comitiva mexica miraba todo con ojos no ya extranjeros, sino extraviados: se sentían perdidos en aquel mundo nuevo y desconocido. Observaban a esos hombres rústicos, brutales, que hablaban a los gritos, que se emborrachaban y peleaban entre sí a punta de cuchillo por cualquier nimiedad como si pertenecieran a una especie distinta. Nunca, ni siquiera los mexicas que salieron de la prisión, habían visto gentes tan poco educadas. Fue en ese instante, en el puerto, cuando Quetza tuvo una revelación: considerando la superioridad naval de los nativos, se dijo que si ellos no procedían con premura, no tardaría en llegar el día en que esos salvajes alcanzaran el otro lado del océano con sus inmensas naves. Entonces sería el fin de Tenochtitlan. La necesidad de conquistar aquellas tierras no nacía del afán de expansión, sino, más bien, para evitar que, en un futuro próximo, sus tierras fuesen tomadas por asalto.

3
La flecha de fuego

A la mañana siguiente, sin haber podido pegar un ojo durante la noche, Quetza le expuso sus planes a Maoni: dado que no había posibilidades materiales de construir un nuevo barco para cargar en él caballos y cuantas cosas pudieran enseñarle al *tlatoani*, ya que no tenían herramientas adecuadas ni un sitio donde trabajar secretamente, debían apoderarse de un barco nativo. Sin dudas era una tarea arriesgada, aunque mucho menos peligrosa que intentar construir una nave en aquellas condiciones. Tenían dos alternativas: la primera, llegarse hasta el puerto y, subrepticiamente, robar un barco fondeado, cuyos tripulantes se hallaran en tierra; la segunda, hacerse mar adentro y, lejos de cualquier testigo, interceptar una nave pequeña y lanzarse al abordaje por asalto. Quetza y Maoni analizaron detenidamente ambas posibilidades: la primera, a simple vista, parecía la más fácil; sin embargo, presentaba serias dificultades: el puerto estaba atestado de gente, de barcos que entraban y salían, había demasiados testigos eventuales; en caso de ser descubiertos, serían rápidamente alcanzados antes de que pudiesen escapar. La segunda alternativa, pese a que parecía más compleja y, ciertamente, más cruenta, ya que implicaba una lucha franca, cuerpo a cuerpo, presentaba menos problemas. Las huestes mexicas, enfrentadas a igual número de nativos, tenían mayores posibilidades de resultar victoriosas en un combate: todos ellos tenían, en mayor o menor grado, una formación militar, espadas de obsidiana superiores a las de acero que usaban los aborígenes, arcos, flechas y lanzas, que les permitían atacar con mucha precisión a la distancia.

El plan general era sencillo: capturar un barco, cargar en él los elementos más importantes que habían descubierto, hacer una breve travesía de reconocimiento sin ser sorprendidos por los nativos, establecer mapas, trazar rutas de navegación y volver a Tenochtitlan con ambas naves. Una vez anoticiados, el *tlatoani* y la alta oficialidad del ejército mexica concebirían el plan de conquista. Entonces volverían con centenares de barcos y miles de hombres armados, preparados para un largo combate. Así, provistos de caballos y carros, vencerían a los nativos con sus propias armas.

A una distancia prudencial de la costa y cerca de la ruta que conducía hacia el puerto, Quetza y sus hombres esperaban que se acercara un barco de pequeño porte para tomarlo por asalto. Hacia el mediodía, desde el horizonte vieron aparecer la silueta de una nave. Entonces el joven capitán dio la orden de desplegar las velas y remar a su encuentro a toda velocidad. Estaba ya dispuesto el plan de abordaje cuando, desde el Poniente, se hizo visible un segundo barco. En ese momento los tripulantes de la reducida armada mexica se percataron de dos cosas a una vez: que la embarcación que habían avistado primero no era precisamente pequeña, tal como aparentaba a la distancia, y que la segunda nave era aun mayor. Por añadidura, parecían constituir ambas una misma escuadra. El número de marineros de las dos naves multiplicaba por mucho a las huestes de Tenochtitlan. Pero ahora estaban demasiado próximos para abortar la maniobra: habían sido descubiertos por los nativos. Quetza comprobó que aquella flota no sólo había visto su barco, sino que acababa de poner proa hacia él, acercándose con decisión. Sin embargo, el capitán mexica y su segundo no iban a rendirse sin pelear: ordenaron a todos preparar arcos y flechas. En el mismo momento en que iba a dar la orden de atacar, vieron un destello intenso como un relámpago sobre el casco de uno de los barcos y escucharon una explosión semejante a un trueno. De inmediato percibieron un zumbido sobre sus cabezas y, al instante, vieron algo que caía en el mar haciendo brotar columnas de agua; la nave se sacudió como por efecto de un torbellino. Quetza, aún sin saber de qué se trataba, no tardó en comprender que estaban ante la presencia del arma más letal que jamás hubiesen podido imaginar. Si aquella cosa lanzada con fuego y estruendo hubiera caído sobre su nave, sin dudas habría quedado reducida a un puñado de astillas. Entonces, considerando la superioridad numérica y armamentística, Quetza ordenó bajar las armas: era, otra vez, la hora de la diplomacia.

Cuando la nave mayor estuvo más cerca, la armada mexica pudo ver que el lugar en el cual se había originado la explosión era una suerte de tubo, en cuyo extremo había una boca desde la cual todavía surgía humo. Sobre la cubierta, cerca de la proa, Quetza distinguió a quien parecía capitanear la nave: era un hombre que llevaba un sombrero que lo distinguía de los demás y estaba observándolo a través de un adminículo semejante a una caña corta. Quetza vio con asombro que el capitán, lejos de mostrar una actitud belicosa, le hacía señas amistosas saludándolo con la mano. También el otro barco se acercó y ambos lo condujeron afablemente hacia el puerto. Quetza no tenía otra alternativa que ir tras ellos, aunque temía que al desembarcar y ser descubiertos como extranjeros, fuesen inmediatamente ofrendados a Cristo Rey, Dios de los Sacrificios de aquellos nativos.

4
El juego de los disfraces verdaderos

Aquel recibimiento inicial, lleno de fuego y estruendo, había sido una salva de bienvenida. Una vez en tierra, Quetza y sus hombres fueron acogidos con la mayor ceremonia. La reducida armada mexica avanzaba a lo largo de una explanada que le había sido especialmente dispuesta. Caminaban entre dos hileras nutridas de hombres que se deshacían en saludos y reverencias. Mal podían Quetza y Maoni disimular la sorpresa, aunque intentaban devolver los saludos con naturalidad. Era como si aquella recepción estuviese largamente planificada. Al final de la explanada los esperaban las autoridades de la ciudad. De hecho, Quetza pudo reconocer a los sacerdotes que, el día anterior, presidían la ceremonia de los sacrificios. Tal vez, tanta bienvenida no era sino el prólogo de la despedida para aquellos que iban a ser ofrendados a Cristo Rey. También en Tenochtitlan se agasajaba a los mancebos antes de entregarlos a Huitzilopotchtli. Cuando finalmente estuvieron frente a quien parecía ser el cacique de aquellos nativos, la autoridad puso en manos de Quetza una suerte de plato dorado con piedras preciosas engarzadas alrededor de la omnipresente figura de la cruz. Quetza agradeció inclinando la cabeza y, de inmediato, mandó a uno de sus hombres a buscar un saco de cacao y unas piezas de obsidiana. Consideró que era un regalo modesto en comparación con el que acababa de recibir, pero no tenía otra cosa. Sin embargo, cuando entregó el obsequio, vio que los ojos de los nativos brillaban con la luz del asombro, como si jamás hubiesen visto un vulgar grano de cacao o una piedra de obsidiana. Entonces, el cacique habló mirando a los ojos de Quetza. Desde luego, la avanzada mexica no entendió una palabra. Pero detrás del hombre surgió un pequeño personaje que presentaba rasgos semejantes a los suyos: la piel cobriza, los ojos rasgados y una complexión física parecida, aunque su nariz era notoriamente pequeña. Cuando el hombre blanco hizo una pausa, le cedió la palabra al otro para que tradujera; Quetza no podía explicarse cómo alguien podía conocer su lengua, a menos que otros mexicas hubiesen estado allí antes que él. Sin embargo, cuando el hombre pequeño habló, lo hizo en un idioma también indescifrable para mexicas y huastecas. Quetza de pronto comprendió todo: era evidente que aquella recepción no era para ellos, las autoridades estaban esperando a otra delegación extranjera, la cual, sin dudas, hablaba el idioma del lenguaraz.

Por una parte resultaba éste un hecho auspicioso, ya que, al menos por el momento, estaban a salvo. Por otro lado, era imperioso para Quetza mantener en secreto el lugar del cual provenían, si quería evitar la invasión por parte de aquellos nativos. Pero cuánto tiempo podía durar la farsa si ni siquiera sabía de qué país era la delegación que esperaban los aborígenes. Sin embargo, resultaba claro que alguna cosa en común deberían tener con aquéllos, al punto que los habían confundido. Tal vez estuviesen esperando a los lejanos parientes de los mexicas, los habitantes de Aztlan. La existencia de las míticas tierras del origen volvían a ser para Quetza una esperanza.

El lenguaraz, al comprobar que los visitantes no entendían sus palabras, habló en otro idioma; pero resultó un intento tan vano como el anterior. El pequeño hombre que asistía al cacique trató de comunicarse sin éxito en media docena de lenguas. Quetza y Maoni notaron que el cacique se impacientaba con su intérprete, como si él fuese el responsable de que la comitiva no pudiese comprender.

Después de un largo intercambio de gestos, monosílabos y dibujos sobre un papel, Quetza entendió que estaban siendo confundidos con viajantes que venían desde el Oriente. El joven jefe mexica, desde luego, no contradijo esta certidumbre de los aborígenes; al contrario, señalaba con su índice hacia el Levante para indicar su procedencia. Y, sin proponérselo, decía la verdad, ya que sabía que si se iba muy al Occidente se llegaba al Oriente y viceversa. El mundo, se dijo Quetza, era más extenso de lo que imaginaba. Creyó entender que el cacique le preguntaba cuál era el nombre de su patria, de qué tierras provenían; entonces Quetza contestó sin dudarlo:

—Aztlan —dijo.

Y no mentía.

5
Los dignatarios de la nada

De pronto, Quetza y sus hombres eran tratados por los nativos a cuerpo de rey. Como si fuesen verdaderos príncipes, aquellos ladrones mexicas que habían sido sacados de las cárceles, aquel grupo de desterrados, ahora era conducido por una guardia de honor. Los huastecas, pobres hasta la miseria, sojuzgados y masacrados, eran agasajados como dignatarios. Después de haber sido soltados a la buena de Dios, luego de haber navegado durante setenta jornadas terribles, habiendo sobrevivido a las peores tempestades, a los motines y al hambre, ahora todo era homenajes, lujos y buena vida. La pequeña armada mexica fue alojada en un palacete cercano al del cacique y le fueron ofrecidos toda clase de manjares y cortejos.

Quetza no ignoraba que nada era gratis en este mundo, ni aunque fuese otro y pareciera nuevo, que en algún momento todo se pagaba, que cuanto mayor era la lisonja, más alto era el precio. Ni siquiera a los dioses se les hacía una ofrenda sin esperar algo a cambio. Pero aún no sabía qué esperaba el cacique de ellos. Y necesitaba saberlo cuanto antes.

En el curso de esos primeros días en el Nuevo Mundo, supo Quetza que aquellas tierras que él había bautizado como Tochtlan, eran nombradas por los nativos con una breve palabra, Huelva, y pertenecían a un reino llamado Sevilla. Su *tlatoani* había conseguido liberar a su pueblo del largo yugo de unos invasores venidos del Oriente Medio: los moros. También pudo saber Quetza que, más al Levante todavía, existían otros pueblos y que los reinos peninsulares que él había descubierto tenían relaciones comerciales con los orientales desde hacía mucho tiempo, especialmente con unos reinos llamados Cipango, Catay, la India y las Islas Molucas. Las finas telas que vestían los reyes, los tapices que decoraban sus palacios, las perlas que lucían las mujeres de la nobleza, las porcelanas donde bebían las infusiones, las mismas hojas con las que hacían estas tisanas, los perfumes, las delicadas especias con las que condimentaban sus banquetes, provenían del Oriente. Por otra parte, supo Quetza que, así como en Tenochtitlan los mexicas usaban el polvo de oro y los granos de cacao como medio de pago, en estas tierras las gentes acuñaban el oro y la plata en forma de pequeños discos para cambiarlos por productos. Pero sucedía que los yacimientos de estos metales se estaban consumiendo; y como en Oriente los había en abundancia, buscaban estos nativos fortalecer los lazos comerciales con aquéllos. Pero, a consecuencia de los largos e intensos combates con los moros, las rutas hacia las Indias estaban bloqueadas por las huestes provenientes del Oriente Medio. Y aquellos comerciantes que conseguían pasar, debían pagar altísimos peajes, impuestos y tributos.

Con el curso de los días, Quetza y Maoni empezaban a entenderse con algunos de los nativos. Dado que éstos estaban convencidos de que la pequeña avanzada era una comitiva procedente de uno de los reinos orientales, los mexicas no hicieron nada por disuadirlos de esa creencia y, por el contrario, la alimentaban. Cuando Quetza dijo que el nombre de su patria era Aztlan, los aborígenes entendieron Xian Sian. Y, en rigor, fue lo que quisieron escuchar, ya que estas tierras pertenecientes a Catay eran riquísimas en oro, plata y especias, según constaba en las crónicas de los viajeros florentinos. Eso explicaba el trato privilegiado que recibían por parte de los nativos: era evidente que querían establecer nexos comerciales con aquellos presuntos dignatarios del Oriente. Y descubrió Quetza que no estaban esperando especialmente una determinada comitiva venida desde el Levante, sino que su llegada coincidió con sus esperanzas: al ver aparecer una nave presidida por un mascarón semejante a un dragón emplumado y unos marinos de piel amarillenta y ojos rasgados, pensaron que era aquél un hecho auspicioso, tal vez el inicio de unas fluidas relaciones comerciales. Quetza notó algo que, en rigor, saltaba a la vista: aquellos nativos estaban hambrientos de oro y plata.

También descubrió el joven jefe mexica que los aborígenes tenían un serio problema: hablaban más de lo que escuchaban, hecho este que Quetza supo aprovechar tomando atenta nota cada vez que hablaban y simulando no entender toda vez que le hacían una pregunta. Así, se enteró de que las vías a Oriente eran el centro de una vieja disputa con un reino vecino llamado Portugal. Intentando hallar nuevas rutas hacia el Este, unos y otros se disputaban mapas, cartas de navegación y crónicas de viajeros que les permitieran el acceso a las enormes riquezas de las Indias, sorteando el bloqueo de los moros y el peligro de los otrora indómitos mongoles.

Ahora bien, se preguntaban Quetza y Maoni: siendo aquél un pueblo que contaba con animales de combate y armas que, con gran estruendo, disparaban bolas de fuego, por qué no se había lanzado a la conquista de las riquezas orientales por la fuerza, tal como lo hacían los emperadores de Tenochtitlan sobre los ricos territorios del valle. Mientras aprendía rápidamente algunos rudimentos del idioma de los nativos, a la vez que disfrutaba de su hospitalidad, Quetza indagaba más y más sobre el poderío militar de sus anfitriones. Así, supo que esos hombres blancos, por mucho que lo intentaron, jamás pudieron conquistar a los pueblos orientales bajo la advocación de su Dios, Cristo Rey. Los estados del Levante, que tenían una tradición milenaria y una cultura mucho más vasta y avanzada, supieron resistir todos los embates. Pero era evidente el afán expansivo de los hombres blancos. Entonces supo Quetza que no sólo debía mantener en secreto la existencia de Tenochtitlan, sino, sobre todo, de la ruta que unía ambos continentes. Su tierra era, acaso, más rica en oro, plata y especias que las Indias y el camino hacia ella era menos tortuoso que el que implicaba evadir el bloqueo moro. Era sólo una cuestión de tiempo que la codicia de los nativos les hiciera encontrar la ruta hacia los dominios mexicas. Pero Quetza contaba con dos ventajas: por una parte, él había llegado antes a las tierras de los nativos; por otra, los salvajes aún ignoraban que la Tierra era una esfera. De modo que si quería ganar tiempo para evitar una invasión inminente, debía asegurarse de asestar el primer golpe.

6

El triángulo de oro

Fue durante su estancia en Huelva cuando Quetza conoció a Carmen. Durante el día, el joven jefe de los mexicas dedicaba sus recuerdos y añoranzas a Ixaya. La evocación de sus ojos grises y redondos, su pelo negro y su voz dulce, hacían que el corazón de Quetza se llenara de nostalgia. Pero durante las noches, antes dormirse, lo asaltaba el recuerdo de la muchacha ciguaya que, entregada por el cacique, le había hecho conocer las delicias carnales del *cocomordán*; entonces su cuerpo se estremecía y se dormía pensando en aquellos pezones oscuros y sus labios inferiores, tan silenciosos como sabios y hospitalarios. Estos pensamientos, a diferencia de los que albergaban los nativos, no entraban en conflicto: Quetza soñaba con el día del regreso; entonces tomaría a Ixaya como esposa y volvería a la islas de Quisqueya a buscar dos o tres mujeres para hacerlas sus concubinas. El capitán mexica no alcanzaba a comprender por qué los nativos sólo podían tomar una sola mujer como esposa y ninguna concubina, aunque luego pagaran con monedas de oro para cohabitar con otras mujeres a espaldas de sus esposas. Quetza notó que la mentira tenía la fuerza de una institución entre los aborígenes blancos: tan aceptada estaba que apenas si la diferenciaban de la verdad. El engaño no se limitaba al matrimonio: mentía el gobernante y también el súbdito, se mentían los amigos, mentía el monje y el fiel; hasta al propio Cristo Rey y a todos los otros dioses llamados santos, ángeles o demonios se les mentía.

Entre los agasajos que a diario le brindaban a la presunta comitiva oriental, un día, antes del anochecer, se hizo presente una mujer que venía a ofrecerles "cualquier cosa que quisieran". Quetza, Maoni y sus hombres supieron de inmediato en qué consistía el convite; comprendieron que el trato que les dispensaban no era diferente del que recibían los mancebos antes de ser sacrificados, agasajos que incluían, desde luego, fiestas con jóvenes doncellas. Sin embargo, la mujer, lejos de parecer una joven virgen, tenía el aspecto de haber perdido la virtud hacía tanto tiempo, que se diría que ya ni siquiera recordaba dónde podía haberla dejado. De hecho, las mujeres blancas resultaban poco atractivas a los mexicas; pero aquella "gentileza" lindaba con la falta de respeto, era un atropello al protocolo. Viendo la cara de espanto de los visitantes, la mujer comprendió al instante el malentendido, de modo que, de inmediato, hizo sonar una campanilla y, entonces sí, entró en el salón un grupo de mujeres jóvenes y hermosas. Para que los convidados estuviesen a gusto y no añoraran las delicias de sus tierras, el cacique blanco les había enviado una decena de doncellas traídas especialmente desde Cipango. Claro que lo de "doncellas" era un eufemismo.

Así como en Tenochtitlan la prostitución estaba firmemente legislada, también lo estaba en el Nuevo Mundo. En ambos casos la actividad de las prostitutas no solamente era legal, sino que dependía de las autoridades religiosas. En la capital de los mexicas existía la prostitución ritual, destinada a sacerdotes y guerreros, y era llevada a cabo por sacerdotisas que recibían un pago por sus servicios. Pero también podían acudir a las casas de las *ahuianis* los hombres solteros sin cargo militar ni religioso. Las prostitutas mexicas, siempre adornadas con piedras, plumas y pintadas de colores estridentes, tenían la protección de la diosa Xochiquétzal. Ellas conocían secretas fórmulas para preparar afrodisíacos y dominaban distintas técnicas para despertar el apetito sexual, incluso en hombres muy ancianos. Antes de partir a la guerra, los soldados debían hacer uso de las prostitutas. Por su parte, los clientes debían encomendarse a Tlazoltéotl, Diosa de la Voluptuosidad, para poder tener un desempeño, cuanto menos, decoroso.

Supo Quetza que en el Nuevo Mundo las cosas no eran muy diferentes. La prostitución estaba legislada en el reino de Sevilla por las Ordenanzas de Mancebías. Las mancebías, o puterías, como las llamaba el pueblo, estaban regidas por un "padre" y supervisadas por la autoridad eclesiástica. Debían cumplir con una reglamentación semejante a la que regía en Tenochtitlan. Las prostitutas tenían que residir y ejercer exclusivamente en la Mancebía y sólo podían acudir a ella hombres solteros. Estaba prohibido establecer tabernas y jugar juegos de azar dentro de la putería. Las pupilas no podían trabajar los días de fiestas de guardar. El "padre" podía contratar a un hombre armado que vigilase la puerta.

En cuanto a las prostitutas, antes de ser admitidas por la Mancebía debían comparecer ante una comisión comunal; podían ser aceptadas una vez comprobado el cumplimiento de toda la requisitoria. Las condiciones eran: que no fuesen naturales de Sevilla ni tuviesen familia en la ciudad; que no estuviesen casadas ni fuesen negras o mulatas. Una vez incorporadas a las puterías tenían que observar una conducta rigurosa: no ejercer su oficio fuera de la Mancebía; acudir a misa en pos de la salvación de sus almas y llevar, siempre que saliesen por las calles, mantillas amarillas sobre las sayas.

Claro que en los dominios de los hombres blancos las normas parecían estar hechas para ser transgredidas; en el Nuevo

Mundo no existía la prostitución ritual; de hecho, los sacerdotes tenían prohibido cohabitar con las rameras y, en rigor, con cualquier otra mujer. Sin embargo, era sabido que, durante las supervisiones, los religiosos no sólo constataban el orden del interior del local; tan escrupulosos eran con su trabajo que, por lo general, también verificaban el interior de las propias pupilas. Y aunque las ordenanzas establecían claramente que las mujeres no podían ejercer fuera de la Mancebía, en casos excepcionales, sobre todo cuando se quería evitar que algún alto dignatario fuese visto entrando al lupanar, las pupilas podían molestarse hacia algún sitio neutral. Y así habían hecho en el caso de la pequeña comitiva extranjera.

Quetza y sus hombres comprobaron con entusiasmo que las doncellas eran verdaderamente hermosas. Ignoraban, sin embargo, cuán exóticas resultaban esas mujeres de piel amarilla y ojos rasgados. No había sido tarea fácil para el cacique blanco conseguir aquellas bellezas orientales; sin dudas, era una muestra del empeño que ponían los nativos para congraciarse con los visitantes.

El primero en elegir mujer, como correspondía al orden jerárquico, fue Quetza. Y no sabía cuánto se equivocaba al extender su índice seguro. Eligió a la muchacha cuya figura había cautivado la mirada de todos los hombres: era la más alta y espigada, tenía unos ojos almendrados y misteriosos. Ignoraba el joven capitán el error que estaba cometiendo al escoger a esa mujer de apariencia aniñada pese a su estatura. No sabía lo que hacía cuando, encandilado por ese pelo tan negro como la obsidiana y esa sonrisa luminosa, la separó del grupo. Ignoraba que a partir de ese momento nunca más iba a olvidar a esa mujer.

7
Siete deseos

Supo Quetza que Carmen era el nombre con que habían re bautizado en la Mancebía a esa mujer que tenía la piel del color del azafrán. Pero su verdadero nombre era Keiko. Por alguna extraña razón, aquellos hombres blancos no toleraban los nombres ajenos a su lengua y se veían en la obligación de encontrar un equivalente que les resultara familiar. Incluso, Quetza notaba no sin cierta gracia que a él lo llamaban César y a su segundo, Maoni, Manuel. Los nativos encontraban que Carmen se adecuaba a Keiko, nombre que en su tierra, Cipango, significaba "respeto". Y eso fue, exactamente, lo que cautivó al joven jefe de los mexicas. Keiko no parecía proceder como una prostituta, sino como un ángel dispuesto a concederle todo lo que él le pidiera. La niña de Cipango y el joven jefe mexica hablaban con dificultades el idioma de Castilla. Pero se comprendían como si se conocieran desde siempre. Ni siquiera hizo falta que Quetza le rogara que no revelara su secreto. Keiko, según le había adelantado el padre de la Mancebía, esperaba encontrarse con un grupo de asiáticos. Pero no bien los vio, supo que no eran de Cipango ni de Catay ni de las Indias Mayores o las Menores. Keiko advirtió que ni su lengua ni su escritura pertenecían a ninguno de los mundos conocidos. Ella venía del confín oriental del mundo y en su tortuoso viaje hacia el mar Mediterráneo había conocido innumerables reinos. Por otra parte, su trabajo en una ciudad portuaria como Huelva la obligaba a conocer toda clase de gente y de cuantas nacionalidades existían. Ignoraba por qué razón mentía Quetza, pero jamás le pidió explicaciones. La única certeza que tenían ambos era que, desde el momento en que se conocieron, nunca más iban a poder separarse. Mientras el resto de la tripulación saciaba su largo apetito carnal luego de tanto tiempo sin ver mujer alguna, Quetza y Keiko se contemplaban en silencio como si así se aferraran a una patria que les era común: la añoranza.

Sin embargo, ni por un solo día Quetza olvidó a Ixaya. Al contrario: cuanto más se enamoraba de Keiko, pensaba en la felicidad que significaría para todos vivir bajo un mismo techo. Imaginaba su futura casa de Tenochtitlan y la idea del regreso empezaba a acicatearlo con insistencia. Pero aún tenía un largo camino por delante.

Quetza estaba convencido de que Aztlan estaba muy cerca de la isla de Cipango. Además de la belleza de Keiko, de su dulzura y su dócil naturaleza, Quetza veía en ella la materialización de sus propias convicciones. Se había enamorado no sólo de aquella mujer, sino de sus certezas sobre el mundo. Keiko completaba el mapa del universo que imaginaba hacia el Levante y se había convertido en su nueva carta de navegación. Conforme se iban conociendo, cada vez podían comunicarse con mayor fluidez. Así, ella le relataba la historia de su tierra y, a través de sus narraciones, Quetza podía entender el mundo de los hombres blancos, el de los moros y el de los asiáticos. Comprendió que Europa, el Oriente Medio y el Oriente Lejano vivían en una relación tan permanente como conflictiva. Los dominios de los mexicas y sus vecinos del Norte y del Sur eran la pieza que faltaba para completar el mapa del mundo. Sería mejor, se decía Quetza, que su pueblo no entrara en contacto con los hombres blancos; pero sabía que eso era imposible: más tarde o más temprano los españoles o los portugueses, hambrientos de oro, plata, especias y tierras donde expandir sus fronteras, habrían de alcanzar la orilla opuesta del mar. Estaba convencido de que los mexicas debían adelantárseles.

Keiko era la única persona en la que podía confiar en las nuevas tierras. Siete pedidos hizo Quetza al cacique de los hombres blancos: un barco, cuatro caballos buenos —dos machos y dos hembras—, la rueda de un carruaje y unas cuantas semillas de plantas de frutos, flores y hortalizas que le habían resultado exóticas. Y por último, rogó que le dejasen llevarse a Keiko con él. Era un precio bajo para establecer el comienzo de unas relaciones comerciales duraderas y fructíferas. El cacique estuvo de acuerdo; sólo le pidió una cosa a cambio: que le diese el mapa de la ruta que había seguido para llegar desde Catay sorteando el bloqueo musulmán.

Era la única condición. Sólo que Quetza no tenía forma de cumplirla.

8
El mapa del fin mundo

Las cartas de navegación que había trazado Quetza durante el viaje eran el secreto que mejor debía guardar; tanto lo sabía que, de hecho, había pensado en destruirlas. Pero era aquel el tesoro más valioso de su epopeya. En sus mapas aparecía con toda precisión la ruta que unía su patria, desconocida todavía por los nativos blancos, con el Nuevo Mundo. Si alguien descubría esas cartas significaría, tal como estaba en ese momento la relación de fuerzas, el fin de Tenochtitlan y los demás pueblos del valle. Sea como fuere, el pedido del cacique blanco era irrealizable: Quetza y Maoni habían esbozado los mapas de su tierra, las islas del golfo, parte de la península del Nuevo Mundo y la ruta que unía cada uno de los puntos que tocaron. Esas cartas incluían distancias, corrientes marinas, vientos y accidentes costeros, y señalaban con exactitud cuántas jornadas de navegación separaban cada jalón. Pero Quetza ignoraba cómo era la parte oriental del mundo. De manera que mal podía trazar una ruta sobre una cartografía para él desconocida. Aunque tuviera noticias de las Indias, Catay, Cipango y las Islas Molucas, no tenía modo de imaginar la forma de esos territorios, los cursos de los ríos, los océanos ni los mares interiores. Pero, además, ignoraba cuáles eran los puntos donde los moros habían impuesto los bloqueos.

Abatido, Quetza le dijo a Keiko que ya no había esperanzas para que pudiese llevarla con él: no tenía manera de cumplir la condición que había impuesto el cacique blanco. La niña de Cipango sonrió como siempre lo hacía y pidió que le consiguiese papel y tintas.

Esa misma noche, Keiko, doblada sobre sí misma, sentada en el suelo con las piernas cruzadas, emprendió la obra pictórica más hermosa que jamás hubiese visto Quetza. Sosteniendo tres pinceles de distinto grosor entre los dedos, dibujó sin otro modelo que el de su memoria, el mapa de las tierras que había recorrido y los mares que había navegado cuando, después de que la arrancaran de su casa, la llevaron desde Cipango hasta la península ibérica. Su curiosidad ilimitada y su habilidad para la pintura y la caligrafía, le permitieron conocer las cartas de los marinos que conducían las embarcaciones en las que recorrió la mitad del mundo. Sus manos iban y venían por el papel con la gracia de dos bailarinas, trazando bahías, penínsulas e islas que, como perlas, iban formando collares. Ríos, mares interiores, lagos, desiertos y cadenas de montañas aparecían mágicamente sobre la superficie del papel. Y mientras Quetza la contemplaba, iluminada por la tenue luz de un candil, separando las aguas de las aguas, más y más se enamoraba. Viéndola crear aquel mundo con la misma espontánea naturalidad con que lo hiciera una deidad, Quetza le rendía un silencioso culto. Así, conforme Keiko pintaba, igual que en los relatos sobre la creación, iban apareciendo tierras de nombres desconocidos y maravillosos: Gog y Magog, Cauli, Mangi, Tibet, Maabar, Melibar, Reobar, Soncara, Sulistan; nombres que Keiko iba pronunciando con sus labios sonrientes y su voz delicada como un susurro. Y entre las tierras se abrían los mares interiores: Mar de Ghelan y Mar Mayor. Y al Sur de las tierras se veían los mares abiertos y los océanos: Mar de Cin, Con Son,

Mar de India y otros nombres tan extraños que Quetza ni siquiera podía memorizar. Viendo cómo Keiko trazaba aquellas cartas sorprendentes, terminaba de dar forma al universo que él siempre había imaginado; pero, sobre todo, tenía la certeza de que aquella muchacha había aparecido en su vida para completar la mitad desolada de su alma.

Quetza asistía a la creación total de la esfera terrestre. Uniendo los mapas que él había trazado con los que tenían los hombres blancos y, añadiendo los que Keiko acababa de hacer con sus manos prodigiosas, era él, Quetza, el primer y único hombre que tenía frente a sus ojos la representación completa de la Tierra. No había oro, ni plata ni especias que pudiesen pagar esas cartas. Quien tuviese esos mapas y un ejército poderoso podría adueñarse del mundo.

Una vez que Keiko concluyó su prodigiosa tarea, trazó la ruta que unía el extremo de Oriente, Cipango, con el de Occidente, Sevilla: la línea surcaba las aguas formando una suerte de gargantilla cuyas cuentas eran Jingiang, Tolomán, Pentán, Cail, Semenat, Adén, Babilonia, Alejandría y, una vez en el mar Egeo, a las puertas del Mediterráneo, el camino a la península ibérica quedaba por fin allanado.

Era aquélla la ruta que seguían los piratas y muchos mercaderes, un camino conocido pero que sólo podían transitar quienes tenían trato con los guerreros de Mahoma y muchas de las temibles hordas que asolaban a los viajeros en el Oriente Medio y el Lejano. Quetza no podía presentar aquel derrotero como si fuese inédito. Entonces llevó el trazado del periplo mucho más al Sur, muy cerca de los confines del mundo. De hecho, marcó en el mapa este falso límite con dibujos de abismos, remolinos y monstruosidades. No hizo más que llevar al papel los miedos más arcaicos de los nativos, quienes suponían que el mundo era una llanura que finalizaba abruptamente. Pero además, tomó otra precaución:

no sólo eliminó del mapa sus verdaderas tierras, sino que, en el océano Atlántico, dibujó una cadena de tempestades perpetuas, precipicios de agua, dragones marinos y barreras de fuego. De este modo se aseguraba que ningún marino se atrevería a navegar tan cerca del borde donde las aguas se despeñaban hacia los abismos, de manera que él mismo sería el osado capitán que comandaría las escuadras que transitarían esta ruta; así, su persona se hacía imprescindible. Por otra parte, los escollos que presentaba su carta hacia el Poniente, desalentarían al más valiente de los almirantes a aventurarse en aquel océano plagado de peligros y, en consecuencia, quedaría cerrado, al menos por el momento, el camino hacia Tenochtitlan.

Al cacique blanco le temblaban las manos de emoción cuando sostuvo el mapa que indicaba la ruta hacia las Indias y, más allá, hasta la mismísima Cipango. Sin embargo, su expresión se llenó de inquietud al ver los riesgos que presentaba ese camino. Pero allí, frente a él, estaba el valeroso capitán que no sólo consiguió superar todos aquellos obstáculos, sino que estaba dispuesto a repetir la hazaña para volver a unir Oriente con Occidente. Tal era la euforia que embargaba al cacique, que le prometió al joven visitante llevarlo a que se entrevistase en audiencia privada con el mismísimo rey. Ciertamente, no era aquél un exceso de gentileza: quería asegurarse, ante todo, de que el marino extranjero no vendiera su secreto a los portugueses.

Quetza había logrado uno de sus cometidos más trascendentales: internarse en el corazón mismo del enemigo.

9
El nombre de Dios

En el camino hacia la capital del reino, Quetza pudo conocer numerosas provincias. De inmediato comprendió que aquello que el cacique blanco llamaba España, era, en realidad, una suma de naciones diversas, singulares, en las que, incluso, se hablaban distintos idiomas. En un territorio mucho más pequeño que el que comprendía el Imperio Mexica, cuyos pueblos mayoritariamente hablaban el náhuatl, se escuchaban más lenguas que las que él pudo conocer en toda su vida. Quizás el factor que sirvió como aglutinante fue la guerra contra las huestes de Mahoma, la larga lucha contra los moros quienes, durante tantos siglos, permanecieron en la península. La expulsión de los musulmanes, el enemigo común, había plasmado un orgullo de nación que, de otro modo, jamás se hubiese consolidado. De hecho, hasta entonces la historia de esos pueblos estaba signada por la lucha constante. En sus apuntes Quetza escribió la primera estrategia para posesionarse de esos territorios: "Tochtlan, llamada por los nativos España, constituye una unión artificial de distintos reinos que poco tienen en común; al contrario, estos pueblos guardan una rivalidad contenida, latente como la vida dentro de una semilla, tendiente a desatarse. La primera medida que habrá de tomarse al arribar con nuestros ejércitos, será intentar exacerbar los viejos enconos para romper esta frágil unidad". Y las observaciones de Quetza no sólo valían para los españoles: los moros que ahora bloqueaban el tránsito comercial hacia el Oriente, fuente de los más grandes tesoros, cometieron el mismo error que aquellos a quienes habían sojuzgado: fragmentados en luchas intestinas entre caudillos de tribus rivales, pagaron el error con la derrota.

Quetza también advirtió otro hecho crucial para cuando llegara la hora de desembarcar con sus tropas: según sostenían los nativos, la lucha contra el moro no era sólo de índole territorial, política y económica, sino, ante todo, se trataba de una guerra entre sus dioses. Si el Dios más importante de los españoles era el Cristo Rey de la guerra, aquel a quien ofrecían sacrificios, el de los moros era uno al que llamaban Mahoma. Igual que Quetzalcóatl, Mahoma fue, antes que un Dios, un hombre, un profeta. Como el sacerdote Tenoch, aquel que condujo a su pueblo hacia el lago sobre el cual fundó Tenochtitlan, Mahoma supo hacer de su ciudad de nacimiento, La Meca, el centro desde donde irradiaba su poder. También comprendió Quetza que en el extraño panteón de aquellas religiones, Mahoma era la advocación de un Dios mayor llamado Alá. Cristo Rey era el Hijo del Gran Dios Padre, cuyo nombre, en los antiguos libros sagrados de los judíos, era Jehová. Pero lo que más sorprendía a Quetza era el hecho de que unos y otros reconocían en Alá, Dios Padre y Jehová al mismo y único Dios. Por otra parte, los musulmanes aceptaban al Cristo Rey como un profeta y a Abraham, el gran patriarca del antiguo pueblo de Israel, de donde provenía Cristo, como su propio padre fundador. De hecho, el templo de la ciudad de La Meca, cuna de Mahoma, había sido erigido por Abraham. Entonces, se preguntaba Quetza, cuál era el motivo último de aquella guerra interminable. Acaso, se respondía el joven jefe mexica, el nombre de los dioses fuese la excusa para disputarse territorios, riquezas y voluntades.

En efecto, Quetza notaba no sin asombro que aquellas tres religiones eran tan semejantes que hasta compartían dioses y libros sagrados. La España a la que había llegado Quetza era la del orgullo católico hecho de triunfo y prepotencia, la de quienes habían expulsado a los moros y perseguían ahora a los judíos. Si aquellos nativos no se mostraban dispuestos a aceptar de buen grado religiones tan semejantes, si luego de tantos siglos de ocupación musulmana, rechazaban a Mahoma en nombre de Cristo Rey, si aun teniendo por sagrados sus libros, los judíos eran perseguidos, expulsados y asesinados, cómo habrían de aceptar la religión de Quetzalcóatl el día que desembarcaran las tropas mexicas. Quetza no ignoraba que era imposible dominar a un pueblo si no se le imponían, por la fuerza de la fe, los dioses de los vencedores.

El joven jefe de los mexicas podía encontrar puntos de comunión entre Abraham, Cristo, Mahoma y Tenoch. Igual que los tres primeros, Tenoch era un hombre que había sabido hablar a sus semejantes, uno a uno, hasta convencer a todo un pueblo de marchar a lo desconocido para encontrar su propio destino; lo mismo que aquéllos, Tenoch pudo guiar a los suyos hasta encontrar un sitio en este mundo o, acaso, en otro; un mortal que, sabiendo entender los mensajes de los dioses, había podido encontrar cada signo para erigir la ciudad de Dios en la tierra prometida. Tal vez, pensó Quetza, si los sacerdotes mexicas llegados con las tropas conseguían convencer a los nativos de que sacrificar hombres a Huitzilopotchtli resultaría más provechoso que ofrendarlos inútilmente al Cristo Rey, Dios en cuyo nombre se lanzaban a la guerra y a quien entregaban vidas humanas para que se consumieran en la hoguera, la conquista del Nuevo Mundo se vería facilitada. Pero cada vez que lo asaltaban estos pensamientos, Quetza se asustaba de sí mismo: él era un sobreviviente del hambre voraz de Huitzilopotchtli; todavía tenía el cuerpo marcado por las pezuñas del Dios de la Guerra y los Sacrificios. Entonces rememoraba la voz de su padre, quien le había enseñado a enaltecer la vida y menospreciar la muerte. Recordaba los preceptos de Tepec, aquel que lo liberó del verdugo poco antes de que el filo de la obsidiana le atravesara el pecho cuando era apenas un niño. Si alguien en este mundo no tenía derecho a pronunciarse en favor de los sacrificios, ése era Quetza. Se dijo entonces que si algún sentido tenía la conquista del Nuevo Mundo, debía ser el de sembrar la semilla olvidada de los viejos principios de sus antepasados, los Hombres Sabios, los toltecas. Nunca estuvo en el espíritu de Quetza tener gloria ni poder; pero si el poder que le otorgaba el hecho de haber descubierto las nuevas tierras servía para desterrar los sacrificios, se hicieran en el nombre del Dios que fuese, quizá sí valiera la pena ejercer esa potestad. Pero los españoles, cuyos *tlatoanis* eran llamados los Reyes Católicos, no sólo no parecían dispuestos a aceptar mansamente nuevos dioses sino, por el contrario, se diría que estaban resueltos a imponer los suyos más allá de sus fronteras. Al capitán mexica volvió a ensombrecerlo la idea que sobrevolaba con el lento acoso de un pájaro agorero: más tarde o más temprano esos salvajes iban a alcanzar Tenochtitlan si los suyos no atacaban antes.

10
El Imperio Universal

En su viaje a Ciudad Real, Quetza y sus huestes, a las cuales se había sumado Keiko, eran conducidos por una comitiva diplomática que el cacique blanco había puesto a su disposición. Los mexicas, acostumbrados a recorrer enormes distancias a pie, a subir y bajar montañas, a cargar armas y pertrechos sin más auxilio que el de sus propios cuerpos, se veían encantados mientras viajaban cómodamente sentados, protegidos del viento y la lluvia dentro del carruaje. Las distancias se hacían más breves y las agotadoras jornadas de marcha se convertían en un amable paseo. Quetza podía imaginar la nueva ciudad de Tenochtitlan surcada por caminos construidos para la circulación de carros y caballos. Mecido por el grato vaivén del carruaje y el sonido acompasado de los cascos de los caballos, se ensoñaba pensando cómo habría de ser el Imperio Mexica luego de la conquista del Nuevo Mundo: unida a las distintas ciudades tributarias por rutas terrestres y marítimas, Tenochtitlan sería la colosal capital de todos los dominios a uno y otro lado del océano. Y mientras miraba el paisaje de la campiña por los ventanucos del carruaje, imaginaba esos mismos campos adornados con pirámides erigidas en honor a Quetzalcóatl. Huelva, la primera ciudad a la que arribó y a la que habría de bautizar como Tochtlan, sería la cabecera del puente náutico que uniría ambos mundos. El puerto debería ser ampliado y remozado para recibir a los numerosos contingentes llegados de la capital. Quetza también había notado que los mercados de España eran demasiado pequeños en comparación con el de Tenochtitlan y no podrían contener la avalancha de mercancías que provocaría la anexión del nuevo continente. De modo que, se dijo, sería necesario construir un mercado acorde con las nuevas dimensiones del mundo: debía ser más grande que cualquier otro, dado que, bajo el nuevo orden, allí habrían de converger mercaderías provenientes de todos los puntos de la Tierra, cuya superficie se vería multiplicada. Para que el extenso Imperio Mexica fuese realmente grande, poderoso y duradero debía, ante todo, ser magnánimo con los nuevos súbditos: el puerto no podía ser concebido como un mero punto de evacuación de las riquezas en un solo sentido, sino como el factor de intercambio entre el Nuevo y el Viejo Mundo. Por eso era necesaria la construcción de un mercado. Por otra parte, el descubrimiento de las nuevas tierras implicaba una mirada inédita sobre la propia estructura del Imperio: Tenochtitlan y Tlatelolco, protegidas por el lago y las montañas, seguirían siendo el infranqueable centro político. Pero resultaba imperiosa la construcción inmediata de otra ciudad sobre la costa, un centro portuario y militar fortificado que permitiese una ágil salida hacia el Nuevo Mundo y que, a la vez, estuviese protegida de eventuales ataques en el marco de la guerra que se avecinaba.

Y así, entre ensoñaciones y planes de conquista, iba Quetza recorriendo los caminos del mundo que acababa de descubrir.

Quetza y su comitiva llegaron a Sevilla poco después del mediodía. Lo primero que llamó la atención del joven jefe mexica fueron las enormes murallas que defendían la ciudad. A diferencia de las grandes ciudades del valle, como Tenochtitlan, Tlatelolco y la antiquísima Teotihuacan, que eran abiertas, surcadas por grandes calzadas, enormes plazas verdes, jardines y anchos canales, las ciudades de las nuevas tierras eran bastiones cerrados por fortificaciones, murallas y fosos. Quetza dedujo que esos muros no habían sido hechos de una sola vez, ya que no era una construcción uniforme, sino una suerte de sumatoria de diferentes épocas y estilos. Había tramos muy viejos, hechos con troncos afilados en las puntas, unidos entre sí por barro. Otras partes eran más altas, sólidas y estaban reforzadas por torreones que servían como puntos de vigilancia. Y los segmentos que parecían más recientes guardaban el estilo propio de los moros que tanto había visto Quetza en Huelva. Estas últimas murallas eran mucho más gruesas, macizas y elevadas que las demás. La ciudad quedaba protegida entre los muros y un río serpenteante y caudaloso; para entrar o salir había que hacerlo a través de postigos y portones que sólo se abrían en horarios precisos. Más adelante, Quetza escribiría: "Las ciudades del Nuevo Mundo están rodeadas de murallas para evitar ser tomadas por asalto. Es éste un verdadero problema para cualquier ejército. Sin embargo, nuestras tropas supieron imponerse a obstáculos mucho mayores como montañas, volcanes y lagos helados. Pero lo que deberá comprender el *tlatoani* cuando lidere esta campaña es que un pueblo no se conquista sólo derribando muros y tomando ciudades. No es fácil trasponer murallas, pero más difícil es penetrar en los corazones de quienes viven tras ellas. Y en este punto debe radicar el plan de conquista. Arduo es asaltar una ciudad, pero mucho más lo es aún ganar la voluntad de sus pobladores. Y esto es lo que no han podido hacer los moros en tantos siglos de ocupación. Estas tierras están arrasadas por las guerras constantes, las divisiones, las matanzas, las persecuciones y los sacrificios. Nuestros ejércitos deberían traer la paz y no más lucha y destrucción. Será en el pacífico nombre de Quetzalcóatl como se conquiste el corazón de estos salvajes y no en el del Huitzilopotchtli, Señor de la Guerra y el Sacrificio, que ya mucho tienen de esto último".

No bien traspusieron la fortificación, Quetza pudo confirmar su certeza. El primer *calpulli* al que entraron era uno llamado Santa Cruz. Era un barrio que mostraba vestigios de su antiguo esplendor; sin embargo, en esa sazón no era sino una pálida sombra de lo que, según se percibía, había llegado a ser. Las calles estaban desiertas y las casas, deshabitadas, habían sido evidentemente saqueadas. Una brisa fantasmal era lo único que la animaba, agitando las puertas y los postigos que ya nada tenían que proteger. Palacetes o humildes casas familiares estaban ahora igualados en un sórdido abandono. Solares que hasta hacía poco eran jardines floridos, habían quedado reducidos a tristes baldíos. Quetza pudo saber que ese *calpulli* hecho de calles estrechas y tortuosas, otrora próspero y esplendoroso, era el barrio que ocupaban antes los fieles de Jehová, los llamados judíos. Pero cuando los *tlatoanis* Católicos decidieron la expulsión de quienes habían desconocido al Cristo Rey, se produjo una sangrienta persecución en su contra. Así, los judíos que no marcharon al destierro fueron ofrendados al Dios de los Sacrificios. Esta ceremonia en la que se quemaban vivas a las víctimas, llamada Inquisición, y que los mexicas pudieron conocer no bien pisaron tierra, se cobró la vida de más de seis mil hombres y mujeres sólo en Sevilla, y otras veinte mil personas sufrieron distintas vejaciones, tormentos y cárcel. Pero además, todos sus bienes fueron saqueados por los sacerdotes para acrecentar las arcas de los templos del Cristo Rey. Las calles desiertas y las casas vacías que recorrían Quetza y su comitiva eran el mudo testimonio de la masacre reciente.

En contraste con este *calpulli*, el que circundaba al palacio se veía majestuoso. Sin embargo, toda la estructura de la ciudad tenía para Quetza una escala reducida en comparación con las calles y las construcciones de Tenochtitlan. Dominaba el paisaje una torre alta que presentaba doce aristas y se distinguía de los demás torreones de la muralla, no sólo por su estatura, sino por su resplandor dorado. Era la llamada Torre de Oro, aunque de inmediato percibió Quetza que aquel nombre no obedecía al material sino a la apariencia, ya que, en rigor, estaba revestida con unas cerámicas que imitaban al oro. Las construcciones mexicas, en cambio, brillaban con auténtico oro. Si aquellos nativos supieran de la generosidad aurífera de sus montañas, se dijo Quetza, no dudarían en lanzarse a nado al océano.

De pronto, frente sus ojos, Quetza pudo ver una construcción tan enorme en su proporción, como compleja en su edificación. Era el equivalente al Santuario Mayor de Tenochtitlan, la obra más grande de España toda, erigida en honor al Cristo Rey. Jamás había visto Quetza semejante profusión de ídolos decorando las paredes externas. Una cantidad de cúpulas angostas como agujas se elevaban hacia el cielo como si quisieran rasgar las nubes. Supo Quetza que aquel templo se había levantado sobre las ruinas del santuario de los musulmanes. Hasta tal punto llegaba el orgullo de los llamados cristianos que llegaron a derribar templos para construir los suyos encima de los despojos. Y todo para adorar al mismo Dios. Como muestra de aquella jactancia irracional, uno de los diplomáticos que conducía a la delegación mexica reprodujo a Quetza la frase que pronunció uno de los sacerdotes antes de decretar la construcción de la iglesia: "Fagamos un templo tal e tan grande, que los que le vieren acabado, nos tengan por locos". Y ésa fue, exactamente, la impresión que tuvo Quetza, aunque no por las dimensiones del templo, que de hecho era mucho menor que el de Huey Teocalli, sino por el afán de destrucción que dominaba el espíritu de aquellos salvajes. Quetza se preguntaba qué no serían capaces de hacer esos nativos si entraran en Tenochtitlan; la respuesta se imponía ante la evidencia: no dejarían piedra sobre piedra.

11
La tierra según los desterrados

Por fin llegaron al palacio del *tlatoani*. Pese a la reconquista, la casa real todavía conservaba su nombre musulmán: *Al-Casar*. La delegación mexica estaba maravillada: los jardines, cuyos arbustos formaban figuras geométricas, les recordaban a las cuidadas chinampas de las casas de la nobleza de Tenochtitlan. Los espacios amplios y abiertos, el perfume de las flores y la profusión de agua que brotaba de las fuentes, todo los hacía sentir como en su tierra. Tan gratamente impresionado quedó Quetza con aquel paisaje que rebautizó a Sevilla con el nombre de Xochitlan, "el lugar de los jardines".

Quetza y Keiko fueron recibidos por el cacique de Sevilla como si se tratara de un embajador y su esposa. Y, ciertamente, viéndolos caminar juntos, parecían verdaderos príncipes del Oriente. Keiko, quien de acuerdo con las tradiciones de su tierra iba siempre un paso detrás de él, se preguntaba de qué lugar del mundo provendría ese príncipe de piel oscura y decir sereno, de dónde había venido ese joven capitán que se imponía por sus convicciones y su modo de expresarlas y que jamás levantaba la voz a sus hombres. No lo sabía, ni iba a preguntárselo. Pero estaba dispuesta a acompañarlo adonde fuese, sin importarle cuán lejos quedara su reino, ni cuán peligrosa pudiese resultar la travesía. Mientras lo seguía a través de las distintas estancias del Alcázar, la niña de Cipango pensaba que nunca se podría separar de ese príncipe dulce, sabio y extraño. Por otra parte, Keiko se preguntaba qué había sucedido en su vida; hasta hacía poco tiempo era una simple y despreciada pupila de Mancebía, y ahora, de pronto, todo el mundo se inclinaba a su paso, era recibida por los representantes del rey de Castilla y ante sus pies se extendían alfombras rojas aquí y allá. Lo cierto era que desde ese lejano día en que, siendo una niña, fue robada de su casa, vendida y luego embarcada hacia Occidente, nadie la había tratado con tanta bondad y ternura. Nadie, desde entonces, había vuelto a valorar sus talentos para la caligrafía, el dibujo y la pintura, virtudes que, en su tierra, estaban entre las más preciadas, lo mismo que en Tenochtitlan.

Tampoco Quetza conocía las circunstancias que habían traído a Keiko desde el Oriente Lejano. Pero podía adivinar en los ojos de la niña una tristeza oceánica, tan extensa como la distancia que la separaba de su Cipango natal. Eran dos almas unidas por el azar y el desconsuelo y, sin embargo, los únicos que conocían la forma completa de ese mundo que los había desterrado. Y tal vez ésa fuese la clave de su descubrimiento. Quizá, se decía Quetza, para conocer el mundo tal cual era, había sido necesario estar fuera de él, tan lejos como sólo puede estarlo un exiliado.

Y así, entre incrédulos y maravillados, Quetza y Keiko llegaron ante el representante del rey de Castilla, el gran cacique de Sevilla. Se hubiera dicho que en Huelva los habían recibido con los máximos honores; sin embargo, considerando el trato que ahora les dispensaban en el Alcázar, todo lo anterior parecía poco. Quetza no ignoraba que cuanto más grandes eran los honores, tanto mayor era el rédito esperado. Y no se equivocaba. Así como Huelva dependía de Sevilla, Sevilla estaba bajo la autoridad de la Corona castellana. Tanto el pequeño cacique de Huelva como el gran cacique de Sevilla, ambos esperaban sacar el mayor provecho del visitante. Las nuevas rutas comerciales que, suponían, iban a inaugurar con el ilustre extranjero, debían tenerlos como principales convidados: tendrían que ser sus puertos y ciudades, y no otros, los puntos de acceso al Reino de Castilla. No podían dejar que las enormes ganancias aduaneras derivadas del comercio con Oriente quedaran en otros pueblos vecinos. Ciertamente, existían demasiadas ciudades a lo largo de la costa mediterránea y en el extremo opuesto del reino, sobre el mar Cantábrico, que estarían encantadas de convertirse en la cabecera del nuevo puente con Catay. Pero si el cacique de Sevilla quería quedarse con esa prerrogativa debía ganarse no sólo el favor de su *tlatoani*, sino, antes, el del ilustre embajador oriental. Y para eso debía el cacique ofrecer a Quetza mejores condiciones, ventajas y privilegios que los demás reinos; no sólo había que tentar a los gobernantes de Catay, sino, primero, a su digno representante. Quetza descubrió entonces que el corazón de esos nativos estaba corrompido y sus ojos enceguecidos por la ambición ilimitada de oro, especias y todos los tesoros que guardaba el Oriente. No tuvo dudas de que las invocaciones del cacique al Cristo Rey y a todos sus dioses, no eran más que un subterfugio para ocultar sus verdaderos propósitos: saltar el cerco musulmán para acceder a las riquezas que existían hacia el Poniente. Tan ciegos estaban, que ni siquiera habían sospechado que él no sólo no era un dignatario de Catay, sino que jamás había pisado las tierras orientales. Más adelante apuntaría Quetza: "Tanta es la codicia de estos salvajes, que se encandilan ante la sola idea del oro, se embriagan con la promesa del aroma de las especias y enloquecen con la tersa ilusión de la seda. Sus almas están putrefactas y no dudarían en traicionar a sus reyes y a sus dioses por unas pocas piezas de oro. El pequeño cacique de Tochtlan me ha propuesto negocios para timar al gran cacique de Xochitlan y el gran cacique me ha murmurado al oído negocios que no podría confesar a su *tlatoani*. Y he sabido que en estas tierras guerrean los padres contra los hijos, conspiran las reinas contra los reyes y asesinan los monarcas a sus propias esposas. Tan enfermos de codicia están".

Y a medida que el gran cacique de Xochitlan se deshacía en lisonjas, honores y favores, Quetza podía hacerse una perfecta composición de cómo se manejaban los asuntos políticos en esa orilla del mar. Cierto era, pensaba, que la urdimbre con que se tejía la política no era en sus tierras menos espuria que allí: la guerra y los sacrificios eran la fuente y a la vez el propósito último de todos los actos de gobierno. No menos cierto era, también, que en Tenochtitlan y sus dominios los reyes, la nobleza y los sacerdotes gozaban de tantos y tan injustos privilegios como en las nuevas tierras: Quetza lo sabía mejor que la mayoría de sus compatriotas, ya que pertenecía al selecto grupo de los *pipiltin*. Pero eso no le impedía tener una mirada imparcial sobre ambos mundos. Era consciente de que los asuntos de la política eran tan oscuros aquí como allá. Pero cuanto más hablaba con los caciques y la nobleza de las tierras por él descubiertas, mayor era su asombro: nunca había visto tanta intriga y contubernio, tanta falta de escrúpulos y corrupción; jamás pensó que el ser humano fuera capaz de semejante grado de sutileza para el mal, tanto ingenio para el robo y tanta exquisitez para la rapacidad. Pero eso tenía que servir a las tropas mexicas en sus planes de conquista. Luego de su encuentro con el gran cacique, Quetza escribió: "La corrupción de estos gobernantes ha de ser nuestra aliada a la hora de entrar con nuestros ejércitos. Poco les importa el bien de sus pueblos o el honor de sus nombres; hay aquí una palabra que impera sobre cualquier otra: oro. Muchas batallas nos ahorraríamos si pudiésemos comprar la voluntad de estos caciques por un precio superior al que paga su rey".

12
La alianza de los dioses

Luego de su visita a Sevilla y aprovechando la interesada hospitalidad de sus anfitriones, Quetza pidió que le hicieran conocer los dominios de la corona. Su propósito era el de trazar un mapa completo de las nuevas tierras, establecer los puntos estratégicos, mensurar el poderío militar, estudiar potenciales alianzas y conocer el carácter de los nativos comunes, futuros súbditos del Imperio Mexica. Encarnando su papel de marino venido de Catay visitó Córdoba, Jaén y Murcia. Llegó al Norte de la Corona de Castilla y tuvo audiencias con los caciques de Galicia, Compostela, Oviedo, Viscay y Pamplona. Hacia el Poniente, anduvo por Cartagena, pasó al Reino de Aragón y conoció Valencia y Cataluña. Antes de llegar a Ciudad Real estuvo en Toledo. Acompañado por Keiko y su comitiva recorrió cada rincón de la Corona de Aragón y Castilla. Por entonces, Granada era una tierra en disputa; último bastión de los musulmanes, el rey Abu Abd Allah, o Boabdil, resistía la embestida de los Reyes Católicos. Quetza se preguntaba si los mahometanos podrían ser buenos aliados para los mexicas a la hora de invadir el Nuevo Mundo. Mucho discutieron este punto Quetza y Maoni. Al jefe mexica le importaba particularmente el punto de vista de su segundo, ya que él era un súbdito de la Huasteca, un extranjero en relación con Tenochtitlan. Maoni sostenía que sería una alianza condenada al fracaso, ya que habían sido derrotados, expulsados u obligados a convertirse al cristianismo en la mayor parte de la península. Quetza le hacía ver que tal vez llegaran a sumar un número importante a la hora de rebelarse contra la Corona, que muchos de los conversos se volverían contra los *tlatoanis* católicos llegada la hora oportuna. Maoni le recordaba a su jefe que, por más enemigos que fuesen, cristianos y musulmanes tenían una historia común, cuyos dioses y profetas eran, en muchos casos, los mismos. Entonces Quetza respondía que, siendo cierto lo que decía su segundo, el orgullo herido de las huestes de Mahoma, al verse recientemente derrotadas, hacía que se mantuviese viva la sed de venganza. Y era ése un elemento que podía volcarse a favor de los mexicas. Entonces Maoni señalaba que la fe de los mahometanos les impedía admitir nuevas deidades como Quetzalcóatl, Tláloc o, en las antípodas, Huitzilopotchtli. Pero Quetza sostenía que los árabes tenían una visión del universo que no se diferenciaba demasiado de la de los mexicas; de hecho, el calendario de los moros era mucho más semejante al que él había concebido que al de los cristianos. En fin, concluían, eso se vería a la hora de medir armas con las huestes del Cristo Rey.

Quetza no olvidaba cuál era el íntimo propósito que lo guiaba en su derrotero; ya había probado que existían tierras al otro lado del mar. Por otra parte, estaba en condiciones de demostrar a los incrédulos que, si continuaba su travesía hacia el Levante, podía llegar al punto de partida. Es decir, estaba muy cerca de poner frente a los ojos de todos el hecho incontestable de que la Tierra era una esfera. Gracias a sus mapas y a los de Keiko, tenía en sus manos casi la totalidad de la carta terrestre. Pero aún faltaba probar lo más importante: la existencia del lugar de origen de su pueblo: la mítica Aztlan. No sospechaba por entonces que, en su ansiada audiencia con los reyes de Aragón y Castilla, iba a encontrar una inesperada respuesta.

Quetza llegó a la audiencia con los reyes acompañado no sólo de su propia comitiva, sino de una cohorte de funcionarios y caciquejos de las ciudades que visitó: ninguno quería quedar excluido de las futuras rutas de las especias que uniría a la Corona con Oriente.

Para asombro de Quetza, a diferencia del *tlatoani* de Tenochtitlan, los Reyes Católicos no tenían una residencia fija, ni un palacio permanente. Ejercían su reinado de modo itinerante, siempre viajando. Habida cuenta de que su corte y su séquito eran muy poco numerosos en comparación con el de otras coronas, podían alojarse en las distintas ciudades del reino. Pronto comprendió Quetza que esto no era una muestra de austeridad, ya que, en rigor, debería decirse que no tenían una residencia sino muchas. Los más imponentes palacios que había visitado Quetza en su viaje eran, de hecho, los aposentos reales. El joven jefe mexica supo que algunos castillos solían ser más visitados que otros por los reyes, tales como los alcázares de Toledo, Segovia y Sevilla. Durante algunas épocas del año solían alojarse en conventos que estaban bajo su patronazgo, como el Convento de Guadalupe. Pero había un lugar que era el preferido de la reina: el Palacio de la Mota, en Medina del Campo. Y en ese sitio los reyes le concederían la audiencia al joven jefe extranjero.

Ningún otro palacio, ni aun el Alcázar de Sevilla, impresionó tanto a Quetza como aquel que se destacaba sobre una suerte de meseta en medio de una llanura terracota. A medida que se iban acercando al castillo, el jefe mexica tenía la impresión de estar adentrándose en los inciertos terrenos de los sueños. Era una visión más cercana a las vaporosas formas de las alucinaciones que a los pedestres asuntos de la vigilia. Una suerte de inquietud y desolación invadió a Quetza. Tales eran las dimensiones del palacio, que, pese a que los caballos avanzaban con paso firme, se diría que no se acercaban un ápice. La gigantesca construcción no parecía obedecer a las proporciones de un palacio, sino a las de una ciudad amurallada. Delante del muro había un foso que se asemejaba al cauce de un río seco, antediluviano. Todo el conjunto presentaba el mismo color terroso del suelo, como si la obra hubiese brotado de las entrañas de la tierra. Tenía la materialidad de una montaña y la natural apariencia de una formación telúrica. Eso era, se dijo Quetza, lo que le confería ese aspecto temible. Entonces el jefe mexica experimentó la misma angustia frente a la propia insignificancia que sentía cada vez que contemplaba las pirámides de su tierra. Por encima de las murallas surgían, apiñados, multitud de torreones, almenares, domos, agujas y cúpulas. Todo el conjunto estaba presidido por una enorme torre cilíndrica, maciza y pétrea, apenas horadada por angostísimas hendijas hechas para la defensa de los artilleros.

A medida que se acercaban al palacio, el corazón de Quetza latía con más y más fuerza. Estaba a punto de internarse en el centro mismo del poder político del Nuevo Mundo. Desde ese castillo habían surgido las decisiones que consiguieron extender los dominios del Cristo Rey, expandiéndose sobre el imperio de los guerreros de Mahoma. Quetza sabía que los designios de aquel reino dependerían, en un futuro próximo, de su propio destino. A partir de su descubrimiento, el mundo no sólo había multiplicado su superficie, sino que, al manifestarse en su totalidad, dejaba al descubierto los viejos misterios mexicas.

Según la tradición de los Hombres Sabios, el mundo había sido precedido por otros cuatro, cada uno regido por un sol cuyo nombre presagiaba su destrucción. Los distintos dioses de la creación luchaban por la supremacía, cada uno con un elemento que le era propio: tierra, fuego, viento o agua. En la medida en que esas fuerzas se mantuviesen equilibradas, el mundo podía subsistir bajo la potestad de un sol. Pero al producirse un desequilibrio en el cosmos, el Sol, la Tierra y los seres humanos de esa era, desaparecían. Así, a la destrucción del primer sol creado por el dios Tezcatlipoca, Dios de la Tierra, le siguió uno nuevo creado por Quetzalcóatl. Luego de exterminado éste, sobrevino una nueva génesis, cuyo creador fue Tláloc, Dios de la Lluvia. A este sol, una vez extinto, sobrevino el mundo erigido por Chalchiuhtlique, la Diosa del Agua. El quinto mundo estaba regido por Nanáhuatl. Los demás dioses se dieron cuenta de que Nanáhuatl hecho sol no se alzaría en el cielo hasta que no recibiese el alimento que necesitaba: corazones para comer y sangre para beber. Así, esos dioses se inmolaron ofrendando su sangre para dar vida al quinto sol. Ahora bien, de acuerdo con el calendario que creara el propio Quetza, el fin de este quinto sol se estaba aproximando. Pero para el joven sabio mexica, la génesis y el apocalipsis de cada sol no eran un designio sobre el universo, sino una alegoría del surgimiento y la caída de las sucesivas dinastías que gobernaron a los mexicas y sus antepasados más remotos. Cada mundo coincidía, para él, con el imperio de las generaciones de emperadores que, según fuesen más benévolos o más crueles, atribuían sus decisiones a tal o cual Dios.

Pero ahora, a la luz de su crucial descubrimiento, podía ver que su calendario también coincidía con el ascenso y el derrumbe de los imperios del Nuevo Mundo. A medida que Quetza conocía la historia de las batallas de los dioses de las tierras descubiertas, deducía que el choque entre ambos mundos estaba escrito en el silencioso peregrinar de los astros. El Imperio Romano, el Turco, el dominio Mongol, las luchas entre los monarcas que actuaban bajo la advocación de sus dioses, eran parte de una misma historia que, más tarde o más temprano, habría de unificarse cuando el mundo fuese sólo uno. Y en la medida en que él, representante del *tlatoani* de Tenochtitlan, contara con ese conocimiento, estaba llamado a hacer del pueblo mexica el nuevo Imperio Universal.

A medida que se aproximaba al palacio, tenía la convicción de que la historia estaba en sus manos. Después de surcar el mar, había alcanzado esas tierras lejanas con la bendición de su emperador y ahora iba a reunirse con los reyes del Nuevo Mundo.

13
El almirante de la reina

Quetza y Keiko fueron recibidos por la reina en una sala austera pero íntima. El rey no se hallaba en Medina del Campo, sino en Segovia. Pocos fueron los testigos de aquel encuentro trascendental. Durante la audiencia no estuvo presente la comitiva del joven capitán, ni los caciques y caciquejos que se habían sumado durante la marcha a través de las distintas ciudades de la Corona. Quetza se ajustaba al protocolo de su patria; no miraba a Su Alteza a los ojos y permanecía con la cabeza gacha. Sin embargo, la reina procedía con familiaridad, sin otorgarle demasiada importancia al ceremonial. No estaba apoltronada en un trono, tal como podía esperarse, sino sentada a una mesa de madera rústica y noble.

La impresión que se formó Quetza cuando la vio, rápida y casi accidentalmente, fue súbita pero terminante: era aquél el rostro de una mujer común que en nada se diferenciaba del de las campesinas. En sus ojos oscuros habitaba una fatiga que se abultaba debajo de los párpados inferiores. Tenía una palidez tal, que se diría artificial. Las mejillas, generosas, pugnaban hacia abajo confiriéndole una expresión melancólica que contrastaba con su carácter encendido. Sobre su pecho pendía un enorme crucifijo en el que desfallecía el Cristo Rey.

La reina tenía un sincero interés por sus visitantes. No mostró ningún disimulo en hacerle ver al capitán extranjero que su Corona necesitaba establecer urgentes lazos comerciales con su patria, que, suponía, era Catay. No apelaba a sutilezas ni a las astucias a las que suelen recurrir quienes se sientan a negociar. La reina expuso la situación a Quetza sin ambages: cuanto más exitosa era la campaña contra las huestes de Mahoma, más férreo se hacía el bloqueo con Oriente. Desde el comienzo de su reinado habían echado a casi la totalidad de los moros de la península. Pero al replegarse éstos hacia sus originales dominios en el Levante, el paso hacia las Indias, Ceilán, Catay y Cipango se había vuelto costosísimo, cuando no imposible. Era urgente para la Corona establecer una ruta, por mar o por tierra, que pudiese eludir el cerco impuesto por los musulmanes. Las ropas que vestía la reina, el fino tul que le cubría la cara, las alfombras que recubrían el suelo, los cortinados de seda, el té que bebían a diario, los condimentos con que sazonaban sus comidas, el incienso, el alcanfor, el sándalo, las hierbas con las que se preparaban las medicinas, el cobre, el oro y la plata, todo provenía del Oriente. Era imperioso, en fin, restablecer los lazos rotos por los mahometanos. La reina se puso de pie, obligando a todo el mundo a imitarla, caminó hasta el joven capitán y, tomando sus manos, le dijo que era una verdadera bendición su visita; luego le suplicó que le hiciera conocer las cartas de navegación que le habían permitido llegar hasta la península. Quetza ya había entregado los mapas al pequeño cacique de Huelva, pero podía reproducirlos para la reina y así se lo dijo. Entonces la emperatriz hizo un gesto hacia un rincón oscuro de la sala y, desde la penumbra, se presentó un hombre que vestía las ropas de los navegantes. Debajo del brazo llevaba varios mapas, notas y cartas. Tenía una mirada experimentada, la frente alta y una convicción que se hacía evidente en cada gesto, en cada palabra. Sentados frente a frente ante la mirada de Su Alteza, luego de cambiar algunas palabras de cortesía, ninguno de ambos se atrevía a dar el primer paso, como si temieran, involuntariamente, revelar un secreto. El marino de la reina hundió una pluma en el tintero y dibujó con mano hábil un mapa que abarcaba las tierras desde España hasta la isla de Cipango. Pero Quetza notó una particularidad en el dibujo: el mundo que contenía el mapa era un círculo perfecto y marcadamente plano, como si hubiese cierta deliberación en esa llanura. Era una representación extraña en comparación con otras que había visto; no era ésa la usanza para graficar la Tierra en el Nuevo Mundo. Quetza sabía que la Tierra era una esfera, pero, desde luego, no podía ponerlo en evidencia. Muchas más razones aún tenía para ocultar que existían otras tierras, sus tierras. El navegante le pidió a Quetza que trazara en la carta que él había dibujado la ruta que lo trajo desde Catay hasta el Mediterráneo. Entonces no pudo evitar poner a prueba a su interlocutor. Unió los mismos puntos que había enlazado en el mapa hecho por Keiko y que, más tarde, entregara al cacique de Huelva. Esta vez el periplo se alejaba tanto de las tierras, que llegaba hasta los mismos confines del mundo que había demarcado el almirante. El hombre examinó detenidamente la carta y destacó la audacia del capitán extranjero al aventurarse navegando tan lejos de tierra firme. Sin dudas era una ruta segura, pues el enemigo jamás se atrevería a ir a una distancia semejante. Entonces Quetza confirmó lo que sospechaba: nadie que estuviese en su sano juicio podría señalar el peligro en la distancia de la tierra firme, sino en la cercanía al fin del planeta, allí donde las aguas se precipitaban a un abismo sin fin. A menos que supiera que, en efecto, el mundo no tenía un confín abismal. Se miraron a los ojos y, entonces, en ese destello, en ese silencioso choque de espíritus, supieron que ambos eran dueños del mismo secreto: la Tierra no era plana, sino esférica. Pero no pronunciaron una sola palabra. El navegante de la reina plegó sus mapas, hizo una reverencia al ilustre visitante y dio por concluida la reunión. Quetza pidió que le repitieran el nombre de aquel hombre inquietante.

—Colombo, Cristophoro Colombo —susurró a su oído uno de los edecanes de la reina.

Antes de retirarse del palacio, Quetza tuvo la certidumbre de que acababa de iniciarse una secreta carrera por la posesión del mundo. Y ninguno de ambos capitanes iba a ceder un ápice de mar ni de tierra.

14
La carabela de Quetzalcóatl

Quetza y su pequeña avanzada, a la que se había sumado Keiko, volvieron a embarcarse. El cacique de Huelva, cumpliendo su promesa, intercedió ante la reina para que pusiera a su disposición una nave en la que Quetza pudiese llevar todo lo que había pedido a cambio de los mapas: algunos caballos y yeguas, distintos tipos de carros y carretas, ruedas de diferentes maderas y circunferencias, frutas disecadas, semillas y, tal vez el pedido más delicado, varias armas de fuego. Desde el día en que lo recibieron con una honorífica salva de cañones, Quetza supo que las armas con las que contaba el enemigo eran temibles. Poco podrían hacer sus espadas de obsidiana, sus arcos, flechas, lanzas y su destreza física para el combate, contra aquel armamento que lanzaba bolas de hierro con una fuerza y velocidad tal, que se tornaban invisibles en el aire. Por otra parte, las estruendosas explosiones de fuego y humo resultarían aterradoras para un ejército cuyos métodos para infundir temor eran los alaridos y los pigmentos en la piel. Supo, gracias a Keiko, que no debía mostrarse sorprendido ante la magia de esas explosiones, ya que quien había creado el polvo que desataba el fuego era su propio pueblo o, más bien, aquel del que decía provenir: el de Catay. Por eso, cuando pidió que le diesen pólvora y algunos pertrechos, los españoles pensaron que se trataba de un reaprovisionamiento para defenderse durante el peligroso retorno hacia el Oriente, o, tal vez, del capricho de un coleccionista. La carga de la pequeña carabela que dieron a Quetza sería la semilla que, plantada en suelo mexica, haría brotar la nueva civilización hecha de la mezcla de los Hombres Sabios a uno y otro lado del mar.

La tripulación se dividió en dos: la mitad iría en la gran embarcación mexica y, la otra, en la pequeña galera española. La primera sería capitaneada por Maoni y la segunda por Quetza. La ínfima escuadra fue despedida desde el puerto de Huelva con los mayores honores; los españoles se dirigían al joven jefe llamándolo Almirante César. Quetza rápidamente aprendió a navegar su nuevo barco; no era tan veloz ni tan estable como el que él había construido, pero tal vez tuviese mayores comodidades, sobre todo pensando en Keiko. El timón resultaba una herramienta novedosa, aunque le costaba acostumbrarse a él.

Una vez que perdieron de vista la costa, Quetza detuvo la marcha. Se preguntaba hacia dónde apuntar las proas. Tenía que pensar con calma pero con rapidez. Luego del encuentro con el navegante de la reina, confirmó su convicción de que la llegada de los europeos a Tenochtitlan era sólo una cuestión de tiempo. En su carrera desesperada por encontrar rutas hacia el Oriente se toparían, por fuerza, con el continente que aún desconocían. Y, por cierto, sus tierras eran tanto o aún más ricas que las orientales: cobre, plata, oro, especias y toda clase de riquezas los esperarían al otro lado del mar. Con sus caballos, armas y carros no tardarían en apoderarse de los vastos territorios del valle y los que estaban aún más allá, sembrando la muerte y la destrucción tal cual lo hacían en las hogueras del Cristo Rey con musulmanes y judíos. ¿Por qué razón habrían de comprar en Oriente lo que podían obtener, con la facilidad con que se arranca una fruta de un árbol, en Occidente? Era urgente anoticiar a su *tlatoani* de todo lo que había visto en el Nuevo Mundo. Resultaba perentorio hacerse de armas, barcos, carros y criar caballos para lanzarse sobre aquellas playas antes de que ellos lo hicieran. Debían evitar que el quinto sol se derrumbara sobre sus propias cabezas y construir la nueva civilización de Quetzalcóatl antes de que el Apocalipsis los sorprendiera inermes.

El capitán mexica se hallaba frente a una verdadera encrucijada: por una parte, la urgencia de volver cuanto antes a Tenochtitlan, pero, por otra, la necesidad de avanzar sobre el Nuevo Mundo para conocer los demás pueblos, establecer alianzas y ver el rostro de los futuros enemigos. El regreso por Oriente sería mucho más largo y acaso más tortuoso que la ruta que los condujo de ida. Acaso aquellas jornadas de diferencia fuesen vitales para adelantarse a una hipotética aventura del almirante de la reina. Pero también se preguntaba si era necesario renunciar a su propósito de dar la vuelta al mundo. Sin embargo, había un argumento que obligaba a mantener el rumbo firme hacia el Levante: llegar al lugar del origen, allí donde estaban las raíces del pueblo mexica. De pronto un viento vigoroso se alzó desde el Poniente, un viento que parecía el aliento de sus compatriotas para que siguiera viaje hacia donde ningún mexica había llegado: las tierras de Aztlan.

De modo que el joven almirante desplegó las velas y se dejó llevar por el viento.

15
Los prófugos del viento

La pequeña escuadra compuesta por las dos naves avanzaba resuelta hacia el corazón del Mediterráneo. A su paso, bordearon las islas pertenecientes a la Corona de Aragón y Castilla. Quetza se dijo que tal vez fuera aquel archipiélago una buena cabecera de playa donde establecerse para iniciar las acciones militares. Pero por lo visto no era el primero en pensarlo: al acercarse un poco más a la costa de Ibiza pudo ver claramente unas enormes murallas que defendían el acceso a la isla, serpenteando la colina hasta su cima, sobre la cual se alzaba el castillo. Tan fortificada como Ibiza estaban Mallorca, Menorca y hasta la pequeña Formentera.

Keiko, a medida que avanzaban hacia el Este, no podía despegar la vista de la línea del horizonte, como si esperara ver surgir de pronto las costas de su tierra. Quetza, desde el timón, la contemplaba en silencio y se decía que, tal vez, había emprendido ella aquel viaje sólo para escapar de su destino. Quizá, pensaba, Keiko se había aferrado a él como el náufrago a un resto de madera que quedara flotando luego del desastre. Veía su figura recortada contra el cielo, su cara al viento como un pequeño y delicado mascarón de proa, y entonces intentaba adivinar de qué estaba hecho aquel mutismo. Pero Quetza no dudaba del amor de Keiko. ¿Acaso, él mismo no había salido de Tenochtitlan escapando de las garras sangrientas de Hutzilopotchtli? Huir no significaba abandonar la lucha ni, mucho menos, las convicciones. Su vida, se dijo Quetza, había sido una permanente lucha desde el mismo día en que nació. Era un guerrero valiente y ganó todas y cada una de las batallas: junto a su padre, Tepec, había conseguido escapar del sacrificio y derrotar a la enfermedad y a su implacable verdugo, el sacerdote Tapazolli. Quetza sabía que no tenía derecho a dudar de Keiko. ¿Acaso él mismo no había emprendido la travesía buscando la respuesta a la pregunta por su propia existencia? La búsqueda de las míticas tierras de Aztlan tal vez no tuviese el único propósito de encontrar las raíces del pueblo mexica, sino, quizá, fuese un intento de hallarse con sus propios orígenes. Él no ignoraba que sus verdaderos padres fueron asesinados por las tropas mexicas, ni que el *tlatoani* al que servía era sucesor del que ordenó matarlos. Sabía que la ciudad que amaba, Tenochtitlan, era la culpable de su tragedia pero también le había dado lo que más quería: a su padre adoptivo, Tepec, a una de sus futuras esposas, Ixaya, y a sus entrañables amigos, los vivos y los que llevaba en la memoria hasta los confines del mundo. Y le había ofrecido la posibilidad de ir hasta donde nadie había llegado. Aunque adoptado, él era un extranjero en Tenochtitlan; aun perteneciendo a la nobleza, llegó a ser un desterrado. Tal vez por eso se sentía cerca de los sometidos, de los esclavos, de los *macehuates*, de los más pobres. Por esa razón buscaba la unión de los pueblos del valle, porque creía que eran todos hermanos provenientes de Aztlan, que nada los diferenciaba, que Huitzilopotchtli no hacía más que someterlos a guerras inútiles y fratricidas. Y mientras miraba a Keiko, de pie en la cubierta, luchando sola y en silencio contra el destino y la añoranza, más se convencía de que aquel viaje debía hacerse en el nombre del Dios de la Vida.

Era consciente de que era aquél el prolegómeno de la más grande de todas las guerras. Pero esa batalla no podría librarse en el nombre de Huitzilopotchtli, sino en el de Quetzalcóatl; de otro modo estaría perdida antes aun de comenzar.

Todo esto pensaba Quetza, cuando, desde lo alto del mástil, uno de sus hombres volvió a gritar:

—¡Tierra!

16
Piratas del Mediterráneo

Al aproximarse a la costa, Quetza pudo divisar un promontorio en cuya cima había un templo erigido en honor del Cristo Rey. Tal vez a causa de la añoranza, el joven capitán mexica creyó que aquella colina era obra del hombre: estaba seguro de que se trataba de una pirámide y no se deshizo de aquella idea por mucho tiempo. Fue por esa razón que bautizó aquel puerto como *Ailhuicatl Icpac Tlamanacalli*, voz que significaba "La pirámide sobre el mar". Nombre este que a Quetza le resultaba más fácil de pronunciar que Marsella, tal como indicaba en ese punto una de las cartas que el capitán mexica había obtenido de manos del almirante de la reina.

A diferencia de su entrada en Huelva, furtiva y en un recodo escondido, Quetza ingresó a Marsella por la ensenada principal del puerto. Luego del recibimiento con salvas y honores que le habían dado en España, no tenía motivos para ocultarse como un ladrón. Después de todo, se dijo, era un verdadero dignatario y venía con la bendición no sólo de su *tlatoani*, sino también con la de los reyes de Aragón y Castilla. A medida que se iba acercando, Quetza podía comprobar que Marsella era un puerto rodeado por una pequeña ciudad, como si las hermosas y sencillas casas blancas de techos rojos diseminadas a uno y otro lado de la gran dársena hubiesen sido traídas por los barcos desde algún lugar remoto. Pese a la enorme cantidad de naves que entraban, salían y fondeaban, la pequeña escuadra mexica se hizo notar de inmediato: todos los marineros, los que estaban embarcados y los que se hallaban en tierra, giraban la cabeza para ver esa extraña embarcación presidida por una serpiente emplumada. No podían disimular su asombro al ver a los tripulantes vestidos con aquellos ropajes extraños: Quetza llevaba puesta su pechera de guerrero, sus collares y brazaletes, pero en lugar de la vincha con plumas, tenía la cabeza cubierta por un sombrero de capitán español, obsequio del cacique de Sevilla. El resto de la tripulación mezclaba sin demasiado criterio las ropas que habían traído de la Huasteca con otras que intercambiaron con los nativos en España. Jamás habían visto los lugareños un barco como aquél y no se explicaban cómo esos extranjeros de piel amarilla y atuendos estrafalarios comandaban una carabela de origen español. Los marinos nativos hubiesen encontrado graciosa aquella escuadra insólita, de no haber sido por los armamentos que exhibían: cañones, arcabuces, arcos, flechas y lanzas.

Avanzaban por el ancho fondeadero y, cuando se disponían a soltar amarras, fueron flanqueados por tres naves que los escoltaron hasta una escollera. Quetza y Maoni, comandando sendos barcos, agradecieron con gestos grandilocuentes el recibimiento. Desde una de la embarcaciones nativas se vio el destello de un arcabuz, al que siguió una cantidad de estruendos y refucilos. El capitán mexica creyó que se trataba de una salva igual a la que recibieron al llegar a Huelva, pero al ver que uno de los proyectiles había alcanzado la cubierta, destruyendo parte de la balaustrada de la pequeña goleta, comprendió que no eran aquéllas muestras de bienvenida. Maoni esperó las órdenes su capitán: estaba dispuesto a contestar el ataque si así lo decidía. Sin embargo, Quetza creyó prudente conservar la calma y explicar a los nativos que venían sin ánimos de iniciar hostilidades. Uno de los barcos se acercó y su capitán, en una lengua extraña, repleta de sonidos guturales que parecían modulados con la glotis y no con la lengua, interrogó a Quetza en forma imperativa. El comandante mexica no sabía qué contestar porque, en rigor, no había entendido una sola palabra; apenas si balbuceaba algo de castellano. Pero para sorpresa de todos los tripulantes, Keiko se dirigió al capitán nativo en aquel idioma indescifrable. A Quetza se le hizo evidente que, a pesar de su juventud, su futura esposa había vivido mucho más que cualquier otra muchacha de su edad.

Los miembros de la tripulación fueron obligados a dejar todas las armas a bordo y, una vez en tierra, los condujeron hacia un recinto sombrío cercano al puerto. Las explicaciones que dio Keiko no parecían convencer a los nativos. El hombre que los interrogaba quería saber de dónde venían y cómo obtuvieron la carabela española, sugiriendo que la habían tomado por asalto, asesinando a su auténtica tripulación y robando su valioso cargamento. El hombre rió con una carcajada sonora cuando Quetza, a través de Keiko, le dijo que venían de España, que fue la propia reina Isabel de Castilla quien le había obsequiado el barco con su carga y los armamentos. Aquellas palabras fueron suficientes para que el capitán nativo ordenara que las naves fuesen decomisadas de inmediato. El hombre separó a Keiko del resto, sospechando que tal vez la mujer había sido secuestrada por aquellos extravagantes piratas, y dispuso que los encarcelaran sin más trámite.

Habiendo recorrido la mitad del globo luego de haber sobrevivido a los taínos y a los canibas, a las mareas, a la tempestades y a las hogueras del Cristo Rey, Quetza veía cómo su empresa zozobraba de pronto en un abrir y cerrar de ojos.

Sin poder hacer nada, vio cómo un grupo de hombres se llevaba a Keiko.

17
El motín de los coyotes

Los sueños de Quetza y su pequeña avanzada se estrellaron de pronto contra los muros de una prisión fría, húmeda y hedionda. Aquellos salvajes tan poco hospitalarios no parecían dispuestos a creer que los extranjeros viniesen de Catay, tal como afirmaban. El comandante mexica hizo prometer a cada uno de sus hombres que no revelarían la verdadera procedencia bajo ninguna circunstancia, ni aunque fuesen sometidos a tormentos. Era preferible que los creyeran piratas a que supieran quiénes eran y de dónde venían. Debían estar dispuestos a morir antes de que esos nativos averiguaran que existía un mundo al otro lado del océano. Tal vez ninguno de ellos hubiese podido cumplir esa promesa antes de emprender la travesía; pero ahora, luego de la hazaña que habían protagonizado, ya no eran los mismos que zarparon. Habían comprobado que la épica no era solamente un género poético que recitaban sus mayores, sino que acababan de escribir, acaso, la página más gloriosa de la historia luego de la fundación de Tenochtitlan. Aquellos mexicas ladrones, asesinos, desterrados, esos huastecas sometidos, humillados, despreciados, se habían convertido en héroes.

Maoni le sugirió a Quetza que, perdido por perdido, organizaran un plan de rebelión y fuga; le hizo ver a su jefe que si habían sido capaces de surcar los mares y superar todas las adversidades que les deparó la travesía, podían doblegar a sus captores como guerreros que eran. Los mexicas habían vivido la mayor parte su vida en una cárcel más sombría que aquélla y los huastecas eran cautivos en su propia tierra hacía mucho tiempo. De manera que nadie podía mostrarse sorprendido, ni menos aún desesperado, ante una circunstancia que le era casi natural. De hecho, todos ellos habían protagonizado revueltas, fugas y motines. Quetza le dijo a Maoni que, bajo otras circunstancias, ya hubiese dado la orden para que se rebelaran, pero le hizo ver a su segundo que los nativos tenían a Keiko de rehén y que ante el menor intento de fuga, sin duda la utilizarían como pieza de cambio para disuadirlos. Entonces, luego de un largo silencio, el más viejo de los tripulantes mexicas dijo lo que todos pensaban: entendían lo que sentía por la niña de Cipango, pero ella no era parte de la tripulación. Él, como capitán de la escuadra, no podía traicionarlos por una mujer. No tenía derecho a supeditar los altos intereses de Tenochtitlan por asuntos sentimentales. Le dijo que los dioses no perdonarían su egoísmo, si, por ir detrás de una muchacha, desobedecía el mandato de su *tlatoani*. Quetza escuchó con la cabeza gacha. Cuando el subordinado terminó su discurso, el joven capitán se puso de pie y, furioso como nadie lo había visto antes, lo tomó del cuello con una fuerza tal que llegó a levantarlo en vilo. Para que nadie tuviese dudas de que él seguía siendo el capitán y que no estaba dispuesto a tolerar una insubordinación, se dirigió a toda su tripulación mirando alternativamente a cada uno de sus hombres. Con las venas del cuello inflamadas, les dijo que el rescate de Keiko no se trataba de una cuestión sentimental, sino de un asunto militar. Les recordó que si ahora sabían cómo era la Tierra, era gracias a los mapas que había trazado Keiko. La vida de la niña de Cipango no era un capricho de un hombre enamorado, sino una razón de Estado: ella conocía, quizá como nadie, la ruta que conducía al Oriente Extremo y en sus manos estaban las llaves de las míticas tierras de Aztlan, lugar del origen de todos los pueblos del valle de Anáhuac.

Entonces Quetza creyó que era ése el momento de revelar sus planes a la tripulación. Un poco más calmo, pero aún con el pecho convulsionado por la ira, les dijo a todos lo que ni siquiera le había confesado a su segundo, Maoni: no volverían a Tenochtitlan por la misma ruta por la que habían llegado a España, sino que seguirían navegando hacia el Levante; irían hasta Aztlan y harían el mismo camino que hiciera el sacerdote Tenoch para llegar hasta el valle de Anáhuac. Y no podrían hacer la travesía sin la guía de Keiko. De manera que, tal como pedían, dijo Quetza, quizá lo más sensato fuese organizar un plan de fuga, siempre y cuando el propósito último fuese conseguir la liberación de Keiko. No esperó a que sus hombres le manifestaran su acuerdo: era una orden.

Del otro lado de la reja había dos guardias armados con sables, que vigilaban la celda. Ninguno de los mexicas había podido ocultar en sus ropas ni siquiera una punta de obsidiana. Habían sido despojados de cuanta cosa pudiese resultar punzante o contundente: brazaletes, collares y piedras les fueron incautados. Por otra parte, ambos guardias, sentados a más de diez pasos de la reja, estaban fuera del alcance de los presos. Ni siquiera se acercaban para traerles agua y comida: hacían esto arrimando un cuenco y una fuente repleta de pan ácimo y granos con una suerte de pala provista de un mango, equivalente a dos brazos de largo. De modo que los presos estaban completamente inermes y no tenían forma de hacer contacto con los guardias. O al menos, así lo creían los nativos.

Quetza señaló los labios de Tlantli Coyotl, un muchacho muy delgado que tenía una boca desmesurada, y no hizo falta que le hablara para que entendiera el plan: asintió sonriente mostrando su dentadura temible de animal salvaje. Tlantli Coyotl significaba "dientes de Coyote" y no era este nombre metafórico. Para asombro de los desprevenidos, el chico se quitó entera la dentadura superior, que estaba hecha con auténticos colmillos de coyote engarzados en una falsa encía de cerámica, que encajaba sobre la quijada. Quitó dos de los afiladísimos dientes de la cuña, los puso en la palma de su mano y volvió a colocarse el resto de la dentadura. Lo que hizo luego impresionó aún más a quienes no conocían sus secretos: se llevó las manos hacia el soporte del cuello y, a través de un orificio en la piel, comenzó a extraerse, lentamente, el hueso de la clavícula. Cuando lo hubo sacado por completo, los demás pudieron ver que el hueso estaba ahuecado en su centro. Entonces tomó uno de los colmillos y lo introdujo dentro de la falsa clavícula que ocultaba bajo el pellejo, resultando el diámetro de uno perfectamente coincidente con el de la otra. Ahora tenía una mortífera cerbatana. Sólo había que esperar que el guardia que tenía las llaves se acercara un poco para arrimarles agua y comida.

Pasaron varias horas hasta que esto sucedió. El hombre avanzó unos pasos y, a prudente distancia, se detuvo, cargó los víveres en aquella suerte de bandeja y, echando levemente el cuerpo hacia delante, la empujó con el mango. En el mismo momento en que el guardia inclinó el cuerpo, Tlantli Coyotl sopló con fuerza y el colmillo, afiladísimo, se incrustó en medio de la garganta del hombre que, azul de asfixia, cayó cuan largo era. En el preciso instante en que el otro nativo se levantó para auxiliar a su compañero caído, recibió el segundo colmillo cerca de la nuez. El primer tiro fue preciso: al muchacho no le preocupaba su puntería —jamás fallaba—, sino el momento: el guardia no debía caer ni para atrás ni para un costado, sino para adelante, de otro modo no podrían alcanzarlo para quitarle las llaves. Y así sucedió. Estirando mucho los brazos pudieron tomarlo por los cabellos y acercarlo hasta la reja para quitar las llaves que pendían de su cuello perforado por el diente.

Una vez fuera de la celda, tomaron los sables de los guardias y todas las armas que encontraron a su paso. Avanzaron por un corredor y, con la misma llave, abrieron las puertas de las demás celdas liberando a todos los prisioneros nativos. El propósito de soltar a todos los presos era crear la mayor confusión a la hora de salir del edificio, haciendo que, en su huida desordenada, les sirvieran de vanguardia y retaguardia. Tal como supuso Quetza, en el exterior había muchos más guardias custodiando las puertas y, al ver la estampida, la emprendieron con sus armas sin discriminar quién era quién. Así, en medio del tumulto, los mexicas consiguieron escapar entre la multitud de incautos nativos que intentaban fugarse y, sin plan ni método, caían a manos de los soldados.

Ocultos en un pequeño establo en las afueras de *Ailhuicatl Icpac Tlamanacalli*, tal el nombre con que Quetza había bautizado a Marsella, el ejército mexica deliberaba sobre el modo en que habrían de rescatar a Keiko del cautiverio del cacique y luego recuperar sus barcos para continuar el periplo hacia las tierras de Aztlan.

18
Primera batalla

Fue una lucha heroica. Aquel puñado de hombres armados sólo con espadas, cerbatanas, palos afilados, arcos y flechas construidos con los elementos que encontraron en la
campiña, tomó por asalto el palacio del cacique de Marsella.
No entraron arrasando ni derribando muros y portones, como hacían los ejércitos cuyas tropas se contaban por miles.
Lo hicieron con el sigilo de los felinos y la sutileza de los pájaros. El clan de los caballeros Jaguar y el de los caballeros
Águila acababa de posar sus garras silenciosas en el Nuevo
Mundo. Fue aquella la primera operación militar del ejército mexica. Tan importante como las armas eran para ellos los
atuendos. Un guerrero no sólo debía ser temible: antes, debía parecerlo; sabían que el miedo, para que se instalara en
el alma, debía entrar por los ojos. Con cortezas de abetos ta-
llaron las máscaras que cubrían sus rostros. Ennegrecieron
sus cuerpos con barro y humo y así, sombras entre las sombras, primero redujeron a los guardias del palacio y luego tre-
paron las altas murallas como felinos y se elevaron como pájaros. Los caballeros Águila saltaban impulsándose con sus
lanzas a guisa de pértiga.

Sin que el cacique de Marsella lo sospechara, mientras be-
bía vino junto al fuego del hogar, rodeado por sus hombres
de confianza, la protección del edificio ya había sido sorda-

mente quebrada a merced de los soldados mexicas. Después de haber interrogado sin éxito a Keiko, ante el cerrado mutismo de la muchacha, el cacique decidió que tenía mejores planes para con ella. Poco le interesaba ya saber quién era y de dónde había venido, si era cautiva o cómplice de aquellos ladrones de barcos que, de seguro, ya la habían abandonado luego de huir de la cárcel. Después de todo, Marsella era uno de los puertos con mayor tráfico del Mediterráneo y era frecuente que llegaran toda clase de bandidos desde los lugares más lejanos. Lo único cierto era que aquella niña misteriosa era en verdad hermosa y nadie reclamaba por ella. Y a medida que el vino se iba metiendo en la sangre del cacique, menos le interesaba el enigma y más la certeza de aquella carne joven envuelta en esa piel tersa y exótica. Por otra parte, el cacique se caracterizaba por ser un hombre generoso, siempre dispuesto a compartir los placeres con sus amigos y allegados. Y así, acalorados todos por el fuego y el alcohol, le ordenaron a la niña de Cipango que se desnudara. Pero tuvieron que hacerlo ellos mismos, ya que Keiko se resistió con todas sus fuerzas. Los hombres parecían disfrutar mientras veían cómo se revolvía intentando alejarlos como un pequeño animal acorralado. Procedían con la impunidad que les otorgaba el hecho de creerse protegidos, poderosos y dueños de la vida y de la muerte. Pero ignoraban que el palacio ya estaba invadido. Jugaban como un grupo de gatos con un pobre ratón, pero no sabían que había coyotes al acecho.

En el mismo momento en que aquel grupo de salvajes tenía a Keiko sujeta con los brazos por detrás de la espalda, con la ropa hecha jirones, golpeada e indefensa, en el preciso instante en que estaban por abalanzarse sobre ella, el vitral que adornaba uno de los ventanucos estalló en lo alto y, azorado, el cacique pudo ver cómo un grupo de fantasmas negros volaba sobre su cabeza. Sus secuaces miraban con los ojos llenos de pánico aquellas entidades que parecían venidas del infierno: hombres-pájaros que descendían armados con espadas, seres mitad humano, mitad felino que se descolgaban por las paredes. Uno de los salvajes, a medio vestir, intentó desenfundar su sable, pero no llegó a asomar siquiera de la vaina, cuando su pecho fue atravesado por una flecha. Otro quiso tomar un arcabuz que estaba colgado horizontal sobre el hogar, pero su mano, perforada por una lanza, quedó clavada en la pared. El cacique, con sus delgadas piernas desnudas enredadas entre la ropa, cayó al suelo suplicando clemencia con voz temblorosa. Quetza, detrás de una máscara de caballero Jaguar, pudo ver que el hombre que tenía sujeta a Keiko, la tomó por el cuello amenazando ahorcarla; entonces el capitán mexica saltó desde la ventana, surcó el aire del recinto, se colgó con sus piernas de la araña que pendía del techo y, aprovechando el movimiento pendular, arrebató a Keiko de los brazos del salvaje que, al verse sin pieza de cambio, intentó huir antes de ser alcanzado por el filo de la espada que empuñaba Maoni. El único nativo que había quedado con vida, aterrado pero vivo, era el cacique. Entonces Quetza le ordenó que se pusiera de pie: debían conversar sobre algunos asuntos atinentes al futuro de su reino.

19
La guerra de los salvajes

Sentados frente a frente, Quetza, con el auxilio de Keiko, le repitió al cacique lo que ya le había dicho cuando decidió encarcelarlos a él y a sus hombres e incautar sus naves. Sin embargo, antes de que el capitán mexica comenzara a hablar, el cacique le dijo que no era necesaria ninguna explicación: podía, si así lo quería, tomar lo que quisiera del palacio, luego era libre para abordar otra vez sus barcos e irse con su amiga. Quetza tuvo que hacer esfuerzos para conservar la calma: no estaba dispuesto a tolerar que se dirigiera a él como si fuese un ladrón y a sus tropas como a un grupo de piratas. Pero tal era el pánico que mostraba el jefe nativo, que parecía no poder comprender las razones de esos hombres que cubrían sus rostros con aquellas máscaras temibles. Miraba aterrado los cuerpos horizontales de sus colaboradores que, a medio vestir, flotaban en los charcos hechos con su propia sangre y lo único que quería era que aquellos bandoleros se fuesen cuanto antes. La violación era un crimen que en su patria se pagaba con la vida, le dijo Quetza al cacique, haciéndole ver que debía agradecer el hecho de que no lo hubiese matado. Pero ahora tenían que hablar de cuestiones de Estado.

En primer lugar, Quetza le exigió que se disculpara con Keiko, cosa que el cacique hizo de inmediato con gestos ampulosos y palabras exageradas. Luego el jefe mexica repitió al cacique de Marsella que no eran ladrones ni piratas, que era la suya una misión oficial, que venían con la bendición de su rey y que tenían, también, la aprobación de la reina de España. Tal como había hecho en Huelva, sin mentir del todo ni decir la verdad completa, le explicó que venían de Aztlan, un reino del Oriente, y que el propósito del viaje era el de establecer la ruta que uniera ambos mundos. Con la voz entrecortada, el cacique preguntó si Aztlan era vecino de Catay; entonces Keiko se apuró a contestar que, en realidad, era un reino perteneciente a ese gran imperio. El cacique palideció, se arrojó a los pies de Quetza y suplicó compasión. Estaba dispuesto a hacer lo que él le ordenara.

La sola mención de las tropas de Catay erizaba la piel de cualquier gobernante europeo: los ejércitos de la Galia e Inglaterra, en el momento más alto de la Guerra de los Cien Años, contaban con unos cincuenta mil hombres; Catay, bajo la dinastía Ming, en tiempos de paz, mantenía dos millones de soldados permanentes en sus filas. Eso explicaba el respeto reverencial que despertaban las huestes orientales: sólo por una cuestión numérica resultaban imbatibles. Y, desde luego, era ésa la razón por la cual ningún emperador se había atrevido a lanzarse sobre las riquezas de Catay. Al contrario, debían sentirse agradecidos por el hecho de que las hordas del Levante no arrasaran sus dominios, tal como hiciera el Gran Khan algunos siglos antes. Quetza sabía que el factor cuantitativo resultaría crucial a la hora de conquistar el Nuevo Mundo: la ciudad de Tenochtitlan tenía unos doscientos mil habitantes, cuya cuarta parte estaba en condiciones de combatir, cantidad ciertamente escasa para imaginar un ejército de ocupación. Razón esta que hacía indispensable la alianza no sólo con los demás pueblos del Anáhuac, sino con aquellos que estaban más allá del valle y los que sumaran al otro lado del mar.

Los mexicas debían sellar la paz con sus antiguos enemigos y, al contrario, ahondar las diferencias de los pueblos europeos que guerreaban entre sí.

Y ése era el caso de aquellas tierras cuya entrada era el puerto de Marsella. Quetza supo que aquel conjunto de reinos, que se iniciaba en el Mediterráneo en *Ailhuicatl Icpac Tlamanacalli*, se estaba desangrando luego de una larga guerra que había durado más de un siglo contra una poderosa Corona ubicada en una isla al Norte del continente: Inglaterra. Esa vieja disputa, sumada al temor que significaba la amenaza de las tropas de Catay, fue la cuña por donde entró en la Galia el ejército mexica. Si aquella guerra, cuyos rescoldos todavía crepitaban, volvía a encenderse, más valía que el reino de Aztlan estuviese a favor de Francia y no de Inglaterra, pensó el cacique de Marsella. Un ejército de millones de tropas mitad hombre, mitad animal lanzándose sobre las ciudades por asalto con la misma facilidad con que habían tomado el palacio, resultaba una idea escalofriante. De modo que ambos jefes dieron por superado aquel malentendido que llevó a la cárcel a los visitantes; dejaron atrás el percance que provocó unas pocas bajas en el palacio y, reconociendo al capitán extranjero como un dignatario, el cacique de Marsella lo invitó a conocer las ciudades más importantes de la Corona.

Así, Quetza y su avanzada iniciaron un viaje al interior de la Galia.

Lo primero que vio el capitán mexica antes aun de tocar tierra, fue un templo del Cristo Rey en lo alto de lo que creyó una pirámide. Más tarde, en su silenciosa incursión por la ciudad, había visto gran número de capillas, iglesias y monasterios e, incluso, dentro del palacio del cacique había gran profusión de imágenes del Cristo Rey y la María, Diosa de la Fertilidad, de manera que, supuso, esos nativos debían estar combatiendo contra las huestes de Mahoma. Pero supo Quetza que los moros habían sido derrotados hacía varios siglos. La expulsión de las huestes de Mahoma de Francia fue la razón por la cual se instalaron en la península ibérica. Los motivos de la guerra contra los anglos eran muy diferentes y tenían un origen territorial antes que religioso: dirimir el control y la propiedad de las vastas posesiones de los *tlatoanis* ingleses en territorio galo desde tiempos remotos.

La rivalidad entre francos y anglos era tan antigua como salvaje. En su estancia en la Galia, Quetza supo que, en el pasado, un gran cacique del Norte de Francia, Guillermo de Normandía, llamado el Conquistador por unos y el Bastardo por otros, se había adueñado de Inglaterra. Los normandos pretendían que el rey de Francia reconociera a sus propios monarcas y les diera un trato acorde con su investidura. Desde luego, Francia no estaba dispuesta a semejante concesión. Los caciques Normandos, vasallos del *tlatoani*, consideraban que no tenían por qué cambiar su condición de súbditos de la Corona de París por el hecho de haber ascendido desde su cacicazgo hasta la cumbre del trono de la isla de los anglos.

Tiempo después, los caciques normandos fueron sucedidos por otra dinastía, los Anjou, señores poderosos y dueños de grandes territorios en el Oeste y Sudoeste de Francia. El *tlatoani* Anjou, Enrique II, era, paradójicamente, más rico que su señor, el rey de Francia, ya que regía sobre un imperio mucho más opulento. El sucesor de Enrique, su hijo menor Juan, era sumamente endeble e incapaz de mantener las heredades de su padre. Así, el *tlatoani* de Francia, Felipe II, tomó su reino por asalto: Francia invadió Normandía y en sus manos quedaron todas las posesiones inglesas en el continente, con la excepción de los territorios situados al Sur del río Loira.

El ascenso de Enrique III al trono de Inglaterra significó una verdadera catástrofe, cuyo corolario fue el Tratado de París. El nuevo *tlatoani* renunciaba a todos los dominios de sus ascendientes normandos, concluyendo en la pérdida de Normandía y Anjou.

El sucesor de Enrique, Eduardo, se rebeló a estas circunstancias patéticas, construyendo un ejército poderoso, a la vez que reforzaba la economía, factores ambos que consideraba imperiosos para volver a hacer pie en las tierras continentales. Con estas nuevas armas inició las hostilidades contra Francia. Pero la guerra contra los galos se vio interrumpida por un nuevo hecho: otro reino hostil a Inglaterra, el de Escocia, iba a lanzarse sobre los anglos, matando al sucesor de Eduardo, Eduardo II.

Las guerras sucesivas entre Inglaterra y Francia se prolongaron durante más de un siglo. Pero Quetza indagaba no sólo en los hechos históricos y políticos, sino también en las tácticas y estrategias de guerra de sus futuros enemigos. Los salvajes europeos eran guerreros terriblemente crueles; el rey Eduardo había aprendido de las sanguinarias técnicas de su adversario: lanzaba sus tropas sobre la campiña desguarnecida y tomaba los poblados rurales. Entonces asesinaba a todos los varones, fueran niños, jóvenes o ancianos. Luego quemaba y saqueaba las casas de los campesinos. Así, los vasallos cuya protección dependía de Felipe de Francia, se sentían abandonados por su *tlatoani*: no sólo dejaba el monarca que los despiadados extranjeros se apropiaran de sus tierras, sino que la autoridad del rey se veía socavada ante sus súbditos. La verde campiña por la que avanzaba el ejército mexica había sido tierra arrasada a manos de propios y extraños. Quetza descubrió que la táctica defensiva de los franceses era, acaso, más cruel que la de los anglos: para evitar que el enemigo se hiciera fuerte en la campiña, el propio ejército galo, antes de la llegada del enemigo, incendiaba campos, bosques y cosechas para que el extranjero no encontrase provisiones y así las tropas murieran de hambre y enfermedad. Las huestes mexicas debían estar preparadas para estas tácticas militares. Quetza se decía que los soldados de Tenochtitlan contaban con una enorme ventaja: el hecho de no tener hasta entonces carros ni caballos, paradójicamente, hacía que fuesen mucho más resistentes a las inclemencias del terreno; si habían podido atravesar cordilleras a pie, surcar desiertos sin la ayuda de la rueda, avanzar por el curso de los riachuelos sin el auxilio del caballo, una vez que aprendieran a montar, nada los detendría. Los ejércitos europeos sin su caballería no eran nada.

Quetza tomaba escrupulosa nota de todo lo que veía y escuchaba sobre las guerras entre aquellos pueblos salvajes, ya que sobre ellas habría de construir su estrategia de conquista. De inmediato advirtió que sus potenciales aliados debían ser, por una parte, aquellos pueblos sometidos por los *tlatoanis* de una y otra Corona, y, por otro, los caciques que siempre se mostraban dispuestos a traicionar a sus reyes.

La avanzada mexica, entusiasmada por la primera y exitosa operación militar sobre el palacio del cacique de *Ailhuicatl Icpac Tlamanacalli*, estaba confiada en que las tropas de Tenochtitlan resultarían victoriosas en el futuro; de hecho, aquel puñado de hombres hubiese podido apoderarse de Marsella con absoluta facilidad, si su propósito hubiera sido ése.

Con el ánimo de los héroes, llegaron a su segundo punto en Francia, la mismísima sede del Cristo Rey, ciudad en la que habitaba el sacerdote mayor de la cristiandad. Estaban a las puertas de Aviñón.

20

La casa del dios ausente

La avanzada mexica, acompañada de una cohorte diplomática, bordeó el Ródano y, sobre la margen izquierda del río, cortadas contra el fondo de un cerro, aparecieron de pronto las cúpulas más altas de la ciudad. Aviñón era propiedad del sumo sacerdote, o, como llamaban al máximo *teopixqui* los nativos, el "Papa". Por increíble que pudiese resultarle al capitán mexica, uno de los *teopixqui*, Clemente VI, había comprado la ciudad a una emperatriz de un reino vecino llamado Sicilia. Quetza supo que allí habían residido siete papas y otros dos, algo distraídos, permanecieron en la ciudad luego de que el papado volviera a su lugar de origen: Roma. Igual que las demás ciudades que había visitado desde su desembarco en Huelva, también Aviñón estaba amurallada. Por sobre las murallas sobresalía una construcción cuyas dimensiones la destacaba del resto: las altas paredes de piedra, las torres fortificadas, las cúpulas que se alzaban hacia el cielo, los minaretes y las angostas ventanas, la convertían en un bastión inexpugnable. El pequeño ejército mexica supo que era aquel el Palacio de los Papas. Sin embargo, tantas defensas parecían ahora inútiles, ya que desde que el máximo *teopixqui* había vuelto a Roma, aquella ciudadela no era más que una barraca repleta de frutas y vegetales desde donde se abastecía el mercado de la ciudad.

A juicio de Quetza, los franceses eran algo presumidos; el curioso modo de pronunciar desde el fondo de la garganta y cierta afectación en los gestos les confería a los galos un aire de superioridad contrastante con la alegre simpleza de los españoles. De hecho, la reina Isabel de España le resultó menos engreída que cualquier oscuro funcionario francés. Y, a juzgar por el modo en que los habían recibido en Marsella, a los mexicas no les faltaban razones para encontrar a sus anfitriones, al menos, poco hospitalarios. Todo el tiempo parecían querer diferenciarse de los ingleses, como si encontraran su propia esencia en oposición a los anglos. Este desvelo por sus antiguos adversarios, la exagerada animosidad que le dedicaban al enemigo, era propia de los pueblos que, en lo más recóndito de su alma, se sienten inferiores. Quetza se dijo que Francia jamás llegaría a ser un imperio o, peor aún, que siempre sería un imperio frustrado.

En su viaje hacia el Norte de la Galia, remontando el Ródano, las huestes de Tenochtitlan pasaron por Valence, Grenoble, Saint-Étienne y Lyon.

Quetza pudo ver que Lyon estaba dominada por dos colinas separadas por una hondonada. Era una ciudad de un trazado acogedor: podía llegarse de una calle a otra atravesando los patios de las casas. Y, a diferencia de Marsella, se diría que los moradores eran tan hospitalarios como sus calles y jardines. La hipotética delegación oriental fue recibida por el cacique de Lyon con sumo interés. Era una ciudad verdaderamente próspera, el centro comercial donde confluían mercaderías de toda Europa. A pesar de que las dimensiones del mercado no podían compararse con las del de Tenochtitlan, era quizás el más grande que había visto Quetza desde su llegada al Nuevo Mundo. De manera que significaba un acontecimiento ciertamente auspicioso para la ciudad establecer lazos comerciales con Catay. De hecho, la seda lionesa era una de las más codiciadas del mundo y podía serlo más aún si se manufacturaba en Francia el finísimo hilo traído de Oriente.

Y así, sellando tratados comerciales ilusorios, haciendo ver espejismos a los ambiciosos caciques de Francia, desplegando los oropeles de aquellas quiméricas rutas de la seda, el oro y las especias, Quetza llegó por fin a París.

A la reducida avanzada mexica, París le resultó una suerte de pequeña Tenochtitlan. Igual que en la capital de su patria, el templo principal estaba erigido en una isla, pero, en lugar de estar enclavada en un lago, quedaba abrazada por un río caudaloso. Semejante a Huey Teocalli, con sus tabernáculos gemelos en la cima, el templo mayor de París estaba rematado en dos altas torres idénticas. Tal fue la curiosidad que despertó la supuesta delegación de Catay, que el sacerdote los recibió a las puertas del templo y los invitó a conocerlo. Por primera vez Quetza tuvo la oportunidad de conversar con un sacerdote del Nuevo Mundo. El joven capitán mexica no podía evitar un molesto temor cada vez que estaba frente a un religioso, tal vez porque la historia de su vida era la de huir de su verdugo, el sacerdote Tapazolli. Lo cierto era que todos los sacerdotes, fueran de aquí o de allá, despertaban en él aquel antiguo terror infantil que sintió cuando a punto estuvo de perder la vida en la piedra de los sacrificios. A diferencia de los religiosos de su patria, que usaban el pelo largo y enmarañado, los de las nuevas tierras llevaban por lo general la cabeza rapada o, en algunos casos, afeitada sólo en la coronilla. Por otra parte, los ropajes de los sacerdotes mexicas eran sencillas túnicas que apenas cubrían sus partes pudendas, mientras los representantes del Cristo Rey llevaban vestidos bordados en hilo de oro, capas color púrpura, finísimas sedas y collares de piedras preciosas que formaban la consabida cruz que tanto había visto. Sin embargo, tenían la misma expresión solemne e idéntica manera de conducirse con los feligreses. Quetza no podía evitar un enorme desagrado en el modo afectadamente paternal con que se dirigía a él, como si todo el tiempo estuviese disculpándolo del hecho desgraciado de no haber nacido francés, de no tener la piel blanca y de hablar un idioma tan alejado del latín. Lo conducía por el centro del templo mostrando su grandeza y parecía compadecerse de que, en su patria, nunca alcanzarían aquel grado de majestuosidad para honrar a sus precarios ídolos. Quetza admiraba la belleza de la edificación, aunque, en términos de magnificencia, el templo bicéfalo de Huey Teocalli, construido en lo alto de la pirámide, no podía compararse con ninguna de las iglesias que el jefe mexica había visto en el Nuevo Mundo. Mientras el sacerdote hablaba con semejante presunción, Quetza se limitaba a asentir en silencio. Al joven capitán mexica lo invadió de pronto un grato sentimiento de sosiego al ver la luz, llena de colores, entrando a través de los cristales del gran rosetón que presidía el recinto. Aquella penumbra quebrada tenuemente por los haces violáceos y azulinos producía un efecto seráfico. Entre la multitud de cosas novedosas que había descubierto Quetza en su viaje, el vidrio fue uno de los elementos que más lo deslumbraron. Imaginaba los palacios de Tenochtitlan decorados con cristales de colores, las ventanas con vidrios que dejaran pasar la luz pero no el fuerte viento de la montaña, y se decía que su patria sería otra cuando llegara con sus barcos repletos de novedades. Fascinado con el rosetón circular, no podía dejar de ver en su circunferencia y en la disposición de los cristales, el calendario que él mismo había concebido.

El sacerdote lo condujo hasta las escaleras que se iniciaban al pie de la torre Sur y, luego de un largo ascenso por la ensortijada escalinata de piedra, llegaron por fin a la cima. Desde allí podían dominar toda la ciudad de París. Acodados en la balaustrada conversaron como lo harían dos jefes que representaran dioses enemigos.

El sacerdote le explicó a su invitado que la iglesia estaba erigida en honor de Santa María, Madre de Dios. Quetza, que ya había visto numerosas imágenes de aquella Diosa de la Fertilidad, no tardó en identificar a María con la Diosa Coatlique. El jefe mexica le dijo al sacerdote que, tanto María, madre del Cristo Rey, como Coatlique, madre de Quetzalcóatl, habían concebido sin perder la virginidad. María, la diosa virgen, había sido fecundada de manera milagrosa, igual que Coatlique y como ella había dado a luz al Dios hijo de Dios. El sacerdote sacudió la cabeza y, sonriendo con una mezcla de indulgencia y sofocada indignación, le contestó que no podía hacerse semejante comparación: había un solo Dios, pero ese único Dios Padre obró el milagro en la Virgen para encarnarse en hombre. Entonces se deshizo en explicaciones para hacerle comprender a Quetza que el Padre era el Hijo, que el Hijo era hombre, pero el Hijo de Hombre era el mismo Dios Padre. Quetza, que ya había escuchado acerca del misterio de la Trinidad, no entendía por qué los sacerdotes nativos ponían tanto énfasis en explicar, como si se tratara de un complejo cálculo matemático, la unicidad del Hijo, el Padre y el Espíritu Santo. A los mexicas, la Trinidad les resultaba un concepto tan sencillo como familiar; de hecho, su complejo panteón estaba construido con dioses coincidentes con distintos significados o, al contrario, distintos dioses podían representar la misma cosa según las circunstancias. Así, la diversidad de dioses y la pluralidad de atribuciones de un mismo dios les era por completo natural. En la concepción de un determinado dios podían confluir distintos aspectos relacionados. Quetzalcóatl, por ejemplo, podía ser

Ehécatl, Dios del Viento; o bien Tlahuizcalpantecuchtli, Dios de la Vida; en ocasiones era también Ce Ácatl, Dios de la Mañana y, en otras, Xólotl, el planeta Venus. Sin embargo, nunca dejaba de ser Quetzalcóatl, la serpiente emplumada o el hombre blanco y barbado venido desde el otro lado del mar. De modo que no presentaba ninguna dificultad conceptual el simple hecho de que el Padre, el Hijo y el Espíritu Santo fuesen entidades diferentes e idénticas a la vez. Desde luego, Quetza no dijo nada de esto al sacerdote: se limitaba a asentir cada vez que él le hablaba. No solamente no podía revelarle sus deidades sin delatar su origen, sino que sabía que en Francia ardían también las hogueras de la Inquisición: por mucho menos que el hecho de poner en duda los dogmas de los libros sagrados, varios habían sido quemados vivos. Pero también sabía Quetza que los negocios estaban por delante de la fe; en España había podido comprobar que nadie se había escandalizado por su paganismo y ni siquiera los muy fervientes Reyes Católicos mostraban prurito alguno a la hora de establecer nexos comerciales con pueblos sacrílegos que ni siquiera conocían al Cristo Rey o, lisa y llanamente, lo habían repudiado. Incluso, había podido comprobar que el tan odiado enemigo musulmán dejaba de serlo cuando de negocios se trataba. Para mantener el control del comercio, las distintas coronas de Europa establecieron relaciones sumamente amistosas con los heréticos gobernantes mamelucos de Egipto y con los grandes señoríos turcos de las costas del Asia Menor. Más aún, cuando los cruzados del Cristo Rey se enfrentaban entre sí, no dudaban en aliarse con estados mahometanos como el reino Nazarí o el de los Mariníes. En su paso por Aviñón, Quetza supo que aun los mismos papas que allí habían residido estaban bajo la influencia de los reyes de Francia y de Nápoles, quienes tenían fluidos vínculos comerciales con los infieles. De manera que el religioso, sabiendo que por encima de su espíritu evangelizador estaban los negocios que, entre otras cosas, hicieron posible la construcción de la mismísima catedral desde cuya torre ahora admiraban la ciudad, prefirió no discutir con el visitante extranjero. Por su parte, el jefe mexica había aprendido que mientras pudiese prometer suculentos negocios y escudarse bajo la supuesta protección del enorme ejército de Catay, nada lo detendría para adentrarse en el Nuevo Mundo.

21
Sólo en la Tierra

Quetza y su comitiva salieron de Francia con la convicción de que la conquista era una posibilidad cierta y no ya una quimera; de hecho, aquel puñado de hombres mal armados llegaron a adueñarse por unas horas del palacio del cacique de Marsella. Si con sus escasos recursos, pensaban, pudieron doblegar primero a los soldados de la cárcel, escapar y luego tomar el control del castillo, provistos en el futuro de caballos, armas de fuego, una flamante armada y numerosas tropas bien pertrechadas, ningún ejército podría detenerlos.

La escuadra mexica zarpó del puerto de *Ailhuicatl Icpac Tlamanacalli* con rumbo Sur Sureste. Navegaron a través del estrecho formado entre Génova y la isla de Córcega, bordearon las costas de Módena y llegaron a la península itálica. Según puede inferirse de las esporádicas notas de Quetza, recorrieron los diversos reinos y ciudades diseminados en todo su perímetro costero y, ocasionalmente, se aventuraban tierra adentro. Navegaron de Norte a Sur por la costa Oeste, y luego ascendieron por la costa Este. Muchos de los reinos de la península tenían ya un fluido comercio con Oriente Medio y una frondosa historia de relaciones con el Oriente Lejano; de modo que aquellos príncipes y comerciantes que conocían el beneficio del rentable negocio con las Indias querían profundizar los lazos, y los que aún no habían rubricado convenios comerciales estaban desesperados por reunirse con la delegación. Quetza otorgaba audiencias a los mercaderes como si fuese un verdadero dignatario. Así, vendiendo sueños de prosperidad eterna, estuvo en Liguria, Toscana y Umbría. Prometió montañas de oro a su paso por Lazio, Campania y Basilicata. Endulzó los oídos de los príncipes de Nápoles, Calabria y Sicilia. Encandiló con los fulgores de las piedras preciosas a los comerciantes de Palermo, Catania y Messina. Hizo sentir los perfumes de las especias a los gobernantes de Bari, Foggia y Pescara. Se comprometió a proveer tanta seda como para tapizar las paredes de todos los palacios de los nobles de Perugia, Ancona y Rímini e ilusionó con la blancura del marfil a los mercaderes de Bologna, Verona y Trieste.

Pero tampoco Quetza pudo escapar a la fascinación que produjeron en su espíritu las ciudades de la península. Los reinos de Italia competían entre sí en belleza, prosperidad y florecimiento de las artes. Dos ciudades iban a quedar impresas para siempre en su memoria y en su corazón: Florencia y Venecia. Si hasta entonces la avanzada mexica supo de la capacidad bélica, política y comercial del Nuevo Mundo, en estas tierras podía proyectar hacia Tenochtitlan el potencial de la pintura, la escultura y la arquitectura. Si en España y Francia la palabra que imperaba era Inquisición, en los reinos de la península el verbo era renacer. El Renacimiento iluminaba cada rincón que la Congregación para la Doctrina de la Fe se empeñaba en oscurecer. La Inquisición era para Quetza obra de Huitzilopotchtli, Dios de los Sacrificios; el Renacimiento, en cambio, estaba bajo la protección de Quetzalcóatl, Dios de la Vida.

Pero lo que más impresionó de Italia a los mexicas fueron los italianos. Los españoles eran hospitalarios, sencillos y, en ocasiones, algo inocentes. Los franceses, engreídos, belicosos y malhumorados; sin embargo, tanto unos como otros eran profundamente devotos, disciplinados y obedientes de las normas del Estado y la comunidad. Los italianos, en cambio, hacían un verdadero culto del individuo. Cada quien parecía darse su propia ley y hacerse su destino; eran creyentes, sí, pero no de la forma ciega de aquel que sigue incondicionalmente a un sacerdote como la oveja al pastor. Creían fervientemente en sus dioses, pero querían prescindir de intermediarios en su relación personal con ellos. Aunque buenos trabajadores y sumamente imaginativos, eran algo indolentes y poco metódicos. Las notas de Quetza se llenaban de adjetivos, muchas veces antagónicos, para describir a los habitantes de los reinos de la península: alegres, holgazanes, embrollados, apasionados, lascivos, vulgares, exquisitos. Su lengua, llena de musicalidad, estaba hecha con los despojos del "volgare", jerga del latín. Lo que más sorprendía a los mexicas era que el resultado de tantos atributos banales, pedestres y ramplones fuese tan sublime. Se dejaban llevar por la intuición antes que por la reflexión sistemática, ponían manos a la obra antes de sentarse a desplegar teorías. Se indignaban con sus dioses y llegaban a maldecirlos elevando los puños amenazantes hacia el cielo. Pero también les rendían los homenajes más sinceros y sentidos sin arreglo a protocolo ni a liturgia. Se atrevían a mirar a sus dioses a los ojos, de igual a igual. Se animaban, incluso, a intentar imitar sus obras. Eran, ante todo, artistas. Los mexicas entendieron por qué aquel renacer del hombre no podía originarse en otro lugar.

Tal vez la fascinación de los mexicas surgiera del hecho de que los italianos eran su exacto opuesto. El hombre común de Tenochtitlan era el último eslabón de la cadena; su sangre servía para aplacar el hambre de los dioses y la ira de los reyes, para regar las tierras de los nobles y permitir, en fin, el funcionamiento de la maquinaria de Estado. Era un sistema que se nutría, sin metáforas, de sangre. En Italia, en cambio, todo parecía estar animado por la alegre vitalidad del vino. Los mexicas aborrecían el licor; sin embargo, Quetza y su avanzada se reencontraron con el fruto de la tierra y lo celebraron como lo hacían sus anfitriones. Aquella primavera era la celebración de la vida, la ruptura con las convenciones y los dogmas, la reafirmación de la existencia del hombre por delante de los dioses. Los mexicas vivían y morían para servir a sus dioses; los italianos vivían para que sus dioses los sirvieran.

Toda la poética mexica podía resumirse en una frase, por momentos formulada como pregunta y, por otros, como amarga afirmación: "Sólo se vive en la Tierra". Aquel lamento por la brevedad de la existencia, el desconsuelo por la fugacidad del paso por el mundo, la incredulidad en un más allá que los condenaba a la intrascendencia, era un puñal doloroso en el corazón de los mexicas. Así lo expresaba su poesía:

¿Es verdad, es verdad que se vive en la Tierra?
¡No para siempre aquí: un momento en la Tierra!
Si es jade, se hace astillas, si es oro, se destruye;
si es un plumaje de quetzal, se rasga.
¡No para siempre aquí: un momento en la Tierra![*]

El Renacimiento ofrecía a los mexicas, si no una respuesta a la pregunta por la trascendencia, al menos un modo de sobrellevar la angustia de la insignificancia de la vida en este mundo y del misterio de la muerte.

[*] De Nezabualcóyotl.

¿A dónde iremos que muerte no haya?
Por eso llora mi corazón.
¡Tened esfuerzo: nadie va a vivir aquí!
Aun los príncipes son llevados a la muerte:
así desolado está mi corazón.
¡Tened esfuerzo: nadie va a vivir aquí! *

La pequeña avanzada mexica encontraba en aquel alegre espíritu de los italianos el llamado al goce, a disfrutar, al menos el breve tiempo que durase la existencia en la Tierra. Así lo reclamaban, tímidamente, los versos anónimos nacidos en los *calpullis* pobres de los *macehuates*:

¡Oh flores que portamos, oh cantos que llevamos,
nos vamos al Reino del Misterio!
¡Al menos por un día estemos juntos, amigos míos!
¡Debemos dejar nuestras flores,
tenemos que dejar nuestros cantos:
y con todo la Tierra seguirá permanente!
¡Amigos míos, gocemos: gocémonos, amigos! **

Si la existencia era una efímera llama entre dos eternidades hechas de nada, de pura nada: una antes de nacer y la otra luego de la muerte, entonces sobraban motivos para celebrar la vida y mantener el fuego encendido. Eso era el Renacimiento: la renuncia a la nada y la entrega apasionada a la vida, por breve que ésta fuera. Los mexicas compartían este punto de vista con los italianos, sólo que invertían la duración del festejo y el duelo: los unos penaban la mayor parte

* Anónimo de Tenochtitlan.
** Anónimo de Chalco.

del año y celebraban en contadas ocasiones; para los otros, festejar era la regla y la pena, la excepción.

Encandilados por los frescos que adornaban los templos de Florencia, se llevaron grabada en la memoria aquellos murales cuyas figuras parecían querer despegarse de las paredes y cobrar vida.

Quetza definió a Venecia como la ciudad de las chinampas doradas; aquellos canales, tan semejantes a los de su patria, los palacios y los puentes, las barcazas y los mercados flotantes, hacían de Venecia la ciudad melliza de Tenochtitlan, como si ambas hubiesen sido concebidas por un mismo Dios.

La avanzada mexica dejó atrás la península itálica con el corazón renacido y la convicción de que, cuando llegara la hora de la conquista, Venecia sería la capital del nuevo Imperio Mexica de Oriente.

22
El libro de las maravillas

Era una decisión tomada: pese a la urgencia del regreso, Quetza determinó que no habrían de volver por la misma ruta que habían seguido para llegar al Nuevo Mundo, sino navegando siempre hacia el Levante. De acuerdo con sus cálculos y según los mapas que había trazado junto a Keiko, el camino de las Indias era mucho más extenso y plagado de obstáculos; sin embargo, era tan imperativo conocer los pueblos del Oriente como anticiparse al seguro arribo de los europeos a Tenochtitlan. Y, sobre todas las cosas, alcanzar las tierras de Aztlan.

Los comerciantes de Venecia guardaban una larga aunque muchas veces interrumpida relación con Oriente. A su paso por la ciudad de los canales, Quetza obtuvo algunas de las cartas que había establecido un célebre mercader, acaso uno de los primeros en recorrer los caminos entre las tierras de los tártaros y el extremo de Catay.

Muy pocos apuntes quedaron del viaje de la avanzada mexica por Oriente. Sin embargo, pueden deducirse los puntos que fueron uniendo a su paso y las maravillas que descubrieron en cada reino. La piel amarilla de los mexicas y el origen y apariencia de Keiko por momentos facilitaron la travesía y, por otros, fue un obstáculo casi insalvable. A diferencia de Marco Polo, quien se vio forzado a viajar hacia el

Oriente por tierra, ya que las rutas marítimas estaban cerradas para los venecianos, la escuadra mexica necesitaba de sus barcos, por cuanto no existía forma de regresar a Tenochtitlan si no era por mar.

Así, partieron de Venecia y navegaron por el mar Adriático hasta llegar a la isla de Negroponte, también llamada Eubea. Allí Quetza conoció el origen de los dioses que crearon no ya a los hombres, sino a los propios dioses que se expandieron en Europa, convertidos en diferentes entidades. Y, en efecto, aquellas tierras fabulosas en medio de un mar turquesa nunca visto, parecía la morada de las deidades. Los libros de los poetas decían que en esa isla Zeus, el Dios de los Dioses, se había casado con su tercera esposa, Hera, y que allí, de la divina unión, habían nacido Hefesto, Ares, Ilitía y Hebe. Así, la escuadra mexica descubrió que las epopeyas de los dioses que habían creado el Valle de Anáhuac no eran diferentes de aquellos dioses a los que cantaban los griegos. Luego de unir las islas que, como gemas preciosas, formaban un collar en el mar Egeo, llegaron a Turcomania a través del mar de Mármara y, por fin, quedaron a las puertas mismas del Oriente: el Bósforo, la estrecha antesala que conducía a la magnífica Constantinopla.

Supo Quetza que aquella ciudad, también llamada Bizancio, en la que los minaretes y las angostas agujas de los palacios competían por alcanzar el cielo, había sido la capital de aquel mundo que acababan de descubrir. O, más bien, había sido el centro de los imperios más grandes del Nuevo Mundo: el Imperio Romano, el Bizantino y, por aquellos días, el Turco. Constantinopla era la puerta entre Oriente y Occidente y, por entonces, los mahometanos se ocupaban de que permaneciera bien cerrada para los pueblos infieles. El templo mayor, Ayasofia o Santa Sofía, según quien estuviese en el poder, era no sólo el emblema de la ciudad, sino que sus ladrillos eran el testimonio mudo de su historia: el Cristo Rey y Mahoma se la habían disputado desde su construcción; fue iglesia, luego mezquita y, se dijo Quetza, terminaría siendo el templo de Quetzalcóatl. La avanzada mexica supo que Constantinopla, o Necoc, tal como la bautizaron, término este que significaba "Ambos lados", era, acaso, el punto más importante; de hecho, quien tenía la llave de aquella puerta privilegiada tenía el dominio del mundo.

La escuadra mexica se internó en el Ponto Euxino, conocido en las cartas venecianas como Mar Mayor, a cuyo Norte se extendía la temible Provincia de la Oscuridad. Pasaron por el puerto de Samsun y tocaron tierra en Trebisonda. En Turcomania, Quetza recibió como obsequio de uno de los grandes caciques mahometanos un caballo y una yegua que superaban en hermosura y pureza a los que traían de España; de hecho, allí se criaban los mejores caballos de la Tierra.

A su paso por la Gran Armenia, le regalaron las más bellas telas que jamás hubiese visto y conoció las fabulosas minas de plata que, otrora, proveían del metal a los europeos. Pudo ver con sus ojos la gigantesca montaña que mencionaban los libros sagrados como el lugar donde descansaban los restos de la gran barca que, según los nativos, salvó la vida de la faz de la Tierra cuando un diluvio asoló al Nuevo Mundo.

Resulta un verdadero enigma el modo en que la flota capitaneada por Quetza pudo llegar con sus barcos desde el Ponto Euxino hasta el río Éufrates; pero lo cierto es que las notas dejaban constancia de que estuvo tanto en uno como en otro, siendo que no había curso de agua conocido que uniera el gran mar interior con el río mesopotámico. Navegaron las aguas que los libros sagrados de los nativos señalaban como uno de los ríos del Paraíso y, en su curso, visitaron Mosul, donde fueron obsequiados con finas sedas, especias y perlas. Estuvieron en Muss, en Meredin y llegaron a la gran Baudac.

La ciudad de Baudac, llamada en los libros Susa, estaba habitada por un sinnúmero de pueblos: judíos, paganos y sarracenos convivían en paz. Allí le fue obsequiada una pareja de camellos. Quetza y su comitiva quedaron maravillados con esas bestias: no sólo eran capaces de llevar en su lomo a un jinete con sus pertrechos igual que los caballos, sino que podían atravesar desiertos enteros con el agua que cargaban en sus gibas. Con esos animales fuertes, ágiles y nobles podrían franquear las barreras desérticas que existían más allá de Tenochtitlan y serían un gran instrumento a la hora de conquistar el Nuevo Mundo.

Navegaron luego durante dieciocho jornadas y llegaron al golfo de Persia. Entraron, por fin, en el Mar de la India. El primer punto que tocaron a la salida del golfo fue Curmós. Aquella pequeña ciudad constituía la segunda puerta, si se consideraba a Constantinopla como la primera, ya que, en ese preciso lugar, se iniciaba la ruta hacia el Oriente Lejano y, según consideraba Quetza, hacia la mismísima Tenochtitlan. No fue fácil para la escuadra atravesar ese estrecho que era una vieja guarida de piratas, cuyos barcos acechaban a las naves que entraban o salían cargadas de mercancías. Según se desprende de las escasas crónicas de este tramo de la epopeya, debieron luchar con denuedo no sólo para proteger el valioso cargamento, sino también para conservar sus propias vidas.

Una vez en mar abierto, pusieron rumbo hacia el Levante y, sin obstáculos, arribaron a la India. Quetza pudo haber escrito libros enteros sobre las maravillas que vio en la India y, de hecho, tal vez así haya sido. Sin embargo, son muy pocas las notas que de este tramo del viaje han podido reconstruirse. Se sabe que quedó deslumbrado con sus templos, tan semejantes a los de su propia patria y con sus palacios majestuosos que tanto se parecían a los de su *tlatoani*. Si para la sociedad mexica el Estado estaba por delante de cada uno de sus miembros, en aquellas tierras el universo entero parecía girar en torno de cada individuo. Pero a diferencia de los italianos, quienes compartían la experiencia individual entregados al goce de la existencia, aquí cada quien parecía vivir encerrado dentro de sí. Podían caer ciudades, derrumbarse dinastías, surgir y desaparecer imperios, establecerse alianzas, ocurrir pestes y hambrunas, y, sin embargo, nadie parecía inmutarse. Todos se entregaban a la contemplación de su propio espíritu. Si para los mexicas no existía un más allá luego de la muerte, para los indios la muerte era sólo una circunstancia fugaz, una pequeña nada entre dos eternidades hechas de vida. La vida continuaba en sucesivas y eternas encarnaduras, transmigraciones de cuerpo en cuerpo hasta alcanzar el saber verdadero. De este permanente y doloroso renacer habría de surgir, al fin, la redención. Si aquel Nuevo Mundo vivía bajo la disputa feroz entre los cruzados del Cristo Rey y las huestes de Mahoma, en la India toda disputa parecía caer dentro del enorme y beatífico vientre del Buda; en su colosal abdomen todo se armonizaba.

En la ciudad de Cail, a Quetza le fue obsequiada una pareja de elefantes pero, viendo que las dimensiones de las bestias no se ajustaban a la capacidad de las naves, finalmente le dieron sólo una elefanta preñada que asegurara la descendencia: sabían adivinar en la forma de su vientre si lo que llevaba sería un macho o una hembra. Los mexicas jamás habían imaginado que pudiera existir un monstruo de semejante tamaño, fortaleza y mansedumbre. La carabela que le había regalado la reina Isabel parecía aquella mítica arca que, decían, estaba en la cima del monte Ararat. Caballos, camellos, elefantes, aves, perros, roedores y hasta insectos se hacinaban en la bodega de la segunda nave de la reducida escuadra. Y así, cargados con todas esas novedades, zarparon de Cail con rumbo al Oriente.

Luego de varias jornadas, tocaron el extremo de la Pequeña Java, en Sumatra, también llamada Isla de Oro. Quetza y sus hombres supieron que había en la isla montañas doradas y acaso tanto oro como en el valle de Anáhuac. Era aquella ciudad uno de los dos extremos del puente marítimo que conducía a la mismísima Catay; por fin iban a conocer la tierra que les había prestado la identidad frente a los ojos de todos los pueblos que visitaron. Durante tanto tiempo los habían creído cataínos, que los mexicas casi llegaron a convencerse de que eran oriundos de allí. Y acaso no se equivocaran.

Navegaron en torno del vientre henchido que formaba el extremo del continente oriental sobre el mar de Cin, tocando las costas de Çaitón, Fugiú, Cianscián, Ciangán, Ciangiú y Tigiú. Y a medida que iban conociendo las ciudades y los pueblos de Catay, no podían evitar la extraña certeza de que, aunque jamás habían estado antes en esas tierras, todo les era familiar. Certidumbre que se convirtió en pasmo cuando, tallado sobre la entrada de un palacio de Tundinfú, vieron la figura inconfundible de Quetzalcóatl.

23
El lugar del origen

Allí, frente a los azorados ojos de la avanzada mexica, estaba la serpiente emplumada, representación de Quetzalcóatl, cuya imagen aparecía con tanta insistencia en los dominios de Tenochtitlan como en la lejana Catay, tal como podían comprobar a medida que avanzaban por los poblados diseminados a lo largo de la costa. Era la misma, exacta e idéntica figura: su rostro feroz, los colmillos surgiendo de los belfos, las fauces abiertas formando un cuadrado, los ojos amenazadores, su cuerpo ondulante de serpiente y las plumas coloridas de ave, eran la réplica de Quetzalcóatl. Por primera vez, Quetza tuvo la certidumbre de que las tierras de Aztlan estaban cerca.

Las esculturas que adornaban los palacios, los motivos de las pinturas y las pagodas escalonadas, todo tenía reminiscencias conocidas para los mexicas. Si a su paso por Europa el pequeño ejército capitaneado por Quetza tenía la impresión de avanzar por un territorio inédito, desconocido, a medida que regresaban por Oriente, el mundo comenzaba a resultar algo familiar. Impresión que se convirtió en certeza al llegar al pie de un puente que unía las orillas de un río ancho y caudaloso: la construcción era igual a la que daba acceso a Tenochtitlan desde tierra firme; no sólo tenía la misma apariencia, sino que estaba hecha con similar técnica y materiales: la caña, la piedra y la madera habían sido utilizadas de la misma forma. Como el gran puente que unía la capital del Imperio Mexica con las tierras del valle, aquel que se extendía frente a sus ojos tenía unos quinientos pasos de largo y una anchura tal, que podían pasar diez hombres de a caballo uno al lado del otro. A medida que la avanzada mexica cruzaba el puente, no podía evitar la certidumbre de que estaba atravesando el tiempo y la distancia que los conducía hacia su propio origen: el lugar desde donde había partido el sacerdote Tenoch.

Si el mundo terrenal de los pobladores de Catay tenía muchos puntos de contacto con el de los mexicas, la concepción del universo era sorprendentemente parecida. El calendario de los europeos era sumamente impreciso, requería permanentes correcciones y era mucho más precario que el de los pueblos del Valle de Anáhuac. Quetza pudo comprobar con sorpresa que uno de los calendarios de Catay, el denominado *Yi*, era idéntico al que él mismo había concebido. El calendario *Yi* tenía trescientos sesenta y cinco días agrupados en dieciocho meses de veinte días, en el que habían cinco días aciagos, tal como el que había quedado plasmado en la piedra circular que ideó Quetza. El emblema de la nacionalidad *Yi* era el tigre, mientras que el de los mexicas era su equivalente, el jaguar. En el sistema cataíno había dos festividades: la Fiesta de la Antorcha y la Fiesta del Cenit de las Estrellas, en las que se celebraba el año nuevo. Entre las dos fiestas había ciento ochenta y cinco días. Los mexicas celebraban ambas fiestas en las mismas fechas. Por otra parte, ambos calendarios representaban ciclos de sesenta y de cincuenta y dos años, basados en un sistema de círculos. El ciclo de sesenta años consistía en dos ruedas concéntricas superpuestas, una con diez troncos celestes y otra con doce ramas terrestres. El desplazamiento de ambos círculos extendía el ciclo de sesenta años para contar el tiempo. El ciclo de cincuenta y dos años utilizaba dos ruedas concéntricas, una con cuatro símbolos y otra con trece, o una con trescientos días y otra con doscientos sesenta. Por otra parte, resultaba notable el hecho de que cinco jeroglíficos del calendario mexica coincidían con los del calendario *Yi*: serpiente, perro, mono, tigre (jaguar) y conejo aparecían en ambos calendarios dispuestos de igual mismo modo.

Bajo aquel cielo, cuyos astros estaban guiados por el mismo calendario del Valle de Anáhuac, el pequeño ejército mexica continuaba su epopeya hacia el Levante con la certeza de que el lugar del origen estaba cada vez más próximo. El corazón de Quetza latió con una fuerza inusitada cuando, por fin, vio las costas de aquellas tierras que muchos creían míticas, legendarias e inexistentes. Allí, frente a los ojos empañados de los mexicas, estaba el lugar del inicio, el sitio de las garzas, el punto desde donde había partido el sacerdote Tenoch: la fabulosa patria de Aztlan.

24
El sueño de Tenoch

Siete pirámides conformaban el centro ceremonial. Al pie del monumento mayor, idéntico a Huey Teocalli, se extendía la plaza desde la cual surgía una amplia calzada que conducía a la piedra de los sacrificios. Quetza y Keiko caminaban a lo largo del camino como quienes transitaran las extrañas calles construidas por los arquitectos que habitan en los sueños. La avanzada mexica tenía la impresión de haber andado ya sobre aquellas piedras tan familiares y desconocidas a la vez. Igual que en Tenochtitlan, a cada lado del Gran Templo había sendas construcciones piramidales. Y a medida que avanzaban, el sueño parecía convertirse en pesadilla. Ese lejano centro ceremonial era igual al de su tierra, sólo que estaba derruido. Roída por el viento y el abandono, aquella ciudad deshabitada parecía ser el espejo del tiempo. Era como ver a Tenochtitlan sumida en ruinas. Caminaban con el terror instalado en sus rostros, como si estuviesen viendo sus propios cadáveres. Allí estaba, reconocible, el Templo del sol. Una plataforma circular reducida a restos de piedras derrumbadas, coincidía con el Templo de Ehécatl-Quetzalcóatl, el Dios del Viento. Al Sur del equivalente de Huey Teocalli, se veían las ruinas del Templo de Tezcatlipoca que, al igual que el de los mexicas, estaba orientado hacia el Poniente. Frente a esta construcción, en la misma ubicación que en Tenochtitlan, había un pedestal, ahora despojado de la escultura en honor del *tlatoani*. Dispuesta de Este a Oeste, siguiendo el recorrido del Sol, había una escalinata a cuyos pies se veían, claramente, la figura de una serpiente y la de un pájaro. Al ver esta escultura, los ojos de Quetza se anegaron: allí, al otro lado del océano, a tanta distancia de su casa, descubrieron el origen de la señal que había marcado los pasos de Tenoch. Ahora la historia cobraba sentido: cuando los seguidores del sacerdote descubrieron la escena del águila devorando a la serpiente, estaban, en realidad, viendo aquella escultura. Para Tenoch no fue aquella visión una señal caprichosa, sino la materialización de esa escena escultórica que adornaba su antigua ciudad. Aquí y allá podían verse figuras de felinos protegiendo los templos, animales acaso más grandes y temibles que los jaguares.

La vanguardia mexica caminaba hacia adelante y, sin embargo, se diría que, a cada paso, avanzaban en el espacio pero retrocedían en el tiempo. Habían llegado al sitio del origen, a la ciudad desde la cual habían partido los pioneros que fundaron todas las civilizaciones del Valle de Anáhuac y, acaso, todas las otras que se extendían hacia el Norte y el Sur del Imperio. Sobre una de las escalinatas descubrieron un nicho circular formado por piedras. Se inclinaron con respeto y, al remover una de las rocas, pudieron ver un esqueleto envuelto con unos atuendos muy semejantes a los que usaban los sacerdotes que, en Tenochtitlan, pertenecían a la orden de Tláloc.

La disposición de esa ciudadela era igual a la de la capital del Imperio Mexica; desde el recinto mayor del centro ceremonial partían cuatro calzadas que, tal como la de Iztapalapa hacia el Sur, la de Tepeyac hacia el Norte, la de Tacuba que unía la isla con la tierra firme y la pequeña calle que iba hacia el Este, parecían estar calcadas de éstas. La plaza de las ceremonias, los edificios, los monumentos y palacios, igual que en Tenochtitlan, estaban dispuestos como los astros en el Cosmos. A medida que avanzaban entre aquellas ruinas, los mexicas no sólo podían reconocer su ciudad, sino su propio universo. Pero, qué había provocado el fin de la civilización de sus ancestros, se preguntaban para sí con silencioso temor. Por qué Tenoch se vio impulsado a partir y abandonar la ciudad. No había ningún indicio de destrucción ni saqueo, nada hacía ver que la ciudad hubiese sido atacada, invadida y sus habitantes sojuzgados. No había vestigio alguno de cataclismo o desastre natural; sólo el calmoso trabajo del viento, la lluvia y la soledad, lentos gusanos de las ciudades muertas, habían horadado el estuco y los pigmentos hasta el hueso pétreo de las pirámides. Era como si todo el mundo hubiese partido obedeciendo a un insondable mandato de los dioses. Y quizás así hubiera sido. Ninguna otra explicación pudo encontrar Quetza en los restos mortuorios de la ciudad. Las garzas caminado sobre las ruinas, hundiendo sus largas patas en los lagos hechos de lluvia y tristeza, tal vez tuviesen la respuesta al enigma.

Y así, sin atreverse a llevar siquiera una piedra de la Ciudad del Origen, temerosos de que sus pasos provocaran una profanación, la avanzada mexica, igual que sus antepasados, abandonó la ciudad cargando con el peso de la congoja y el misterio.

25
La niña de Cipango

La escuadra mexica abandonó Catay, navegando siempre hacia el Levante. Quetza y Keiko, en la pequeña carabela que les diera la reina de España, iban en silencio sabiendo que se aproximaban a un final que aún no podían precisar. La niña de Cipango se había convertido, tal vez, en el marino más valioso de la tripulación. De hecho, sin los conocimientos de Keiko, sin los mapas que podía trazar con su mano sutil y su memoria prodigiosa, quizá jamás hubiesen llegado hasta donde llegaron. Y nunca habrían de alcanzar el destino al cual se dirigían ahora. Aquella muchacha, en apariencia tan frágil, se había comportado como un guerrero más del pequeño ejército y, cuando las circunstancias lo requirieron, supo combatir en las batallas como cualquiera de los hombres y, acaso, con más valor que muchos de ellos. Si estando en tierra firme se aferraban el uno al otro como la única esperanza en este mundo, en medio del mar, en aquella arca que se diría bíblica, en cuya bodega, de a pares, iban caballos, camellos y hasta una elefanta preñada, Quetza y Keiko creían ser el último hombre y la última mujer. Igual que las bestias que llevaban a bordo, serían ellos quienes habrían de perpetuar la especie si un cataclismo borraba la vida de la faz de la Tierra y sólo ellos sobrevivieran.

Y así, lentamente, avanzaban las dos naves dejando tras de sí una estela de espuma que se fundía con las olas hasta desaparecer. Entonces, hacia el Este, otra vez divisaron tierra. Pero por primera vez ante un nuevo descubrimiento, el espíritu conquistador de Quetza se desgarró de pena. Eran aquellas las costas de la lejanísima Cipango. Los ojos de Keiko se anegaron bajo una silenciosa tormenta de sentimientos antagónicos: por primera vez desde que era una niña, cuando la robaron de su casa y la embarcaron hacia un mundo hostil y desconocido, volvía a ver las costas de su patria.

Quetza adivinó en la mirada de Keiko una recóndita voluntad que ni siquiera ella podía descifrar. Tal vez algún día fuese su esposa. Quizá, si alguna vez el mundo fuese uno, si Quetzalcóatl y los demás dioses de la vida llegaran a reinar por sobre los dioses de la muerte y la destrucción, si acaso el único imperio fuese el Imperio del Hombre, entonces no habría fronteras ni océanos que pudieran separarlos. Pero mientras tanto, cada uno era apenas un fragmento de patria que pugnaba por fundirse, otra vez, con la tierra de donde habían partido. Quizás, el sentido último de los viajes fuese el regreso. "Se viaja para volver", había anotado Quetza en algún lugar de sus crónicas. El capitán mexica se dijo que no tenía derecho a arrancar a Keiko de su casa por segunda vez; esa delgada isla, tan sutil como el trazo de un pincel, era su hogar. Sólo entonces Quetza descubrió que había recorrido medio mundo no para descubrir y conquistar nuevas tierras, sino para devolver a la niña que había sido robada de su casa.

La pequeña carabela tocó tierra junto a un muelle. Keiko posó sus pies sobre la explanada y, sin girar la cabeza, caminó con su paso breve hacia la villa de pescadores que se extendía paralela al mar. La niña de Cipango se alejó hasta perderse al otro lado de un seto de cañas mecido por el viento.

Un silencioso cataclismo devastó el universo que Quetza y Keiko habían logrado concebir.

26
Un viaje sereno

No existía obstáculo que se interpusiera entre Cipango y la costa Oeste del Imperio Mexica, las tierras situadas al Norte de Oaxaca. De acuerdo con los cálculos de Quetza, la distancia entre ambos puntos era apenas mayor que la que había desde el lugar de partida en la Huasteca hasta Huelva. Las crónicas del viaje en este punto se redujeron casi hasta la extinción. Apenas unas pocas notas reflejan el ánimo desolado de Quetza al dejar a sus espaldas la isla de Cipango. Ni siquiera la idea del reencuentro con la otra mujer que amaba, su futura esposa, Ixaya, alcanzaba para confortarlo. Tampoco el hecho de saber que habría de ser recibido con honores por el *tlatoani* como el hombre que escribió la página más gloriosa de la historia de Tenochtitlan, sólo comparable con la remota epopeya de Tenoch, le servía de consuelo. Lo impulsaba el anhelo de encontrarse con su padre, Tepec, y la certeza de que si dilataba su arribo a la capital del Imperio Mexica por el Oeste, tal vez llegaran antes los españoles o los portugueses por el Este.

Cerca de noventa jornadas tardó la escuadra capitaneada por Quetza y Maoni en cruzar el océano. Si durante el tramo de ida hacia el Nuevo Mundo los ánimos de la tripulación, azuzados por el miedo, la desconfianza y la avaricia, habían puesto en riesgo la travesía, ahora, luego de probar su propia valentía y seguros de la sabiduría de su capitán, regresaban con el temple de los héroes. Navegaron sobre un mar sereno, sin sobresaltos, hasta que vieron flotando entre las olas algunas ramas, señal segura de tierra firme. El graznido de las gaviotas volando sobre la escuadra era la confirmación de la proximidad de la costa. Cuando al fin divisaron los acantilados del Norte de Oaxaca precipitándose al mar, en el momento mismo en que estaban buscando una playa donde desembarcar, se desató un oleaje furioso. Verdaderas paredes de agua venían desde el mar, chocaban contra las rocas y volvían con una fuerza tal que los barcos se elevaban quedando virtualmente suspendidos en el aire y luego caían como enormes peces muertos. Las olas golpeaban contra el casco de las naves haciendo que las maderas crujieran amenazando con quebrarse. El relincho de los caballos y los espantados alaridos del elefante agregaban patetismo a ese súbito pandemonio. La nave mexica comandada por Maoni y presidida por la serpiente emplumada, acaso porque era más liviana y versátil, parecía resistir mejor los embates que la carabela capitaneada por Quetza. Como un dragón luchando contra la furia del mar, pugnando por mantenerse a flote, el barco mexica ofrecía una tenaz resistencia. De pronto la nave española fue arrastrada por el oleaje y despedida contra una roca afilada que surgía desde el lecho del mar: el golpe hizo que se partiera a la mitad, convirtiendo en astillas las duras maderas del casco. La elefanta preñada intentaba desesperadamente nadar hacia la costa, pero a merced de los arbitrios de las corrientes iba y venía, giraba sobre su eje con la trompa en alto para poder respirar, hasta que desapareció por completo dentro de un remolino. Los caballos daban una lucha denodada y fue aún más penoso: uno de ellos llegó a alcanzar la orilla y subirse a un peñasco que sobresalía del acantilado. Pero viendo que no tenía modo de ascender por aquel muro de piedra, ni un resquicio por donde avanzar o retroceder, se entregó a la furia del mar, desapareciendo con una ola que lo golpeó sin piedad. Los camellos no resistieron ni un instante y se hundieron tan pronto como tomaron contacto con el agua, emitiendo un sonido doliente. En un abrir y cerrar de ojos, nada había quedado de la embarcación, de su cargamento y su tripulación.

Maoni, que había conseguido guiar su nave hacia un remanso formado por una escollera natural de piedras, ordenó a sus hombres que desembarcaran y nadaran hacia la costa. De pie en la cubierta, la palma de la mano sobre los ojos, buscaba con desesperación a los tripulantes escudriñando cada ola, viendo en el interior de las correntadas, a la vez que gritaba el nombre de su capitán. Maoni consiguió sacar del mar a cuatro hombres; el resto de la tripulación, incluido Quetza, habían desaparecido entre las aguas.

27

La lluvia bajo las aguas

La carabela obsequiada por la reina de España, aquellos animales fabulosos nunca vistos, las ruedas sobre las que se deslizaban los carros, los carros, las terroríficas armas de fuego, la pólvora que impulsaba las bolas de acero, las sedas de Oriente Medio, las semillas de las plantas más exóticas, los pájaros de Catay, los vidrios de colores, los mapas y varios de los *amoxtli* en los que habían quedado escritas muchas de las crónicas, luego de dar la vuelta a la Tierra, todo fue a dar al fondo del mar, justo frente a las costas de Oaxaca a las puertas mismas del gran Imperio Mexica. Si en la superficie el mar era un monstruo furioso, en las profundidades, sobre el lecho pedregoso, allí donde reposaba el cuerpo yaciente de Quetza, todo era calma. El capitán mexica, a medida que dejaba escapar de sus pulmones las últimas burbujas de aire, veía cómo a su lado caía una lluvia alucinatoria: elefantes, camellos, caballos, pedazos de barco y cuantas maravillas habían traído de su viaje, se abatían como una lluvia que tenía la lentitud de lo ilusorio. Tendido en el fondo del mar, Quetza era consciente de que estaba muriendo y aquella certeza parecía liberarlo de una congoja tan extensa como la distancia que había navegado. Solamente quería descansar, mientras veía precipitarse esa lluvia extrañamente bella. Se sentía feliz y era aquélla la muerte que habría elegido si le hubieran concedido esa gracia. Por fin, se dijo, había podido escapar para siempre de las garras de Huitzilopotchtli. Eso pensaba cuando pudo sentir un brazo que lo rodeaba. Y luego no sintió nada más.

Cuando volvió a abrir los ojos, Quetza vio un cielo diáfano y escuchó un graznido de gaviota. La arena tibia sobre la espalda lo reconfortaba un poco del frío que surgía del tuétano de sus propios huesos y se irradiaba hacia la piel. La cara de Maoni eclipsó el sol que iluminaba el rostro de Quetza y entonces el capitán mexica quiso que el recuerdo de la carabela partiéndose por la mitad no fuese más que una pesadilla. Se incorporó, giró la cabeza hacia el mar y al ver fondeada la nave presidida por la serpiente emplumada sin su compañera de escuadra, comprendió que aquella evocación era verdadera. Lloró con un desconsuelo infantil cuando supo que cinco de sus hombres habían muerto, que todo se perdió en el fondo del océano, a las puertas mismas de su patria. Tal vez, si la tragedia lo hubiese sorprendido en medio del mar, lejos de su tierra, no sentiría ese dolor inconsolable. Pero el hecho de estar él en el suelo firme de Oaxaca y sus hombres ahogados a pocos pasos, sin haber podido alcanzar la costa al fin de la hazaña, era un golpe del que jamás habría de reponerse.

El diezmado ejército mexica entró en Tenochtitlan después de haber cruzado la cadena de montañas, al cabo de una caminata que duró varias semanas. La ilusión de Quetza de entrar en la ciudad por sobre el puente que conducía a la plaza ceremonial montado a caballo ante los ojos azorados del pueblo, quedó sepultada bajo el mar. El imaginado desfile triunfal exhibiendo los camellos, el elefante y los atuendos que les obsequiaran en los distintos países, desapareció en el lecho pétreo del océano. Habían conseguido dar la vuelta completa alrededor de la Tierra y, sin embargo, llegaban como un ejército derrotado. Los pobladores que asistían al regreso de aquellos hombres fatigados, hambrientos y adelgazados hasta el hueso, salían a su encuentro para asistirlos piadosamente. Y no era piedad lo que merecían. Con sus últimas fuerzas, Quetza, Maoni y sus hombres pudieron ver, otra vez, la magnífica Tenochtitlan desde las montañas. Ahora sí tenían fundamentos para asegurar que era el sitio más sublime de la Tierra. Parecía la misma ciudad de la que habían partido hacía tanto tiempo. Pero era otra.

Quetza recorría la distancia que lo separaba de su casa; tenía los pies llagados, dolientes y, así y todo, corría aunque con paso impar. El capitán mexica llegó más tarde que los rumores que, de boca en boca, anunciaban su regreso. Cuando por fin estuvo bajo el vano de la entrada de su casa, lo esperaba la más fiel de las esclavas de Tepec, la madre de Ixaya, su futura esposa. La mujer lo abrazó como si fuese su hijo y, cuando le preguntó por su padre, por toda respuesta, recibió un llanto amargo. El viejo Tepec había muerto. Quetza la separó extendiendo sus brazos, quería convencerse de que no era cierto lo que decían esas lágrimas. Pero en el rostro descompuesto de la esclava podía verse la confirmación. Y viendo aquella expresión, Quetza supo que aún había otra noticia que no se atrevía a darle. Entonces le preguntó por Ixaya. En el silencio de la mujer estaba la respuesta. El capitán, aunque quisiera convencerse de lo contrario, sabía que era el precio que debía pagar por su larga ausencia. Ixaya se había casado y esperaba un hijo de Huatequi, el mejor amigo y, a la vez, el más antiguo rival de Quetza.

28
El centinela junto a las gaviotas

Quetza había perdido uno de sus barcos, parte de la tripulación y las pruebas de su epopeya. Había perdido a su padre y a las dos mujeres que amaba. Pero aún podía perder mucho más: su patria. Tenochtitlan estaba en peligro. Debía hablar cuanto antes con el *tlatoani*. Con el corazón quebrado, intentando recomponer su paso enclenque y su investidura de capitán, marchó hacia el Templo Mayor.

No bien Quetza se presentó en Huey Teocalli, supo que el emperador Tizoc, quien había apadrinado su expedición, había muerto y ahora lo sucedía Ahuízotl. El nuevo *tlatoani* ni siquiera estaba al tanto de la empresa que su antecesor confiara al joven capitán. Quetza narró al emperador cada detalle del viaje. Le habló de las tierras que se hallaban a ochenta jornadas navegando hacia el Este, relató las ambiciones territoriales de España y Portugal y su encuentro con la reina Isabel. Con gesto impávido, buscando posición en su trono, Ahuízotl permanecía en silencio. Quetza le habló a su rey del poderío naval de los reinos de Europa, de aquellas bestias maravillosas, fuertes y sumisas, los caballos, que hacían que los ejércitos pudieran avanzar veloces y contundentes. Le describió los carros que se deslizaban sobre ruedas, las armas de fuego capaces de demoler muros y castillos de piedra. Le dijo que si las tropas mexicas contaran con una caballería y aquel armamento, no podrían ser derrotadas por ningún otro ejército. Le relató el modo en que se habían apoderado por algunas horas de la ciudad de Marsella, haciendo prisionero al cacique luego de haber derrotado a su guardia y tomado su palacio. Las palabras se le agolpaban en la boca para describirle al *tlatoani* las maravillas que había visto en Venecia, ciudad que definió como gemela de Tenochtitlan, en Florencia y en todos los reinos de la península itálica. Quetza intentaba no mirar a los ojos del rey, pero tal era la emoción que imprimía al relato que, por momentos, se olvidaba del protocolo. De rodillas ante Su Majestad, le habló de la Puerta de Ambos Mundos, la increíble Constantinopla, de las ciudades que se diseminaban a lo largo de los ríos de la Mesopotamia, le describió los camellos, aquellas bestias que podían cruzar desiertos llevando agua dentro de unas gibas que tenían en su lomo; le relató sus impresiones de la India y de Catay. De pronto Quetza guardó un silencio recogido para encontrar las palabras más adecuadas y entonces, por fin, incorporándose, le dijo a Ahuízotl que había estado en las lejanas tierras de Aztlan, el lugar del origen desde donde había partido el sacerdote Tenoch. El capitán mexica esperaba que en este punto el emperador dijera algo, pero ante su cerrado silencio, continuó: luego de acariciar las costas de una isla llamada Cipango, navegó hacia el Este hasta completar la vuelta a la Tierra, llegando a los territorios del Imperio por Oaxaca.

Pero el *tlatoani* no pronunció palabra. Sólo entonces, una silueta agostada y temblorosa surgió desde las sombras, elevándose lentamente detrás del trono de Ahuízotl. Quetza pudo reconocer en esa figura marchita a su viejo verdugo: el sacerdote Tapazolli. Apoyándose en un bastón, el religioso caminó con paso trémulo y con aquella misma voz que tanto le conocía dijo:

—Imagino que debes haber traído alguna de todas esas maravillas.

Quetza, de rodillas como estaba, se derrumbó en un llanto silencioso. Hecho un infantil ovillo de tristeza, lloraba como nunca lo hizo. No creyó necesario decir que todas las pruebas de su travesía habían quedado sepultadas en el fondo del océano. No creyó necesario decir eso ni ninguna otra cosa. De hecho, decidió no volver a pronunciar una sola palabra más.

Desterrado por segunda vez, Quetza fue nuevamente obligado a partir a la Huasteca y confinado en la Ciudadela de los Locos. Maoni y los compatriotas que lo acompañaron fueron sacrificados en Huey Teocalli como enemigos de Tenochtitlan. Los demás, volvieron a la misma cárcel de la que habían salido.

Quetza solía encaramarse sobre los techos, en el lugar más alto, y desde allí, en cuclillas, contemplaba el mar sin pausa desde el amanecer hasta el ocaso. Mientras abajo los demás reclusos deambulaban cargando con sus espantajos invisibles, discutiendo a los gritos con los demonios que anidaban en sus cabezas, Quetza, con los ojos abiertos, sin parpadear, esperaba el momento en que, desde el horizonte, surgieran los mástiles de las naves del almirante de la reina, trayendo consigo los dioses de la muerte y la destrucción.

Aquel centinela agazapado sobre lo alto era el único que lo sabía: la guerra de los dioses estaba por comenzar.

Índice

Planeta

España
Av. Diagonal, 662-664
08034 Barcelona (España)
Tel. (34) 93 492 80 36
Fax (34) 93 496 70 58
Mail: info@planetaint.com
www.planeta.es

P.º Recoletos, 4, 3.ª planta
28001 Madrid (España)
Tel. (34) 91 423 03 00
Fax (34) 91 423 03 25
Mail: info@planetaint.com
www.planeta.es

Argentina
Av. Independencia, 1668
C1100 ABQ Buenos Aires
(Argentina)
Tel. (5411) 4382 40 43/45
Fax (5411) 4383 37 93
Mail: info@eplaneta.com.ar
www.editorialplaneta.com.ar

Brasil
Av. Francisco Matarazzo,
1500, 3.º andar, Conj. 32
Edificio New York
05001-100 São Paulo (Brasil)
Tel. (5511) 3087 88 88
Fax (5511) 3898 20 39
Mail: psoto@editoraplaneta.com.br

Chile
Av. 11 de Septiembre, 2353, piso 16
Torre San Ramón, Providencia
Santiago (Chile)
Tel. Gerencia (562) 431 05 20
Fax (562) 431 05 14
Mail: info@planeta.cl
www.editorialplaneta.cl

Colombia
Calle 73, 7-60, pisos 7 al 11
Bogotá, D.C. (Colombia)
Tel. (571) 607 99 97
Fax (571) 607 99 76
Mail: info@planeta.com.co
www.editorialplaneta.com.co

Ecuador
Whymper, N27-166, y A. Orellana,
Quito (Ecuador)
Tel. (5932) 290 89 99
Fax (5932) 250 72 34
Mail: planeta@access.net.ec
www.editorialplaneta.com.ec

Estados Unidos y Centroamérica
2057 NW 87th Avenue
33172 Miami, Florida (USA)
Tel. (1305) 470 0016
Fax (1305) 470 62 67
Mail: infosales@planetapublishing.com
www.planeta.es

México
Av. Insurgentes Sur, 1898, piso 11
Torre Siglum, Colonia Florida, CP-01030
Delegación Álvaro Obregón
México, D.F. (México)
Tel. (52) 55 53 22 36 10
Fax (52) 55 53 22 36 36
Mail: info@planeta.com.mx
www.editorialplaneta.com.mx
www.planeta.com.mx

Perú
Av. Santa Cruz, 244
San Isidro, Lima (Perú)
Tel. (511) 440 98 98
Fax (511) 422 46 50
Mail: rrosales@eplaneta.com.pe

Portugal
Publicações Dom Quixote
Rua Ivone Silva, 6, 2.º
1050-124 Lisboa (Portugal)
Tel. (351) 21 120 90 00
Fax (351) 21 120 90 39
Mail: editorial@dquixote.pt
www.dquixote.pt

Uruguay
Cuareim, 1647
11100 Montevideo (Uruguay)
Tel. (5982) 901 40 26
Fax (5982) 902 25 50
Mail: info@planeta.com.uy
www.editorialplaneta.com.uy

Venezuela
Calle Madrid, entre New York y Trinidad
Quinta Toscanella
Las Mercedes, Caracas (Venezuela)
Tel. (58212) 991 33 38
Fax (58212) 991 37 92
Mail: info@planeta.com.ve
www.editorialplaneta.com.ve

Grupo **Planeta**   Planeta es un sello editorial del Grupo Planeta   www.planeta.es